KB097534

호러 픽션 나이트

반고훈 호러소설
호러
픽션
나이트
HORROR
FICTION
NIGHT
고즈넉
이엔티

목차

당신과
가까운 곳에

"그거 알아요? 무서운 이야기를 하면 귀신이 옆에서 듣고 있대요."

침묵을 깨고 제시카가 먼저 입을 열었다.

"그걸 어떻게 아는데?"

티셔츠에 안경알을 문질러 닦으면서 회장이 물었다.

"왜, 무서운 이야기할 때 보면 괜히 시선이 느껴진다거나 목덜미가 선득해지지 않습니까? 그걸 보고 말씀하시는 것 같은데요."

대답한 사람은 오돈반이었다.

"에이, 설마요……. 그냥 기분 탓이겠죠."

8514가 긴장한 듯 목소리를 깔았다.

"아뇨, 진짜예요."

제시카는 비밀 이야기라도 하듯 갑자기 목소리를 낮추고 상체를 앞으로 기울였다.

"귀신은 자기 이야기하는 걸 좋아하거든요. 그래서 누가 무서운 이야기를 하면 옆에서 가만히 듣고 있다가, 자기 이야기인 것 같으면 슬그머니 말하는 사람 얼굴을 쳐다본대요. 혹시 그 사람 눈에 자기가 보이는가 싶어서……."

"아아, 그 얘기는 나도 들어본 적 있어. 귀신이랑 눈이 마주치면 절대 못 본 척하라고. 먼저 말을 걸어도 무시하고, 가까이 다가와도 움직이지 말라고."

회장이 안경을 다시 쓰며 말했다. 두꺼운 렌즈 때문에 안 그래도 작은 눈이 거의 실처럼 보였다.

"맞아요. 그러니까 여러분도 여기서 갑자기 등골이 오싹해진다거나 누가 쳐다보는 것 같으면 절대 뒤돌아보지 마세요. 귀신이 서 있을지도 모르잖아요. 잘못해서 눈이라도 마주치면……, 으으."

제시카는 자기 팔을 끌어안으며 부르르 몸을 떨었다.

"혹시……, 여기도 있을까요?"

8514가 주위를 돌아보며 말했다. 그녀는 기관지가 안 좋은지 이곳에 올 때부터 줄곧 마스크를 쓰고 있었는데, 그 때문에 발음이 약간씩 뭉개져서 들렸다.

"뭐가요? 귀신이?"

"네."

제시카는 흠, 하고 콧김을 내뿜더니 문득 떠올랐다는 듯 고개를 들고 어느 한 지점을 가만히 응시했다. 그 시선을 따라 나머지 네 사람의 고개도 일제히 같은 방향으로 돌아갔다. 시선이 머문 곳은 테이블의 가장자리, 일명 회장님 자리로 불리는 곳이었다. 평범한 원목 의자가 놓인 다른 자리와 달리 그곳에는 선득한 붉은색 의자가 놓여 있었다.

"아마, 그렇지 않을까요?"

"뭐예요, 제시카 님. 무섭게 갑자기 저긴 왜 쳐다보세요……."

8514가 눈매를 긴장시키며 따지듯 물었다.

"그냥, 만약 있다면 저기 앉아 있지 않을까 싶어서요."

제시카는 턱짓으로 붉은색 의자를 가리켰다. 붉은색 의자는 마치 선혈을 뒤집어쓴 것처럼 보이지만, 실은 동네 꼬마들이 페인트칠을 해놓은 것에 불과했다.

"어디에 앉아 있든, 확실히 있긴 있을 겁니다. 이곳에서 반복적으로 목격되는 귀신도 있다고 하니까요."

오돈반이 말했다. 그는 오늘 모인 사람 중에서 가장 연장자이면서도 모두에게 깍듯이 존댓말을 썼다.

"혹시 알고 있는 이야기 없어? 우리도 한번 해보자."

회장이 제안했다.

"무슨 이야기요?"

제시카가 물었다.

"뭐긴, 당연히 무서운 이야기지. 귀신이 제 발로 들으러 온다며. 그럼 따로 강령술도 안 해도 되고, 좋잖아."

"에이, 그러다 진짜로 오면 어쩌려고요……."

8514가 우려를 표했다.

"왜? 겁나? 강령술은 잘도 하면서."

"그건 의식을 차리고 하는 거니까 상관없지만 이건 다르잖아요……."

"8514 님은 귀신이 무서우십니까?"

담배를 꺼내 입에 물며 오돈반이 물었다. 이 방에서만 벌써 세 대째다.

"무섭다기보단……, 꺼림칙하니까요. 누가 내 뒤에 와서 얘길 엿듣고 있다고 생각하면."

"글쎄요. 저는 그렇게까지 겁먹을 존재인가 싶긴 합니다. 그들도 살아생전에는 다 누군가의 귀한 자식이었을 텐데."

그 말에 제시카가 풉 하고 웃음을 터뜨렸다.

"가만히 보면 트럭 아저씨도 참 엉뚱하다니까. 그런 식으로 접근하는 사람 처음 봐요."

"일단 귀신이 과학적으로 증명되기 전까지는 누구나 자

유롭게 생각할 수 있으니까요."

"귀신이 과학적으로? 과연 그런 날이 올까요?"

회장이 고개를 갸우뚱했다.

"만약 귀신이 실재한다면 언젠간 밝혀지리라고 봅니다. 결국엔 시간 문제겠지만요."

"진짜로 있다면 밝혀지겠지. 과학은 대단한 거니까."

"귀신을 믿는 주제에 잘도 그런 말을 하네."

제시카의 말에 회장이 가볍게 빈정거렸다.

"그거랑 이거랑은 다르다고 봐요. 과학을 신봉해도 귀신은 믿을 수 있는 거고, 반대로 귀신은 믿지 않아도 종교는 믿을 수 있는 거니까. 왜, 실제로 과학자 중에서도 종교를 믿는 사람이 많다잖아요."

"맞아요. 저도 들어본 적 있는 것 같아요."

제시카의 말에 8514가 맞장구를 쳤다.

"그런가……. 아니 근데, 넌 왜 아까부터 한 마디도 안 하고 있냐? 재미가 없어?"

괜히 머쓱해진 회장이 옆자리에 앉은 S에게 시비를 걸었다. 자신이 호명될 줄 몰랐는지 S는 흠칫 놀라며 고개를 들었다.

"네? 아, 아뇨……. 재밌는데요……."

S가 들릴 듯 말 듯한 목소리로 대답했다.

"에이, 하나도 재미없어 보이는데요? 가기 싫다는데 회장 오빠가 억지로 끌고 온 거 아니에요?"

제시카가 장난식으로 말했다.

"내가? 아니야. 오히려 얘가 먼저 가고 싶다고 그랬어. 가면 귀신 볼 수 있냐면서."

"귀신? 귀신이요? 풉, 푸핫."

회장의 말에 세 사람은 동시에 웃음을 터뜨렸다.

"하긴, 이런 데 처음 오면 귀신이 막 나올 것 같고 그렇긴 하죠. 근데, 귀신은 봐서 뭐하려고요?"

"예? 아뇨, 그냥. 궁금해서……."

제시카의 물음에 S는 말을 얼버무렸다. 당황한 듯한 그 모습에 일동은 다시 한번 웃음을 터뜨렸다.

"근데 너무 큰 기대는 하지 마요. 올 때마다 성과가 있는 건 아니니까."

제시카가 어르듯이 말했다.

그들이 모인 이곳은 한 폐병동의 일 층 대합실이었다. 직사각형 테이블을 가운데에 놓고, 출입문을 기준으로 제시카와 8514가 왼쪽, 오돈반과 S, 그리고 회장이 오른쪽에 앉았다. 테이블 위에 LED 플래시를 거꾸로 뒤집어 놓고, 천장에 반사된 간접조명으로 주위를 밝히고 있었다.

사람이 살지 않는, 소위 흉가라고 불리는 이곳은 매년

여름만 되면 손님이 끊이질 않는다. 담력 체험을 이유로 사람들이 수시로 드나들기 때문이다. 마을 변두리에 위치해 있기도 하고, 몇몇 사람들이 안 좋은 사건을 겪었다는 소문이 나돌기 시작하면서 건물은 오랜 세월 주인을 찾지 못하고 있다. 이제는 여기저기 먼지가 쌓이고, 천장마다 둥그렇게 거미줄이 보인다. 건물 안에는 전에 쓰던 기물들이 그대로 남아 있었는데, 모두 깨지거나 부서져서 지금은 한낱 쓰레기에 지나지 않는다. 바닥은 수많은 발자국과 오물들로 넘쳐나고, 문과 벽에는 흉흉한 낙서들이 즐비했다.

그들도 오늘 흉가 체험을 위해 이곳을 방문했다. 도착하자마자 건물 곳곳에 카메라를 설치하고, 일 층 로비에서 저녁을 해결했다. 그리고 소화도 시킬 겸 잠시 이곳에 머물면서 이런저런 수다를 떨고 있던 참이었다.

동호회 콘셉트인지 이곳에서는 서로를 본명이 아닌 별명으로 부르고 있었다. 회장은 살집 있는 얼굴에 안경을 썼고, 제시카는 머리를 빨갛게 물들였다. 오돈반은 비쩍 마른 몸에 새치 가득한 머리, 8514는 얼굴에 하얀색 면 마스크를 쓴 게 특징이었다. S는 딱히 특징이랄 게 없는 얼굴로, 오늘 모인 사람 중에서 가장 나이가 어렸다.

"아까 말하던 거나 계속해보자."

회장이 안경을 올려 쓰며 말했다.

"아까 뭐요?"

제시카가 물었다. 테이블 위에 올려놓은 손에서 붉은색 매니큐어가 유난히 번뜩였다. 머리도 같은 색으로 물들인 걸 보면 그녀는 어지간히 붉은색을 좋아하는 것 같았다.

"무서운 이야기를 말씀하시는 것 같습니다."

오돈반이 연기를 내뿜으며 대답했다.

"아아, 무서운 이야기하면 귀신이 들으러 온다는 거? 그건 그냥 재밌으라고 해본 소린데."

"그러니까. 우리도 재미 삼아 해보자는 거지."

"뭐 알고 있는 이야기 있어요?"

"많이는 모르고. 라조육이나 나폴리탄 정도?"

"에이, 그건 너무 옛날 거다. 귀신도 질려서 안 올 듯?"

제시카가 피식하고 웃었다.

"아니면 13계단이나 안서동 괴담은?"

"13계단? 그건 또 뭐예요?"

"일본에서 유명한 괴담입니다. 월세가 저렴한 방에 들어온 세입자들이 2주를 채 견디지 못하고 나가는 일이 발생했는데, 원인을 알고 보니 그 연립주택의 계단 수가 총 열세 개였다는, 다소 밋밋한 내용의 괴담이지요."

오돈반이 기계처럼 설명했다.

"계단 수가 열세 개인 거랑 세입자들이 나가는 거랑 무은 상관인데요?"

"그러니까 이런 거지. 그 집에서 자면 매일 밤 이상한 소리가 들려오는데, 그 소리가 마치 철을 쿵쿵쿵 내리치는 듯한 소리였대. 첫째 날엔 한 번, 둘째 날엔 두 번, 셋째 날엔 세 번, 차츰차츰 그 수가 늘어났지. 그래서 그 사람은 생각한 거야. 아, 이 소리는 혹시 누군가가 계단을 올라오는 소리가 아닐까. 그러면 세입자들이 2주를 버티지 못한 이유도 설명이 되잖아. 2주는 총 14일이니까, 그 집 계단이 열세 개밖에 없다는 말은……."

"아!"

제시카가 주먹으로 자기 손바닥을 짝 때렸다.

"그런 말이었구나. 오, 괜찮은데요. 저 그런 거 좋아해요. 이해하면 무서운 이야기."

"그럼 제가 이야기 하나 해드립니까?"

오돈반이 짧아진 담배를 손가락으로 탁탁 털어내며 말했다. 꽁초는 그대로 바닥에 버렸다.

"오! 뭔데요? 해줘요, 해줘요."

제시카가 음식을 기다리는 아이처럼 발을 동동 굴렀다. 테이블이 살짝씩 흔들리자 LED 불빛도 따라서 춤을 췄다.

"제가 대학에 다닐 때 실제로 겪었던 일인데 말입니다."

오돈반이 이야기를 시작했다.

"저는 집에서 그리 멀지 않은 곳에서 대학을 다녔기 때문에 따로 자취를 하거나 기숙사에 들어갈 필요가 없었습니다. 그저 고등학생 때와 마찬가지로 집에서 통학을 하면 됐었지요. 보통 저희 집은 7시에서 7시 반 사이에 저녁을 먹었는데, 그날은 친구들과 어울려 노느라 살짝 늦게 귀가했습니다. 현관문을 열고 집 안에 들어서자 거실은 캄캄했고, 대신 부엌에서 나오는 불빛이 희붐하게 바닥을 비추고 있었습니다. 물 쓰는 소리가 들리기에 당연히 어머니가 저녁을 준비하는 줄 알고 있었지요. 저는 어머니께 다녀왔다는 말을 하고, 우선 옷을 갈아입기 위해 방으로 들어갔습니다. 아, 그전에 저희 집 구조를 간단히 설명해드리는 게 좋을 것 같군요. 우선 현관문을 열고 들어가면 가장 먼저 거실이 나오고, 왼쪽에는 부모님 방, 오른쪽에는 제 방과 화장실이 있습니다. 여기서 다시 화장실을 기준으로 나누면 왼쪽에 제 방이 있고, 오른쪽에 부엌이 있는 형태입니다. 쉽게 말해 제 방문을 열고 나오면 부엌에서 설거지하고 계시는 어머니의 뒷모습이 정면으로 보이는 위치입니다."

"밤에 몰래 빠져나오기는 힘들었겠네요."

회장이 혼잣말처럼 중얼거렸다. 오돈반은 대꾸하지 않고 이야기를 계속 진행했다.

"그날도 어머니는 개수대를 향해 돌아서 계셨습니다. 자세히 본 건 아니고, 방으로 들어가면서 시야 끄트머리로 아주 잠깐 확인한 거지요. 저는 방에서 옷을 갈아입으면서 소리 내어 어머니를 불렀습니다. 왜 거실 불은 켜놓지 않았느냐고, 아버지는 아직 퇴근하시지 않았느냐고 물었던 것 같습니다. 그런데 물소리가 컸기 때문인지 어머니는 대답이 없으셨습니다. 어차피 나가서 물어보면 되니까, 그때는 크게 신경이 쓰이거나 하지 않았습니다. 그렇게 편한 옷으로 갈아입고 있는데 갑자기 휴대폰이 울렸습니다. 순간, 제 사고는 마비되고 말았습니다. 화면에 어머니 이름이 떠 있었기 때문입니다. 부엌에서 방까지 전화할 일이 뭐가 있을까요. 저는 다시 소리 내어 어머니를 불러보았습니다만 여전히 대답은 없으셨습니다."

"그래서요? 받았어요?"

제시카가 참을성 없이 끼어들었다.

"꺼림칙하긴 했지만, 받지 않을 수 없었습니다. 통화 버튼을 누르고 귀에 갖다 댔지요. 수화기 너머로 들리는 목소리는 역시나 어머니가 맞았습니다. 하지만 어찌 된 영문인지 주변이 소란했습니다. 고요히 가라앉은 집 안과는 너무나 대조되는 소음이었습니다. 그리고 이어진 어머니의 한마디, '아들, 오늘 아버지랑 같이 볼일이 있어서 늦게 들어가니까 저녁은 혼자서 해결 좀 해.' 어머니는 그렇게 말씀하셨습니다. 거기에 대고 제가 무슨 말을 했는지는 잘 기억이 나지 않습니다. 휴대폰을 귀에서 떼자, 부엌에서 나던 물소리가 더 이상 들리지 않았습니다. 대신 맨발로 바닥을 밟는 듯한 마른 소리가 조금씩, 그리고 천천히 저에게 다가왔습니다. 저는 재빨리 달려가 방문부터 잠갔습니다. 상황을 인지하기도 전에 몸이 먼저 반응했던 것 같습니다. 문에 귀를 갖다 대고 가만히 소리에 집중해보았습니다만, 들려오는 소리는 아무것도 없었습니다. 하지만 저는 어렴풋이 느낄 수 있었습니다. 그게 정적이 아니라 침묵이라는 것을요."

"허……."

8514가 저도 모르게 소리를 냈다.

"그다음에 무슨 일이 벌어지거나 하진 않았습니다. 저는 방문을 걸어 잠근 채 부모님이 돌아오실 때까지 침대 구석에서 줄곧 웅크리고 있었거든요. 혹여 숨소리라도 들리면 큰일 날까 싶어 숨도 조금씩 아껴 쉬었을 정도였습니다. 부모님이 돌아오셨을 때, 부엌에는 아무도 없었다고 합니다. 형광등 불은 어머니가 나가면서 깜빡하고 끄지 않으셨던 거고, 수도가 덜 잠기는 바람에 뚝, 뚝 하고 물이 떨어졌을 거라고 말했습니다. 하지만 저는 도무지 이해되지 않았습니다. 제가 들은 물소리는 분명 어머니가 음식을 준비하실 때처럼 세차게 떨어지는 소리였기 때문입니다. 한 방울씩 떨어지는 소리를 듣고 제가 착각했을 리가 없습니다. 그리고 결정적으로 저는 분명 개수대 앞에 서 있는 어머니의 뒷모습을 봤습니다. 옷차림도 어머니였고, 머리 스타일도 어머니였습니다. 그 모든 게 착각이었다니, 솔직히 말해 저는 그때 어머니가 장난을 치고 있다고 생각했습니다."

본인이 생각해도 어이없었는지 오돈반은 작게 실소를 터뜨렸다.

"그 이후에 조금씩 심령현상을 공부하기 시작하면서 알게 된 사실이 하나 있습니다. 바로 우리가 귀신이라고 부르는 존재는 매우 영악하고 장난치길 좋아한다는 것입니다. 특히 사람을 가지고 장난치길 좋아하는데, 그 사람이 가장 믿고 있는 것, 가장 친숙하게 생각하는 걸 교묘하게 비틀면서 괴롭힙니다. 예를 들어 제게 했던 것처럼 가족의 모습으로 나타난다거나, 가족의 목소리를 흉내 내는 것, 혹은 집 안 거울을 이용해 장난칠 수도 있습니다. 그때 본 게 정확히 귀신이었냐고 물어보신다면 저는 확언할 수 없습니다. 다만, 어찌 됐든 저에겐 아주 기묘한 경험이긴 했습니다. 실제로 그 일을 계기로 심령현상에 관심을 갖게 됐고, 귀신이라는 존재가 어느 특정 장소, 특정 시간대에 국한된 게 아니라는 사실을 깨닫게 됐으니까요. 만약……,

그때 문을 잠그지 않았더라면 무슨 일이 일어났을까요. 혹은 제가 직접 문을 열고 나갔더라면, 그랬다면 혹시 그 존재를 볼 수도 있었을까요. 지금으로선 그게 너무도 아쉬울 따름입니다."

오돈반은 거기까지 말하고 반응을 살피듯 일동을 둘러보았다.

"그거, 진짜 아저씨 이야기예요?"

8514가 기다렸다는 듯이 물었다.

"물론입니다. 저희끼리 이야기하는데 꾸며서 들려줘봐야 무슨 득이 있겠습니까."

오돈반은 습관적으로 바지 주머니를 뒤지다가 방금 전에 담배를 피웠다는 사실을 깨닫고 민망한 듯 코를 긁적였다.

"음, 그래서 그런가. 뭔가 좀 아쉽긴 하네."

회장이 평을 늘어놓듯 팔짱을 끼고 말했다.

"아쉽다니, 뭐가요?"

제시카가 물었다.

"아니, 꼭 뭔가 일이 벌어지려는 순간에 끊겨버리니까. 어째 찜찜한 게, 꼭 볼일을 보고 뒤처리를 안 한 느낌 같잖아. 차라리 그때 문고리가 철컥철컥 돌아갔다거나, 조용해진 틈에 나가보니 문 앞에 귀신이 서 있었다고 말했다면 더 무서웠을 것 같은데."

"더 무섭고 자시고의 문제가 아닙니다. 제가 실제로 겪은 일이니까요. 있는 그대로의 사실을 말씀드린 것뿐입니다."

오돈반이 약간 욱해서 대답했다.

"오……, 그렇게 말하니까 더 무섭다."

제시카가 감탄한 듯 말했다.

"아마 저였으면……, 그 상황에서 문 잠글 생각도 못 하고 제자리서 얼어 버렸을 거예요."

"그게 못내 아쉽습니다. 그때 겁먹지 않고 문을 열었다면 어땠을까. 그랬다면 아마 회장님 말씀처럼 더 재미난 이야기를 들려줄 수도 있었을 텐데 말입니다."

"에이, 그랬으면 여기에 계시지도 않았겠죠."

"그렇게 생각하십니까?"

"그렇지 않을까요?"

"그렇다는 말은, 제시카 님은 귀신이 사람을 해칠 수도 있다고 생각하시는 겁니까?"

"어……, 그렇, 죠? 영화 같은 데서 보면 막 귀신이 이불 속에서도 나오고, 거울 속에서도 나오고 그러잖아요. 그리고 다음 장면에서 보면 꼭 사람이 변사체로 발견되고 그러던데?"

"유치하긴. 그건 영화잖아."

회장이 바로 물고 늘어졌다.

"영화가 어때서요. 영화도 다 사실을 기반으로 만드는 건데."

"제 생각은 다릅니다."

오돈반이 테이블 위에 팔꿈치를 세우며 말했다.

"귀신은 앞서 말씀드린 것처럼 다양한 방식으로 사람을 괴롭힐 수 있지만, 물리적인 위협은 가할 수 없을 거로 보입니다. 왜냐하면 그들 자체가 이미 물리적인 성질을 띠고 있지 않기 때문이지요. 쉽게 말해, 역학적으로든 자기적으로든 모든 물질은 측정이 가능해야 하는데 귀신은 그렇지 않다는 얘깁니다. 보이지도 않고, 만질 수도 없지요. 그런데 어떤 시점에 가서는 갑자기 성질이 바뀌어 사람을 공격한다? 어불성설이지 않을까 싶습니다."

"……뭐야, 이 아저씨. 혹시 과학자세요?"

제시카가 의외라는 눈빛으로 오돈반을 쳐다봤다.

"아닙니다. 저는 대학을 자퇴하고 나서 지금까지 줄곧 화물차만 몰아왔습니다. 그냥 운행 중에 자주 유투부를 즐겨 봤을 뿐입니다."

"튜브요."

8514가 발음을 지적했다.

"예?"

"투부가 아니라 튜브요. 유튜브."

"예, 유투부."

"……흠."

8514는 못마땅한 듯 입을 다물었다.

"아무튼 귀신은 사람에게 물리적인 대미지보단 정신적인 해를 더 많이 입힙니다. 가령 빙의라든지, 가위 같은 방식으로요. 여기서 또 중요한 게 정신적으로 강한 사람, 즉 기가 센 사람에겐 먹히지 않는다는 겁니다. 기가 약한 사람들이 귀신을 더 잘 본다는 얘기가 있지요. 물론 그건 믿음의 문제이기도 하지만, 통상적으로 귀신은 심신미약 상태의 사람에게 더 쉽게 접근한다고 합니다."

"음, 그래서 그런가. 요즘 통 귀신이 보이질 않네."

회장이 아쉽다는 듯 말했다.

"귀신이 무슨 물고기예요? 언젠 보이고, 언젠 안 보이게?"

제시카가 기회를 놓치지 않고 회장을 비판했다. 그 말에 8514가 작게 웃음을 터뜨렸다.

"아니, 오돈반님 말대로면 그렇잖아. 뭔가 정신적으로 피폐할 때 보인다고 하는데, 요즘 난 너무 건강하니까. 이거 이거, 귀신을 보려면 일부러 실연이라도 당해야 하나."

"실연당할 사람도 없으면서."

제시카가 작게 중얼거렸다.

"아무튼 저는……, 무서웠네요."

8514도 감상평을 남겼다.

"오돈반 님 이야기, 무서웠어요. 아마 저도 비슷한 경험을 해봐서 더 그랬던 것 같아요."

"비슷한 일?"

"네……."

"오, 그건 또 뭐야? 무슨 일인데요? 들려줘요!"

제시카가 신나서 소리쳤다.

"그렇게 대단한 이야긴 아닌데……."

"뭐 어때요. 들려줘요, 네?"

"그게……."

8514는 동의를 구하듯 일동의 눈치를 살폈다. 아무도 말이 없자, 쭈뼛쭈뼛 이야기를 하기 시작했다.

"짧은 이야긴데요……. 대충 2년 전쯤이었을 거예요. 저는 원래 본가가 지방이라 혼자서 자취를 하고 있거든요? 좋은 데는 비싸서 못 들어가고 그냥 대학로 근처에서 허름한 원룸을 하나 얻어서 살고 있어요. 총 사 층짜리 건물이고, 저는 삼 층에 살아요. 아무튼 중요한 건 그게 아니라, 여기가 방값이 저렴한 대신 주변 인프라가 하나도 형성돼 있지 않아서 정작 그 건물에 사는 사람은 대부분 노인들밖에 없어요. 역이랑도 멀고, 학교랑도 멀고, 주변에 편의점도 하나 없거든요. 어차피 저는 집에서 일을 하기 때문에

밖에 나갈 일도 잘 없고 해서 고만고만하게 살기에는 괜찮겠다 싶었죠. 근데 역시 오래된 건물이라 그런지 불편하긴 불편하더라고요. 방음이 너무 안 되는 거예요. 밤낮없이 천장이 쿵쿵쿵 울리는데, 정말 미치는 줄 알았어요. 도저히 안 되겠다 싶어서 집주인한테 전화해보니 위층에 치매 노인이 한 분 살고 계신다더라고요. 아들 부부랑 같이 사는데, 두 분이 일하러 나가시면 노인분 혼자 집에 계신대요. 그 말을 들으니까 저도 괜히 마음이 불편해져서 알겠다고만 하고 전화를 끊었죠. 근데 그날부터 이상하게 위층이 신경 쓰이기 시작하는 거예요. 소음 때문이 아니라 하루 종일 집에 갇혀 있을 노인분 때문에요. 제가 할머니 손에 자랐거든요. 그렇다고 막 특출한 봉사 정신이 있던 건 아니고, 가끔 외출하고 돌아오면서 위층 베란다를 힐끔거리는 정도였죠. 그러다 한 번은 할머니랑 눈이 마주친 적이 있어요. 할머니 혼자서 베란다 난간을 붙잡고 앉아 계셨는데, 저를 그냥 가만히 내려다보고 계시더라고요. 이렇게 한쪽 무릎을 세우고, 이마로 난간을 밀듯이 바짝 밀착한 모습으로요. 이런 말 하면 안 되지만, 솔직히 너무 소름끼쳤어요. 할머니가 너무 해맑게 웃고 계셨거든요. 마침 해가 져서 주변이 어둑해져 있을 때라 할머니의 입이 마치 거대한 구멍처럼 보였어요. 새하얀 백발을 아무렇게나 늘어뜨리고 그렇게 웃고 계시는데 어떻게 안 놀랄 수가 있겠어요. 얼른 고개를 숙이고 잔달음 쳐서 집으로 달려갔죠."

그날의 행동을 묘사하듯 8514는 턱을 당기고 두 팔을 앞뒤로 부산스레 흔들어댔다.

"그 일이 있고 나서도 한 번씩 베란다를 볼 때마다 할머니랑 눈이 마주쳤어요. 할머니는 늘 입을 벌리고 웃고 계셨고, 제가 건물 현관 안으로 사라질 때까지 계속 시선을 따라왔죠. 그런 일이 반복되자 점점 무서워지더라고요. 외출하기도 꺼려지고, 혹시나 쳐다보고 있을까 봐 괜히 우리 집 베란다에도 나가기 싫었어요. 그렇게 생각해서인지 쿵쿵거리는 발소리도 어쩐지 일부러 그러는 것 같더라고요. 왜 그렇게 생각했냐면 한번은 이런 일이 있었거든요. 방에 가만히 누워서 쉬고 있는데 또 쿵쿵 뛰어다니시길래 '아, 또 시작이네.' 하고 혼잣말로 중얼거린 적이 있어요. 그러자 갑자기 발소리가 뚝 멈추는 거예요. 딱히 크게 말한 것도 아니었는데. 너무 무섭잖아요. 그래서 혹시 하는 마음으로 '제 말이 들려요?' 하고 말해봤어요. 혼잣말하듯이, 딱 이 정도 목소리로요. 그러자 그때부터 천장이 정신없이 울리기 시작하는데, 쿵쿵쿵쿵쿵쿵쿵쿵쿵쿵쿵! 정말 난리도 아니었어요. 그때 알게 됐죠. 아, 할머니가 지금 바닥에 얼굴을 대고 내 얘기를 듣고 있구나……."

"어우, 뭐야."

제시카가 참지 못하고 끼어들었다.

"너무 소름 돋는다."

"그러게. 아무리 치매라지만 그건 좀 심했다."

회장이 웬일로 제시카 편을 들었다.

"저도 그래서 다시 한번 집주인한테 말해볼까 싶었어요. 근데 얼마 안 있다가 위층 사람이 이사를 간다는 거예요. 듣자 하니 치매 노인이 돌아가셨다 그러더라고요. 지금까지 시부모를 모시느라 그 집에 살았는데, 이제 돌아가셨으니 더 이상 그 집에 있을 이유가 없어진 거죠. 때마침 빌라 현관에서 위층 아주머니를 만나 대화할 기회가 있었어요. 아주머니는 그간 미안했다며 저에게 사과했지만, 오히려 제가 더 미안해지더라고요. 왜냐면 남모르게 할머니를 무서워하고 있었으니까요. 막상 돌아가셨다는 말을 들으니 너무 했나 싶기도 해서 저는 아주머니께 지난 일을 모두 말씀드리고 사과하기로 마음먹었어요. 그런데 제 말을 듣는 아주머니의 표정이 갈수록 심각해지는 거예요. 그래서 이유를 물어보니……."

8514는 마스크 아래를 살짝 들어 올려 길게 숨을 내뱉고는 다시 얼굴에 맞게 고쳐 썼다.

"그 집에 할머니는 안 계신다는 거예요. 치매에 걸렸다는 노인은 할머니가 아니라 할아버지셨다고……."

"와……."

제시카가 할 말을 잃은 듯 입을 쩍 벌렸다.

"혹시 내가 긴 머리만 보고 착각한 건 아닐까 싶었지만, 아주머니께서 보여준 사진에는 지금까지 한 번도 뵌 적 없는 할아버지가 계셨어요. 머리도 길지 않고, 심지어 백발도 아니셨죠. 베란다에서 봤던 사람과는 완전히 다른 모습이었어요."

"혹시 층수를 착각한 거 아니야?"

회장이 끼어들며 물었다.

"아니요, 절대. 애초에 사 층밖에 안 되는 건물인걸요. 절대 착각했을 리 없어요."

"뭐야, 그럼? 베란다에 있던 사람은 대체 누군데?"

"만약 잘못 본 게 아니라면……."

새 담배를 꺼내 입에 물며 오돈반이 말했다.

"역시 귀신이었을 가능성이 가장 높겠지요."

"맞아? 진짜 귀신이었어요?"

제시카가 8514 쪽을 돌아보며 물었다.

"글쎄, 저는 잘 모르겠어요. 당시에 그렇게 주의 깊게 본 게 아니라서. 그냥 뭔가 되게 무서웠던 기억이 나요. 그 사람과 눈도 제대로 못 마주칠 만큼."

"그럼 천장 소리는 뭐야? 쿵쿵거리는 소리. 그건 할아버지가 한 게 맞아?"

회장이 물었다.

"글쎄, 그것도 잘……."

"아마 그랬겠지요."

천장을 향해 연기를 쏘아 보내며 오돈반이 대답했다.

"앞서 말했듯이 귀신은 물리적인 위협은 가할 수 없습니다. 쿵쿵거리는 소리는 분명 할아버님이 낸 소리였겠지요. 그리고 만약 8514 님이 베란다에서 본 정체가 정말 귀신이었다면, 가장 피해를 본 쪽은 다름이 아니라 그 시간에 혼자 집에 있었을 할아버님일 겁니다."

"에?"

"그도 그럴 것이, 밖에서 눈 좀 마주친 것 외에는 그 노파가 8514 님께 직접적으로 해를 끼친 건 아무것도 없지 않습니까."

"그……, 렇긴 하죠?"

"천장에서 들리던 그 쿵쿵거리는 소리는, 어쩌면 도움을 요청하던 소리는 아니었을까요?"

"예?"

"도움이요. 치매를 앓는 분을 혼자 집에 뒀으니 아마 문도 잠겼을 테고, 전화도 쓸 수 없었겠지요. 그런 상태에서 도움을 요청할 만한 곳이 아래층밖엔 없지 않았을까요? 어떻게든 바닥만 두드리면 되니까. 대체 어떤 심정으로 두드리고 있었을지는 감히 예상하기 힘듭니다만.”

“에이, 설마요.”

회장이 농담으로 치부하듯 가볍게 웃으며 말했다.

“물론 이건 제 개인적인 생각일 뿐입니다. 어떤 증거도, 논리도 없습니다. 다만 8514 님이 그 집에서 정체불명의 존재를 보았다고 하니, 이렇게도 해석할 수 있겠다는 마음에서 말해보았습니다. 만약 그 존재가 정말 귀신이라면, 그 시간에 혼자 집에 있었을 할아버님은 얼마나 무서우셨겠습니까. 가족에게 말한들 치매 노인의 말을 믿어 줄 리 없고, 아래층에 도움을 요청해봤지만 그저 한낱 층간소음으로 취급해버렸으니 말입니다.”

“아니, 층간소음이라고는……. 저는 그냥 당시에 뭐가 뭔지 몰라서…….”

“8514 님을 탓하려는 게 아닙니다. 그 상황에선 누구라도 그렇게 생각했을 겁니다.”

“정말일까?”

제시카가 누구에게랄 것도 없이 말했다.

“정말, 할아버지는 도움이 필요했던 걸까?”

“모르지. 이미 돌아가신 분한테 물어볼 수도 없고. 뭐, 치매를 앓으셨다니까 살아계셨어도 물어보지는 못했겠지만…….”

“그 뒤로는?”

“네?”

“그 뒤로는 어떻게 됐어요? 그 할머니요. 여전히 베란다에 나타났어요?”

제시카가 물었다. 8514는 천천히 고개를 가로저었다.

“그 뒤로는 한번도 못 본 것 같아요. 솔직히 말하면 베란다 자체를 쳐다본 일이 없어요. 너무 무서워서…….”

“하긴, 나라도 그랬겠다.”

제시카가 위로하듯 말했다.

“제시카 님은 비슷한 경험해본 적 없으십니까?”

오돈반이 쳐다보며 물었다.

“나요? 당연히 없죠. 만약 그랬으면 최소 한 달은 잠 못 잤을 거예요.”

제시카가 자조하듯 웃었다.

“에이, 왜 이래. 귀신이랑 겸상도 할 사람이.”

“에? 제가요? 절대 안 그래요. 나 겁 되게 많은데?”

“겁이 많은 사람치고는 공포물을 꽤 즐겨보시는 것 같던데.”

오돈반이 말했다.

"공포물? 아아, 영화요? 그거야 가짜니까 볼 수 있는 거죠. 근데 아저씨나 8514 님이 본 건 진짜 귀신이잖아요. 아마 기절했을 거야, 난."

"흉가에서 각자 텐트 치고 자자고 제안한 것도 당신이잖아."

회장이 어이없다는 듯이 말했다.

"그건 흉가 체험을 하러 온 사람이면 당연히 그래야 하는 거고요. 다 같이 잘 거면 뭐하러 1박을 해요. 무섭지도 않은데."

"역시 보통내기가 아니야."

회장이 혀를 내둘렀다.

"그래도 사람이 살면서 한 번쯤은 으슥한 경험을 해보기 마련일 텐데요."

"그러게요. 왜 난 없지. 둔감해서 그런가."

"귀신도 사람을 봐가면서 덤비는 거지."

회장이 조롱한 순간, 제시카가 앗! 하고 소리쳤다.

"……깜짝이야. 뭐야, 갑자기."

"나, 생각났어요. 진짜 무서웠던 경험."

제시카는 다소 흥분한 얼굴로 일동을 둘러보았다.

"좀 웃긴 얘기긴 한데."

"웃긴 얘기?"

“그러니까 들어봐봐요. 내 위로 한 살 차이 나는 언니가 한 명 있거든요? 대학 다닐 때까지만 해도 둘이서 같이 자취를 했단 말이에요. 언니는 언니 방에서, 나는 내 방에서 생활하고, 둘 사이에 일절 간섭은 없었어요. 근데 어느 순간부터 자꾸만 내 방에서 이상한 일들이 일어나는 거예요. 꿈자리가 사납다고 해야 하나? 잠을 자면 꼭 몇 번씩 꿈을 꾸는데 하나같이 안 좋은 꿈들뿐이었어요. 누가 목을 조른다거나 절벽 아래로 떨어지는 꿈, 아니면 칼이나 도끼로 팔다리가 잘려 나가는 꿈 같은 거요. 근데 그런 꿈을 꾸고 나면 반드시 이상한 자세로 자고 있는 거예요. 이불을 목에 칭칭 감고 있기도 하고, 허리를 완전히 뒤로 꺾어서 자고 있기도 하고요. 하루는 침대 아래로 목부터 떨어져서 죽을 뻔한 적도 있어요. 하루 이틀도 아니고 계속 그러니까 점점 무서워지더라고요. 그래서 언니한테 방 좀 바꿔달라고 부탁했죠. 그때까지만 해도 잠자리가 나랑 안 맞는다고만 생각했었거든요. 다행히 언니는 별말 없이 알겠다고 했어요. 그날부로 모든 짐을 옮기고, 저는 원래 언니 방이었던 곳에서 잠을 자게 됐죠.”

밖에서 파르르 몸을 떨어대는 나뭇잎 소리에 제시카는 잠시 입을 다물었다. 뻥 뚫린 창문에서 초여름 바람이 불어와 일동의 옷깃을 흔들었다.

바람이 멎자, 제시카는 다시 이야기를 시작했다.

"그날 새벽이었나, 자다가 갑자기 눈이 떠졌어요. 아마 화장실에 가려고 그랬을 거예요. 어두컴컴한 방을 손으로 더듬어가면서 나갔어요. 어차피 그렇게 넓은 집도 아니어서 굳이 불을 켤 필요는 없었거든요. 그렇게 거실을 지나 화장실에 가려고 하는데 어디선가 찹, 찹, 찹, 하는 소리가 들려왔어요. 뭐랄까. 걸음마를 막 떼기 시작한 아이가 한 걸음, 한 걸음 앞으로 내딛는 듯한 소리랄까. 어디서 나는 소리인가 싶어서 가만히 귀를 기울여봤어요. 그러자 또다시 찹, 찹, 찹 하는 소리가 들려오는 거예요. 바깥에서 나는 소리인 줄 알았는데, 아무래도 예전 제 방에서 나는 소리 같았어요. 혹시 언니가 내는 소리인가 했는데 문틈 새로 보이는 방은 어둠 그 자체였어요. 온 집 안이 깜깜했죠. 캄캄한 어둠 속에서 계속 찹, 찹, 찹, 하는 소리가 들려오는데 진짜 너무 무서워서 손가락 하나 까딱거리지 못하겠더라고요. 그치만 도저히 확인해보지 않을 수가 없었어요. 언니가 걱정되기도 하고, 혹시 내가 꾼 악몽이랑 관련된 일인가 싶기도 해서요. 겨우겨우 용기를 내서 방문을 살짝 열어봤어요. 그때 목격한 광경이 저는 아직도 잊히지가 않아요. 제가 문틈으로 뭘 봤는지 아세요? 바로 물구나무를 서서 기괴하게 걸어가고 있는 언니의 모습이었어요. 머리카락은 바닥에 축 늘어져서 빗자루처럼 끌리고 있었고, 티셔츠도 반쯤 벗겨져서 브래지어가 훤히 드러나 보일 정도였죠. 언니는 물구나무에 완전히 심취해서 제가 들어온 줄도 모르는 듯했어요. 그러고 얼마나 오래 있었는지 얼굴에 피가 잔뜩 몰려서 금방이라도 터질 것처럼 빵빵하게 부풀어 있었죠. 언니는 허리를 활처럼 구부리고, 두 손을 이용해 찹, 찹, 찹, 방 안을 돌아다녔어요. 어둠 속에서 본 그 모습은 마치 영화 '엑소시스트'에 나오는 스파이더 워크를 연상케 했죠. 벽에서 벽으로 찹찹찹, 찹찹찹, 끝도 없이 돌아다니는데……."

"아니, 잠시만."

회장이 말을 잘랐다.

"분명 웃긴 얘기라고 하지 않았어?"

"아, 글쎄 끝까지 들어보세요."

제시카는 파리를 쫓듯 손을 휘휘 내젓고는 다시 이야기를 이어갔다.

"우선 그날은 너무 무서워서 아무 말도 못 하고 조용히 방문을 닫았어요. 자꾸만 그 형상이 눈앞에 아른거려서 잠도 잘 수 없었죠. 아침에 만난 언니는 언제 그랬냐는 듯이 매우 평온해 보였어요. 오히려 나한테 밤중에 별일 없었냐며 안부를 물어봤죠. 혹시 내가 잘못 본 게 아닐까. 그렇게 생각하고 그날 밤도 조용히 거실에 나와봤어요. 그런데 역시나 찹찹찹, 찹찹찹, 소리가 들려오는 거예요. 방문을 열어보니 언니가 어제처럼 물구나무를 서서 열심히 방 안을 돌아다니고 있었죠. 도저히 안 되겠다 싶어서 언니를 불렀어요. 그리고 소리쳤죠. 대체 왜 이러냐고, 너무 무섭다고, 본인이 지금 뭘 하고 있었는지는 기억하냐고. 그랬더니 언니가 막 미친 듯이 웃어대는 거예요. 그러면서 뭐라고 한 줄 아세요?"

제시카가 기대하는 표정으로 모두를 둘러봤다.

"얘, 넌 왜 남 운동하는데 지랄이니? 이게 변비에 얼마나 좋은지 알아!"

말을 하고 나서 제시카는 못 참겠다는 듯 혼자서 자지러지게 웃어댔다. 하지만 따라 웃는 사람은 없었다.

"변비라고?"

회장이 눈살을 찌푸렸다.

"변비 때문에 그 야밤에 그러고 있었다고?"

"그러니까, 낮엔 창피해서 못 하고 있다가 제가 잠든 사이에 몰래 그러고 있었대요. 안 웃겨요?"

"그럼 그 자세는 뭔데?"

"자세? 무슨 자세요?"

"네가 그랬잖아. 그 방에서 자면 맨날 요상한 자세로 일어난다고.”

“아아, 그거요?”

제시카는 갑자기 얼굴에서 웃음기를 거두더니 부끄러운 듯 고개를 숙였다.

“그게요, 사실은요, 제가 원래 잠꼬대가 좀 심했대요. 그 방 때문이 아니라 옛날부터요. 근데 그게 또 학기 초다 보니까 나름 신경 쓸 데도 많고 해서 증상이 더 심해졌던 모양이더라고요.”

“그냥 잠꼬대였다고?”

회장이 어이없어했다.

“……네.”

“그럼 그 꿈들은 뭔데? 밤마다 꿨다는 무서운 꿈.”

“그건…….”

“괴상한 자세로 잠을 자니 괴상한 꿈을 꿀 수밖에요.”

오돈반이 대신 대답했다.

“다시 말해, 그런 꿈을 꿔서 그런 자세가 된 게 아니라, 그런 자세로 잠을 자니 그런 꿈밖에 꿀 수 없었다, 가 되겠군요. 실제로 꿈은 잠자는 자세와도 매우 밀접한 관계가 있으니까요.”

회장이 벌레라도 보는 듯한 눈으로 제시카를 바라봤다.

“그게 말이 되냐?”

"그러니까 내가 말했잖아요! 웃긴 얘기라고……."

"그럼 혹시, 각자 텐트에서 자자고 제안했던 것도……."

제시카는 면목 없다는 듯 입을 다물었다.

"허."

한숨을 내쉬며 회장은 검지로 안경을 들어 올렸다.

"진짜, 내가 들어본 이야기 중에서 제일 어이없는 이야기였어."

"그럼 회장 오빠는 얼마나 대단한 일을 겪어봤는데요? 라조육이니, 나폴리탄이니 죄다 옛날 거잖아요. 완전 구닥다리라고요."

제시카가 발끈해서 소리쳤다.

"누가 뭐래? 그냥 어이없어서 어이없다고 한 것뿐인데……."

회장의 말소리가 점점 작아졌다.

"회장님이 하나 들려주시죠."

오돈반이 일회용 라이터를 든 손으로 추켜세우듯 회장을 가리켰다.

"뭐, 뭘요?"

회장은 허를 찔린 듯 말을 더듬었다.

"무서웠던 경험 말입니다. 귀신을 믿게 된 계기가 있었을 것 아닙니까."

"아, 아니, 난 그냥, 어릴 적부터 좋아했는데, 무서운 거……."

"단순히 좋아한다는 이유로 동호회 회장까지 맡고 계신 건 아니겠지요. 굳이 이런 곳까지 와서 카메라를 설치하는 이유가 있을 것 아닙니까."

"그래요, 말해봐요, 어서."

제시카도 합세하여 회장을 몰아붙였다.

"왜, 왜들이래. 웬만한 이야기는 이미 다 했잖아."

"그건 괴담이지, 회장님의 이야기가 아니지 않습니까."

"그러네. 생각해보니까 회장 오빠는 한 번도 본인 이야기를 한 적이 없네. 자꾸 어디서 들어본 이야기만 하고."

"그, 그거야 딱히 할 말이 없으니까 그렇지. 나도 오돈반 님처럼 비슷한 경험이 있었으면 당연히 말했겠지. 안 그래?"

"네, 안 그래요."

제시카는 전혀 양보할 마음이 없어 보였다.

"얼마나 대단한 일을 경험했길래 남의 얘기에 사사건건 딴지를 거는지, 한 번 들어나 보자고요."

"알았어. 미안해. 앞으로 딴지 안 걸게. 됐지?"

"어영부영 넘어갈 생각 말아요. 오늘은 S 씨도 새로 왔잖아요. 회장이 내빼기예요?"

제시카의 끈질긴 요구에 회장은 결국 '알았어, 알았어' 라고 말하고는 결심한 듯 의자를 앞으로 당겨 앉았다.

"대신 재미없다고 뭐라고 하지 마."

"물론입니다."

"들어보고요."

오돈반과 제시카의 대답이 서로 겹쳤다.

"우리 집에 개를 한 마리 키우거든요?"

옆자리를 힐끔 쳐다보며 회장은 이야기를 시작했다.

"암컷이고 종은 포메라니안인데, 이놈이 평소에는 조용하다가 가끔 뜬금없이 막 짖을 때가 있거든? 불 꺼진 부엌을 보고 짖는다든가, 아무도 없는 화장실을 보고 짖는다든가. 원래 개들은 감각이 매우 예민해서 사람이 눈치채지 못할 자극에도 반응한다고 하잖아요. 당연히 개도 그런 건 줄 알았지. 근데 하루는 자고 일어났더니 얘가 날 빤히 쳐다보고 있는 거야. 짖지도 않고, 꼬리도 안 흔들고, 그냥 비석처럼 가만히 앉아 있는 거지."

"그냥 주인 얼굴이 신기해서 쳐다본 거 아닐까요?"

이때다 싶어 제시카가 말했다.

"그 말 할 줄 알았다. 근데 평소엔 안 그러다가 한 번씩 그래, 한 번씩. 예를 들면 같이 소파에 앉아 있다가 갑자기 생각났다는 듯이 스르륵 고개를 돌려서 날 쳐다보거든. 딱히 뭐가 필요해서 그런 것 같지도 않고, 불러도 반응이 없어. 근데 한참 동안 그러고 있다니까? '네가 왜 여기 있어?' 라고 묻는 느낌으로. 진짜, 내가 키우는 강아지지만 그럴 때마다 너무 무서워서 눈도 못 마주치겠더라니까. 근데 어느 순간부터 얘가 날 보는 게 아닌 것 같은 느낌이 드는 거야."

"……엥?"

8514가 마스크 안으로 소리를 냈다.

"이때까지는 난 얘가 내 얼굴을 쳐다보고 있다고 생각했는데, 가만히 보니까 그게 아니더라고. 내 옆을 쳐다보고 있던 거야. 여기, 얼굴 바로 옆에, 귀 있는 쪽을 말이야."

회장이 동글동글한 손가락으로 귓불을 가리켰다.

"거기, 뭐가 있었는데요?"

제시카의 물음에 회장은 천천히 고개를 흔들었다.

"아무것도."

"아무것도?"

"응. 아무것도 없었어. 있을 리가 없지. 나 혼자 사는데. 그거 참 기분이 묘하대. 꼭 내 뒤에 누가 있는 것 같고 말이야."

"실제로 있었던 게 아닐까요?"

제시카가 말했다.

"있긴 누가 있어. 난 혼자 산다니까."

"사람이 왜 이렇게 둔해요? 강아지가 그렇게 쳐다봤다면 당연히 내 뒤에 누가 있다는 생각부터 해야죠."

"그러니까, 내 뒤에 벽이 있어도 개는 그렇게 쳐다본다니까."

회장이 답답하다는 듯이 말했다.

"귀 옆이라고 하지 않았습니까, 회장님이."

오돈반이 지적했다.

"그래요, 귀 옆. 확실한 건 아니고 그냥 그렇게 느꼈었다고요."

"혹시 강아지가 회장님 뒤를 본 게 아니라 옆을 봤던 게 아닐까요?"

"옆이요?"

회장은 옆에 있는 벽을 힐끔 쳐다보았다.

"옆에 뭐가 있다고……."

"누군가 회장님 얼굴에 바짝 얼굴을 붙이고 있었다고 한다면, 강아지도 자연스레 그쪽을 쳐다볼 수밖에 없겠지요."

오돈반의 말에 8514가 꺅, 하고 비명을 질렀다.

"에? 얼굴 옆에? 에이, 설마요."

회장이 통통한 볼살을 흠칫 긴장시키며 입꼬리를 억지로 끌어올렸다.

"물론 이것도 어디까지나 제 상상입니다. 그래야 더 재밌으니까요."

"상상 두 번 했다간 사람 잡겠네. 이제 걔가 날 쳐다볼 때마다 자꾸 생각날 거 아니에요. 아무튼, 내 얘기는 이 정도예요. 하기 싫어서 안 한 게 아니라, 할 말이 없어서 못 한 것뿐이라고요. 꼭 무슨 기묘한 경험을 해야만 귀신을 믿는 건 아니니까."

그리고 얼마간 침묵이 이어졌다. 갑작스러운 침묵에 누구도 선뜻 먼저 입을 열려고 하지 않았다. 그래서일까. 모두의 시선이 짜기라도 한 듯 동시에 S에게로 집중되었다.

"어……, 왜, 요?"

낌새를 눈치챈 S가 고개를 들고 말했다. 곧바로 얼굴에 당혹감이 떠올랐다.

"왜긴, 하도 조용하길래 자는가 싶어서 쳐다봤지."

회장이 웃으며 말했다.

"S 씨는 뭐 알고 있는 이야기 없어요? 무서운 거."

8514가 물었다.

"무서운, 거요? 어……."

"좋아하는 영화나 드라마도 상관없어요."

제시카가 두 팔을 테이블 위에 올려놓으며 말했다. 불빛에 그림자가 져서 팔뚝에 난 점이 유독 새까맣게 보였다.

"저, 공포 영화는, 잘 안 봐요……."

"어머, 왜요? 좋아하실 것 같은데. 역시 가짜라서 별론가? 하긴, 그러니까 직접 귀신을 보고 싶어 하겠죠. 그런데 말했듯이 너무 큰 기대는 하지 마요. 흉가라고 해서 막 귀신이 튀어나오고 그러진 않거든요."

"오히려 그 반대지."

회장이 말을 보탰다.

"대한민국에서 내로라하는 흉가란 흉가는 여기저기 다 가봤지만, 지금까지 귀신을 본 적은 한 번도 없거든. 오히려 무서운 걸로 치면 이런 데보다 집에 혼자 있을 때가 더 무섭지. 아무래도 흉가라고 하면 기대부터 하게 되니까, 실망감도 같이 커질 수밖에 없어."

"무슨 소릴 하는 거예요, 오늘 처음 참석한 사람한테."

제시카가 회장을 힐난했다.

"아니, 혹시라도 너무 기대할까 봐 그렇지. 혹시 공포 영화에 나오는 장면을 상상하고 온 거면, 당연히 실망할 수밖에 없으니까. 공포 영화는커녕 제대로 된 심령사진 하나 건지기도 힘든데."

"혹시."

담뱃갑에서 새 담배를 꺼내 들며 오돈반이 말했다.

"실례가 안 된다면 왜 그렇게 귀신을 궁금해하시는지 여쭤봐도 되겠습니까?"

모든 시선이 다시 한번 S에게로 집중되었다. S는 불의의 일격이라도 당한 사람처럼 어깨를 잔뜩 움츠린 채, 더듬더듬 말을 이어갔다.

"저, 사실은, 저희 집에 자꾸 누가 있는 것 같아서요……."

"누구라니? 귀신?"

말이 떨어지기 무섭게 회장이 물었다.

"아, 아마도……."

"아마도라니, 그렇게 진지한 얼굴로 말하기 있어요?"

제시카가 장난 섞인 목소리로 말했다.

"좀 더 자세히 들려주실 수 있겠습니까?"

코로 연기를 뿜어내며 오돈반이 물었다.

"어, 딱히 얘기랄 것도 없는데……. 그냥 말 그대로예요. 혼자 있는데 누가 자꾸 쳐다보는 것 같고, 밤마다 거실에서 발소리가 들리고……."

"……폴터가이스트?

8514가 중얼거렸다.

"혹시 그 현상을 영상으로 남겨둔 건 없습니까?"

오돈반이 S를 쳐다보고 물었다.

"……예, 영상은 없어요."

"직접 모습을 드러낸 적은요? 그러니까, 기척에 그치지 않고 어떤 확실한 존재감을 드러낸 적이 있습니까?"

"확실한, 존재감……."

"가령 제가 경험했던 것처럼 시야 끄트머리로 익숙한 모습의 누군가가 나타난다거나, 8514 님이 경험한 것처럼 오싹한 느낌의 누군가와 마주친 적이 있다거나 하는 거 말입니다."

"……그런가."

"혹시 그 존재가 항시 눈에 보입니까? 다시 말해, 마치 원래부터 존재하던 것처럼 늘 S 님 근처를 배회하고 있습니까?"

"배회하지는, 않고요. 그냥 가만히 거실 소파에 앉아 있어요. 앉아서, TV를 보고 있어요."

"잠깐만, 지금 무서운 이야기 중인 거죠?"

제시카가 눈치 없이 끼어들자, 오돈반이 오른손을 들어 올려 제지했다.

"혹시 그 존재도 S 님의 존재를 의식하고 있는 것 같습니까?"

"아마도요……."

"그건 S 님의 느낌입니까, 아니면 명확하게 증명된 사실입니까?"

"글쎄요, 이걸 어떻게 설명하면 좋을지……. 분명 존재하고 있는데 보이지 않는 느낌이랄까요. 옆에 있는 것 같아서 쳐다보면 사라지고, 옆에 있는 것 같아서 쳐다보면 사라지고, 계속 그래요."

"아아."

이제야 알겠다는 듯이 회장이 고개를 끄덕였다.

"너, 집에 있는 그게 귀신인지 아닌지 궁금한 거지? 그래서 여기까지 따라온 거지?"

그러자 S의 눈이 확 커졌다.

"어, 맞아요."

"에이, 그럼 그렇다고 진작 말을 해야지. 괜히 진지하게 생각했잖아."

회장은 등받이에 몸을 기대고 팔짱을 꼈다.

"만약 지금 네가 집에서 본 걸 여기서도 볼 수 있냐고 물어보면 대답은 간단해. 볼 수 없어. 왜냐면 넌 귀신을 본 게 아니라 귀신 같은 걸 본 거기 때문이야. 공포심이 만들어 낸 환각이라고."

"환각, 이요?"

"그래, 환각. 결국 공포는 이미지거든. 내 머릿속에 어떤 이미지가 자리 잡고 있느냐에 따라서 세상을 보는 방식이 달라지는 거지. 누군가에겐 아무것도 아닌 문틈일지 모르지만, 또 다른 누군가에겐 나를 쳐다보는 창구가 될 수도 있는 거야. 이렇게, 눈만 내놓고 빤히 쳐다보는 거지."

회장이 손가락으로 원을 만들어 눈에 갖다댔다.

"네가 본 것도 결국에는 머릿속에서 멋대로 만들어낸 이미지일 가능성이 높아. 그러니까 무서워할 필요 없어."

"아니, 동호회 회장이 저렇게 말해도 돼요?"

제시카가 어이없다는 듯이 말했다.

"공포는 이미지라느니, 환각이라느니, 그거, 꼭 귀신을 안 믿는 사람이 하는 말 같잖아요."

"귀신을 믿는 거랑 진실을 보는 거랑은 엄연히 다르지. 아까 네가 그랬잖아. 세상에는 종교를 믿는 과학자들도 많다고. 물론 난 귀신이 있다고 믿는 주의지만, 아니라고 말하는 사람들도 충분히 이해할 수 있어. 또 그래야만 하고. 그래야 우리가 한쪽으로 치우치지 않고 진실에 도달할 수 있으니까. 가령 조작된 심령사진을 보고 아무리 진짜라고 우겨 봐야 그게 진짜가 될 순 없어. 우리만 바보 된다고. 그래서 난 귀신에 관련해선 보다 객관적으로 접근해야 된다고 봐. 카메라를 이렇게나 많이 설치한 것도 다 그런 이유에서고."

제시카가 의외라는 듯한 눈으로 회장을 쳐다봤다.

"우, 그래도 방금은 좀 멋있었다."

"멋있고 자시고 할 문제도 아니야. 진실을 얘기한 것뿐이라고."

회장이 기세등등해져서 떠들었다.

"저도 회장님 말씀에 공감합니다. 눈에 보이지 않는 걸 쫓는 사람일수록 그런 점에 있어 더욱 엄격해야 한다고 생각합니다. 그러지 않고서는 회장님 말씀처럼 바보 취급당하기 딱 좋으니까요."

오돈반이 드물게 회장을 추켜세워줬다. 회장은 쑥스러움을 무마하려는 듯 괜히 헛기침을 남발했다.

"아무튼, 확실하지 않은 일로 괜히 무서워하지 않아도 돼. 나중에 명명백백히 밝혀졌을 때, 그때 무서워해도 늦지 않다고."

"……그런, 가요."

"뭐야, 왜 또 이렇게 기운이 없어."

회장이 다독이듯 S의 어깨를 감쌌다.

"보통은 다들 귀신이 아니길 바라는데, 어쩐지 S 씨는 집에 귀신이 있었음 하는 눈치네."

제시카가 농담조로 말했다.

"뭐야, 그런 거야?"

"……아니에요."

"아니긴, 이 형한테 다 털어놔 봐."

"……아니라니까요."

"그럼, 저희 동호회도 무서운 게 좋아서 들어온 게 아니겠네요."

8514가 나지막이 중얼거렸다.

"……죄송합니다."

"죄송할 것까지야. 앞으로 좋아하면 되죠. 또 좋아지게 될 거고."

제시카가 장난치듯 눈을 찡긋하며 두 손으로 테이블을 탁탁 두드렸다.

"슬슬 일어나죠. 이만하면 소화도 다 된 것 같은데."

"아, 그래. 너무 오래 있긴 했다. 얼른 가서 준비하자."

회장이 자리에서 일어나며 말했다. 뒤이어 오돈반과 제시카, 8514가 차례차례 몸을 일으켰다.

"저……, 이제부터 어디로 가는 건가요?"

S가 물었다.

"어디긴. 이제 귀신 부르러 가야지."

회장이 당연한 거 아니냐는 말투로 대답했다.

"귀신을, 불러요?"

"강령술이요. 흉가에 올 때마다 해요. 효과가 있는지 없는지는 잘 모르겠지만."

제시카가 웃으며 설명했다.

"아아, 강령술……."

"뭐 크게 거창한 건 아니니까 S 님이 신경 쓰실 건 없습니다. 저희가 알아서 준비할 거예요."

옆을 지나가며 오돈반이 혼잣말처럼 중얼거렸다.

"아, 네……."

다섯 사람이 줄줄이 출입문을 통해 나갔다. 회장, 8514, 오돈반, 제시카 순이었다. S 혼자 뒤처져서 그들을 따라갔다. 회장의 지시로 모든 LED 불빛을 끄자, 건물 안은 순식간에 어둠에 잠겼다.

그들은 이 층으로 올라갔다. 터벅터벅 계단을 오르는 소리가 건물 안에 나직이 울려 퍼졌다.

"다들 무섭지도 않나……."

S가 계단 앞에 도착했을 땐 이미 그들의 모습은 보이지 않았다. 머리 위에서 웃고 떠드는 소리가 들렸다. 도저히 흉가 체험을 온 사람들 같지 않았다. S는 작게 콧김을 내쉬고 계단에 발을 올렸다. 그 순간, 등 뒤에서 뭔가 바스락거리는 소리가 들려 S는 움찔하며 뒤를 돌아봤다. 얼굴이 심각했다. 하지만 이내 그 소리가 바닥에 나뒹굴던 쓰레기 봉지라는 것을 깨닫고는 안심한 듯 어깨를 축 늘어뜨렸다.

"에이, 뭐야, 쓰레기 봉지였어?"

S는 혼잣말하며 다시 계단을 오르려고 했다. 그러나 그 순간, S는 갑자기 몸을 되돌렸다. 뭔가를 발견한 듯 고개

를 앞으로 쭉 내밀고 눈을 작게 떴다. 그렇게 한참을 바라봤다.

등 뒤에 뭐가 있나 싶어 고개를 돌려봤다. 그러나 보이는 건 아무것도 없었다. 대체 뭘 보고 저러는 걸까. 나는 물어봤다.

"너, 혹시 내가 보이니?"

S는 대답이 없었다. 계속 한 자세로 같은 지점만 노려볼 뿐이다.

"아아, 잘못 봤나……."

S는 이내 고개를 갸우뚱하며 천천히 계단을 올라갔다. 나는 그 뒷모습을 눈으로 좇았다. 혹시 나를 봤으면서도 일부러 못 본 척 한 건 아닐까 생각해본다. 그런 사람을 지금까지 몇 번이나 본 적이 있었다.

한 번 확인해볼까.

재밌겠다고 생각하며 나는 발소리가 나지 않게 조심조심 S의 뒤를 따라갔다.

시체를 훔치는
완벽한 방법

1
일주

매년 여름만 되면 TV에서 납량특집을 하던 때가 있었다. 오싹하게 분장한 귀신들이 나와 괴담이나 도시 전설 등을 재연하면서 시청자들을 깜짝깜짝 놀래키는 것이다.

그중 단연 인기가 있었던 건 두말할 것도 없이 화장실 괴담이었다. 볼일을 보고 있는데 갑자기 불이 꺼지거나, 알 수 없는 누군가가 저벅저벅 걸어오는 듯한 기척이나 발소리, 또는 천장에서 느껴지는 음산한 시선 등 이야깃거리도 다양했다.

하지만 세월이 흘러 고등학생쯤 되자 더 이상 그런 것들이 무섭지 않게 느껴졌다. 귀신 따위 있을 리가 없잖아, 하고 쉽게 치부해버리는 것이다. 그건 다른 사람들도 마찬

가지인 듯, 요즘에는 납량특집이라는 말 자체를 거의 쓰지 않는 것 같았다.

그렇다고 해도 화장실은 나에게 있어 여전히 공포의 대상이었다. 바로 같은 반 친구들의 시선 때문이다.

왜 그런지는 몰라도 학교 화장실에서 볼일을 보는 행위는 창피하고 반드시 비밀로 부쳐야 하는 일이 되어버렸다. 소변이야 그렇다 쳐도 큰일을 볼라치면 우습고 더럽다는 듯이 마구잡이로 놀려대는 것이다. 여자애들이야 칸막이가 있어 눈을 피할 수 있다지만 남자들은 소변기가 있어 칸에 들어가면 바로 티가 난다. 만약 화장실에 갔는데 문이 잠겨 있는 칸이 있다면 모든 이목이 그곳으로 집중되기 마련이다. 짓궂은 녀석들은 호스를 이용해 물을 뿌리거나, 옆 칸에 들어가 변기 커버를 딛고 서서 사진을 찍어대기도 한다. 볼일을 보는 중에는 제대로 된 저항을 할 수도 없기에 힘없이 당할 수밖에 없다. 그리고 그날부터 그 애는 반에서 '똥쟁이'로 불리게 되는 것이다.

한번 굳어진 이미지는 쉽게 바뀌지 않는다. 초등학교 2학년 때 배탈이 난 여자아이가 수업 중에 화장실에 간 적이 있었다. 돌아오는 시간이 길었으므로 우리는 당연히 그 아이가 큰일을 보고 있다는 사실을 알았다. 필연적으로 그 아이는 졸업할 때까지 '변기'라는 별명으로 불렸다. 그것은 초등학생에게는 사형선고와도 같은 거라서, 그 일이 있은 후부터 누구도 화장실 가는 모습을 들키고 싶어 하지 않았다.

고등학생이나 되었지만 상황은 크게 달라지지 않았다. 학기 초에 벌어지는 화장실 이슈는 거의 재앙에 가깝다. 어떻게든 참아야 했다. 그러나 생리현상이라는 것이 사람 마음먹은 대로 되는 일이었다면 세상에 모든 종교는 탄생하지 않았을 것이다.

급식을 마친 나른한 오후, 갑자기 신호가 찾아왔다. 원래라면 아침에 집에서 용변을 해결하고 왔어야 했는데 그날은 늦잠을 자는 바람에 그러지 못했다. 수업 중이라면 소변인 척 재빨리 다녀오면 되지만 5교시가 시작하려면 아직 10분이나 남아 있었다.

인내심은 점점 한계에 다다르고, 복도는 여전히 시끄러웠다. 화장실에 사람도 있는 것 같았다. 교직원 화장실을 이용할까도 생각해봤지만, 만에 하나 선생님에게 들키는 날에는 벌점을 각오해야 한다. 나는 이러지도, 저러지도 못한 채 폭탄을 끌어안은 심정으로 멀거니 복도 창문만 바라보고 있었다.

아. 그때 좋은 생각이 떠올랐다. 학교 건물 뒤, 강당이 있는 곳에 비공식 화장실이 하나 더 있었기 때문이다. 그곳은

체육관이 지어지기 전에 운동부가 사용하던 곳으로, 학교 부지에서도 구석에 동떨어져 있어 확실히 감시가 적었다. 그곳에 가려면 수돗가를 가로질러야 한다는 리스크가 있긴 하지만 곧 폭탄이 터지려는 마당에 선택지는 많지 않았다.

그곳은 공원 화장실처럼 따로 출입문이 없었다. 군데군데 칠이 벗겨진 콘크리트 통로에 연녹색 아크릴 지붕이 뚜껑처럼 덮여 있을 뿐이었다. 통로 좌측에 소변기가, 우측에 나무 문이 두 개 있었다. 소변기라고 해봤자 실상은 아무것도 없는 벽이다. 물 내리는 기능도 따로 없고, 벽 바닥에 폭 15cm 정도 되는 배수구가 설치되어 있었다. 거멓게 얼룩진 콘크리트 벽에서는 말로 다 설명할 수 없는 악취가 뿜어져 나왔다.

나무 문은 지면에서 30cm 정도 높았다. 총 두 칸이었지만 하나는 청소도구를 넣어두는 곳인지 젖빛 유리창에 네모난 종이가 붙어 있었다. 글씨는 세월이 흐른 탓에 모두 지워졌고, 종이를 고정하고 있는 누런색 테이프는 끄트머리가 모두 일어나 다닥다닥 먼지가 붙어 있었다. 사용 가능한 칸이 하나뿐이니 따로 남녀를 구분할 필요도 없었다.

문을 열자 의외로 내부는 깔끔했다. 타일도 얼룩지지 않았고, 벌레 같은 것도 없었다. 다만 양변기가 아니라 재래식 좌변기였다. 문 우측에 레버를 당길 수 있는 쇠줄이 길게 늘어져 있었다. 물탱크는 나무판자로 덮여있고, 물이 절반 정도 차 있었다.

불평할 틈도 없이 들어가 재빨리 문을 잠갔다. 변기에 쪼그려 앉자, 익숙지 않은 자세라 그런지 곧바로 허리가 아파왔다.

대낮인데도 내부는 밤처럼 어두웠다. 뒤쪽 천장에 난 격자창에서 이따금 새소리가 들려올 뿐, 다른 학생들 말소리는 들려오지 않았다. 어쩐지 학교가 아닌 다른 이세계에 와 있는 것 같아서 기분이 묘했다.

아 참, 휴지는 있을까. 뒤늦게서야 중요한 사실을 깨닫고 주위를 살펴봤다. 다행히 여행용 티슈 한 팩이 바닥에 놓여 있었다. 그러나 안도하는 것도 잠시, 벽타일에 매직으로 휘갈겨 쓴 듯한 낙서 하나가 눈에 들어왔다.

아껴 쓸 것.

낙서는 그렇게 쓰여 있었다. 초등학생이 힘을 주어 쓴 것 같이 투박하고 각진 글씨였다. 휴지를 제공한 사람이 쓴 걸까. 아니, 그것보다 나 말고도 이곳을 이용하는 사람이 있다는 사실이 더 놀라웠다. 체육관 화장실을 쓰면 될 텐데 굳이 이곳을 이용한다는 것은 역시 상대도 나와 비슷한 이유에서였을까.

답은 금방 알 수 있었다. 타일 바닥에 거뭇거뭇한 재가 흩뿌려져 있던 것이다. 딱 봐도 담뱃재라는 것을 알 수 있었다. 녀석은 흡연하기 위해 이곳을 방문한 것 같았다. 이따금 시내 오락실 뒤편에서 우리 학교 교복을 입은 남학생들이 몰래 담배를 피우는 모습을 본 적이 있었다. 이곳이라면 확실히 안전하겠다 싶었다.

마침 교복 셔츠 주머니에 사인펜이 있어, 나는 상대에게 답장을 남겨놓기로 했다.

죄송합니다. 다섯 장만 빌리겠습니다.

그 아무것도 아닌 낙서 하나가 그런 큰 사건을 불러올 줄은, 정말 꿈에도 상상하지 못했다.

2
윤경

선아가 사라졌다.

실종된 지 나흘이 넘었다.

학교 게시판과 단톡방이 이 일로 지금 난리가 났다.

선아 부모님에 의하면 실종 당일 학원에도 나가지 않았다고 한다. 어디에 간다는 말도 없었고, 아무 이유 없이 연락이 두절 된 적은 더더욱 없었다고 한다.

경찰에 조사를 요구했다. 그러나 무슨 일에서인지 실종이 아닌 가출로 접수됐다. 선아 부모님은 길길이 날뛰었다. 선아가 갑자기 가출할 이유도 없고, 평소 행실이 올발랐다는 이유에서다. 그 말은 사실인 듯, 선생님과 친구들 모두 선아를 진심으로 걱정해주고 있었다. 적어도 내가 아는 사람 중에는 그랬다. 선아에 대해 나쁜 평가를 내리는 사람은 여태껏 만나본 적이 없다.

단톡방에 누군가 연쇄살인 뉴스를 공유한 적이 있었다. 학교에 다니는 대부분의 학생은 Y시 주민이었으므로 그 뉴스가 무엇을 뜻하는지 바로 눈치챌 수 있었다. 현재 발견된 연쇄살인사건 피해자들이 모두 Y시 인근에 살고 있던 것이다.

반 아이들은 곧바로 뉴스를 링크한 아이를 나무랐다. 재수 없는 소리 말라고, 말이 씨가 되는 법이라고 꾸짖었다. 나도 두어 번 동참한 기억이 있다. 그러나 금세 묻히고 말았다. 링크한 아이는 다음 날 바로 단톡방에 사과문을 게재했다.

선아와는 중학교에서 만났다. 처음부터 친구였던 것은 아니고, 2학년 1학기 즈음부터 조금씩 친해지기 시작했다.

나는 중학교 때 따돌림을 당한 적이 있었다. 초등학교 때는 안 그랬는데, 집안 사정으로 자주 이사를 다니다 보니 동네 애들과 친해질 기회가 적었다. 따돌림이라고 해도 드라마에서처럼 심한 학대를 받은 것은 아니었다. 그저 무관심으로 일관되는, 남들이 보기엔 조용하고 말 없는 아이로 비칠 만한 상황이 연출된 것뿐이었다. 군중 속의 고독이랄까. 나는 매시간 웃음이 끊이지 않는 교실 안에서 존재감 없이 늘 책상만 바라보고 있어야 했다.

큰 학교가 아니었기 때문에 학년이 높아진다고 해서 달라질 건 없었다. 1학년 때 친했던 애들이 그대로 2학년까지 이어지게 되는 것이다. 나는 아이들 앞에서 지문을 읽거나 발표를 해야 할 상황이 오면 늘 머릿속이 하얘지곤 했다. 쳐다보는 시선이 견디기 힘들었고, 교실 안에 내 편은 아무도 없다는 생각이 들자 낭떠러지에 내몰린 것처럼 가슴이 뛰었다.

그때 처음으로 말을 걸어준 사람이 바로 선아였다. 1학년 때부터 꾸준히 이름을 들어봤을 정도로 선아는 학교에서 유명한 아이였다. 예쁘고, 착하고, 공부 잘하고, 거기다 예의까지 바른, 말 그대로 엄친딸 중의 엄친딸. 모습이 보이지 않아도 선아가 지나가고 있다는 사실을 알 수 있을 만큼 그 애 주위엔 늘 추종자들이 몰려다니곤 했었다.

인기가 많다고 해서 권력을 누리거나 강압적인 태도를 보인 적은 단 한 번도 없었다. 오히려 그 반대인 경우가 많았다. 준비물을 챙겨오지 않은 아이에게 준비물을 빌려주거나, 자신의 담당이 아닌데도 양이 많아 보이는 날엔 솔선수범해서 먼저 쓰레기통을 비웠다. 그야말로 선한 영향력의 끝판왕이라고 할 수 있었다.

"그때 왜 나한테 말을 걸어준 거야?"

나중에 친해진 다음에 물어보자 선아는 오히려 나를 이상하게 쳐다봤다.

"친구끼리 당연한 거 아니야?"

눈 하나 깜빡이지 않고 그렇게 말했다. 지금이야 웃으면서 얘기할 수 있지만, 그때만 해도 나는 정신적으로 완전히 굴복한 상태였기 때문에 그 말을 듣자마자 바로 울음을 터뜨렸다. 그렇게 우리는 친구가 되었다.

고립된 상태에서 벗어나자 조금씩 내 본연의 모습을 찾아가기 시작했다. 밝고, 명랑하고, 장난기 많은 여중생으로 변모할 수 있었다. 등굣길에서부터 하교할 때까지 우리는 한시도 떨어지는 일이 없었다. 각자의 집으로 헤어지면서까지 매번 아쉬워서 본격적인 이야기는 전화로 하자고 약속했다.

성적도 비슷하고, 지망하는 대학교도 같아서 우리는 자연스레 같은 고등학교로 진학하게 되었다. 친하게 지내는 건 변함이 없었지만, 아무래도 대학 진학을 목표로 하다 보니 같이 있을 수 있는 시간이 줄어들었다. 학교에서 볼 수 있는 시간이라곤 쉬는 시간이나 점심시간 때뿐이었다. 우연히 복도에서 마주치면 서로의 옆에 다른 친구가 서 있었다. 그리고 서로가 아닌 다른 누군가와의 용무 때문에 간단히 인사만 하고 헤어지는 경우가 많았다.

그렇다고 그것을 시기하거나 질투한 적은 한 번도 없었다. 오히려 다행이라고 생각했다. 아마 이때까지 쭉 선아랑만 어울려 지냈다면 그녀를 진정한 의미에서의 친구가 아닌 의지해야 할 대상으로만 여겼을 게 틀림없다.

내가 학교에 잘 적응할 수 있었던 이유는 전적으로 선아의 도움이 컸다. 이건 부정할 수 없는 사실이다. 그런 선아가 실종됐으니 어쩌면 교실 안에서 팔 하나를 잃은 사람처럼 절망적인 표정으로 앉아있는 것이 당연한 일일지도 모른다.

나와 선아의 사이를 아는 사람들은 하나같이 찾아와 위로의 말을 건넸다. 그리고 나에게 그녀의 행방을 물어봤다. 그때마다 나는 말하는 인형이 된 기분으로 같은 말만 반복했다.

"모르겠어."

그 말밖에 해줄 말이 없었다.

그러나 분명 그들에게 말하지 않은 사실도 있었다. 특히 그 '낙서'에 관한 것은 지금까지 선아 외에 아무에게도 말하지 않았다. 그것의 존재를 아는 사람은 이 세상에 선아와 나, 우리 둘밖에 없다.

그 '낙서'가 모든 사건의 발단이 되었다.

3
일주

며칠 후, 복통을 감지한 나는 비밀작전에 투입되는 특수요원처럼 다시 한번 그곳을 찾았다. 물론 그날 남긴 낙서의 존재는 이미 기억 속에서 사라진 지 오래였다. 정말 단순하게 볼일이 급해서 간 것뿐이다. 그런데 전에 내가 썼던 낙서 밑에 새로운 낙서가 추가되어 있었다. 말할 것도 없이 나에게 답장이 온 것이다.

너는 누구?

이전과 같은 글씨체로 그렇게 쓰여 있었다.

흥미를 느낀 나는 사인펜을 꺼내 낙서에 밑줄을 그은 다음 이렇게 적어 넣었다.

나는 나입니다.

그리고 바닥에 아무렇게나 버려진 담배꽁초를 보고 이렇게 덧붙였다.

이곳은 화장실이지 흡연실이 아닙니다. 뒤처리는 확실히 하십시오.

그날부터 나는 그곳을 아지트라고 불렀다. 그리고 아지트를 발견한 순간부터 더 이상 화장실에 대한 고민을 하지 않아도 됐다. 어떻게든 집에서 용변을 해결하고 올 필요가 없어진 것이다.

그곳은 따로 관리가 이루어지지 않아서 스스로 휴지를 챙겨가지 않으면 위험했다. 나는 집에서 챙겨온 두루마리 휴지를 그곳에 기증했다. 줄어드는 화장지의 양으로 볼 때, 아마도 화장실 목적으로 그곳을 이용하는 사람은 나밖에 없는 것 같았다. 문제의 낙서 녀석은 역시 흡연만을 위해 그곳에 숨어들고 있던 것이다.

내가 모르는 누군가가 더 사용하고 있을지도 모르지만, 어쨌든 낙서는 우리 두 사람 것뿐이었다. 나는 화장실을 방문할 때마다 녀석과 메시지를 주고받았다. 내용은 크게 특별할 것 없었다. 급식으로 나온 반찬 얘기나 깐깐한 학생 주임 이야기, 과학실의 위생 상태나 청소 상태 등을 지적하며 놀았다.

완벽하게 익명이 보장된 상태이긴 했지만, 결코 주의를 소홀히 하진 않았다. 화장실에 들어가고 나올 때마다 늘 주위를 살폈다. 물론 불순한 쪽은 내가 아니라 녀석이었지만, 어쨌든 마주치면 안 될 것 같다는 느낌이 있었다. 그건 상대도 마찬가지인 듯, 우리는 서로의 신상에 대해 일절 물어보지 않았다.

그것은 인터넷 채팅과는 또 다른 재미가 있었다. 언제 맞닥뜨릴지 모른다는 공포감이 재미를 더해주었기 때문이다. 어떨 때는 볼일이 급하지 않을 때도 찾아가서 낙서를 남기기도 했다. 그즈음에는 이미 벽타일에 낙서가 한가득해서, 화살표로 따로 표시해두지 않으면 새 메시지를 찾기가 어려울 지경이었다. 그것 또한 재미라면 재미여서, 우리는 누구도 불평하지 않고 그 협소한 공간 안에 어떻게든 글자를 욱여넣으며 낙서를 즐겼다.

만약 죽이고 싶은 사람이 생기면 어떻게 할래?

하루는 이런 낙서가 적혀 있었다. 앞뒤 사정없이 가타부타 그런 말만 적혀 있으니 당혹스럽기 그지없었지만, 나는 태연스레 답장을 남겼다.

죽이고 싶으면 죽이면 그만입니다. 어떻게 죽이냐가 문제겠지만요.

물론 그것은 센 척의 일환이었다. 예를 들면 '나는 개구리를 아무렇지도 않게 잡을 수 있어'라는 식의 과시였던 것이다. 사람은 익명이 보장되기만 하면 용감해지기 마련이다. 상대가 누군지도 모르는 상태에서 굳이 약한 모습을 보일 필요는 없다. 사실 나는 비위가 약해서 개구리는커녕 생선도 맨손으로 잡지 못하지만, 이 공간에서만큼은 잔인무도한 인간으로 변모할 수도 있는 것이다.

답장은 금방 도착했다.

어떻게 죽이면 되는데?

그거야 상황에 따라서 다르죠. 누굴 죽이고 싶은 겁니까?

그러자 녀석은 이해하기 힘든 대답을 해왔다.

나도 몰라. 아직 찾는 중.

찾는 중이라고? 묻지 마 살인이라도 할 생각인가? 하긴, 처음부터 녀석과 낙서를 주고받았던 이유가 바로 이렇게 진지하지 않았기 때문이다. 익명을 보장받은 상태에서 즐기는 일종의 일탈 행위, 그 이상 그 이하도 아니다. 실제로 인터넷 커뮤니티에는 상상을 초월하는 드립들이 오가고 있다. 그거에 비하면 살인 정도야 우스운 농담일지도 모른다. 예컨대 녀석도 센 척이 하고 싶은 것이다.

그나저나 녀석은 과연 어떤 인간일까. 나와 같은 1학년일 수도 있고, 2학년일 수도 있다. 어쩌면 놀기 좋아하는 3학년일 지도 모르고, 학생들 눈을 피해 숨어든 선생님일지도 모른다. 어느 쪽이든 이 학교에 다니고 있다는 것만은 확실하다. 학급별로 반이 네 개밖에 없으니 마음만 먹으면 못 찾아낼 일도 아니다.

실제로 나는 녀석과 나눈 낙서들을 취합하여 하나의 인간상을 그려보기도 했다. 가령 교실에서 창가 쪽에 앉는다든가, 아이폰을 쓴다는 것, 학교까지 걸어서 통학한다는 사실 등을 통해 유추해볼 수 있었다. 그러나 막상 '룰'을 깨뜨리려고 하니 거부감이 들었다. 녀석의 정체를 알아채는 순간 낙서의 재미 또한 사라질 것 같았기 때문이다. 그렇기에 더더욱 정보에 조심하려고 노력했다. 서로가 누구인지 알 수 없게, 깊은 사고를 하지 않아도 되는 인스턴트식 대화만을 주고받았다.

그러던 어느 날, 마침내 사건은 일어났다.

중간고사를 막 끝마친 날이었다. 그간 나름 공부하는 척을 하느라 며칠이나 아지트를 방문하지 못했던 나는 어서 빨리 답장을 확인하기 위해 아지트로 달려갔다. 시험이 끝났다는 해방감 때문인지 이상하게 마음이 들떠있던 날이었다.

문을 열자마자 젖은 담배꽁초가 눈에 들어왔다. 절반쯤 피우다 만 것으로, 종이가 전부 찢어져 안에 있던 재들이 바닥에 아무렇게나 흩어져 있었다. 그 지저분한 광경이 어찌나 반갑던지, 나는 쓴웃음을 지으며 재빨리 문을 잠갔다.

지하철 노선처럼 복잡하게 얽혀있는 글씨 속에서 열심히 녀석의 낙서를 찾았다. 그리고 타일의 끄트머리에 가서야 그동안 못 보던 낙서 하나를 발견할 수 있었다.

도와줘.

전에 나누었던 대화들에 대한 언급은 일절 없이, 검고 딱딱한 글씨는 그렇게만 적혀 있었다. 느닷없이 대체 뭘 도와달라는 걸까. 나는 바로 답장을 남겼다.

무슨 일 있습니까?

보통은 다음 날이 돼서야 낙서를 확인하지만 그날만은 예외였다. 모두 하교하고 없는 시간을 틈타 나는 다시 한 번 아지트를 찾았다. 어딘가 예감이 좋지 않았기 때문이다.

예상한 대로 그사이 답장이 와 있었다.

하지만 거기 적혀 있던 내용은 내 예상을 완전히 웃도는 말이었다.

사람을 죽였어. 이제 시체 처리는 어떻게 하지?

4
윤경

어느 날 우편함을 열어보니 반으로 접힌 A4 용지 하나가 들어 있었다. 종이에는 보낸 사람의 이름도, 누구에게 한 말인지도 적혀 있지 않고 대뜸 '네가 죽었으면 좋겠다'라고만 적혀 있었다. 빨간색으로 쓰여 있는 데다 마치 초등학생이 쓴 것처럼 필체가 조잡해서 무섭다기보단 오히려 기분이 나빴다. 동네 꼬마들이 장난친 걸까. 아니면 정신이상자의 소행일지도 모르겠다. 처음에는 그렇게 생각하고 말았다.

다음 날, 혹시 하는 생각으로 우편함을 들여다보니 역시나 또 종이가 들어 있었다. 고깔 모양으로 엉성하게 접힌 종이 안에는 영문을 알 수 없는 휴지 뭉치가 함께 담겨 있었다. 어쩐지 꺼림칙해서 손끝으로만 겨우 꺼내 살펴보니 뭔가를 닦아낸 것처럼 휴지 가운데가 딱딱하게 굳어 있었다. 소름이 끼쳐 재빨리 휴지를 땅바닥에 버리고 종이를 펼쳐봤다. 종이에는 '죽으라니까!' 하는 글씨가 대문짝만하게 적혀 있었다.

심장이 쿵쿵 뛰었다. 한 번도 아니고, 연속해서 이런 일이 벌어진 것을 보면 누군가 의도적으로 장난을 치고 있다는 생각이 들었다. 다만 무슨 의도로, 누구에게 보낸 메시지인지는 전혀 짐작도 가지 않았다.

나는 주택에서 두 살 터울의 남동생과 같이 살고 있었다. 부모님은 집에서 차로 1시간 정도 걸리는 공장에서 평일을 보내고 주말이 되어서야 집에 오시는데, 그 이유는 내가 끝까지 이사를 반대했기 때문이다. 만약 또 이사를 하게 되면 학교도 옮겨야 할 테고, 그렇게 되면 선아와 떨어져 지내야 하는데 그게 너무 싫었다. 하는 수 없이 나와 남동생만 이곳에 남고, 부모님은 공장 안에 있는 사택에서 지내게 되었다.

한집에 살고 있긴 하지만 동생과는 마주칠 일이 거의 없다. 동생은 하루 종일 방 안에만 틀어박혀 있어서 무슨 일을 저지르고 있는지도 모른다. 밥 먹을 때도 절대 겸상은 하지 않는다. 나는 냉장고를 뒤져 엄마가 해놓고 간 반찬을 데워 먹지만, 동생은 거의 편의점 음식으로 끼니를 해결한다. 직접 들어가 보지는 않았지만 아마 동생 방은 온갖 쓰레기들로 넘쳐날 것이다. 지금껏 청소하는 모습을 단 한 번도 본 적이 없다. 그 냄새가 거실에까지 침범할 때가 있어서 기분이 나쁘지만, 따로 잔소리는 하지 않고 있다. 동생과 말을 나누는 것 자체가 기분 나쁜 일이기 때문이다.

아무리 그래도 이 질 나쁜 장난에 대해선 의논을 해봐야 하지 않을까.

나는 이미 마음속으로 이 낙서가 동생에게 온 것일 거라고 확신하고 있었다. 부모님에게 한 장난 같지는 않고, 특별히 모나지 않게 살아온 나를 증오할 만한 사람도 떠오르지 않았다. 그렇다면 남은 사람은 단 하나, 바로 동생밖에 없었다.

낙서가 적힌 종이를 들고 바로 동생 방을 찾아갔다. 스스로 자진해서 찾아간 것은 머리털이 나고 처음 있는 일이었다. 당황하기는 동생도 마찬가지인지, 노크한 지 한참 만에 문이 열렸다.

"나와서 이것 좀 봐. 누가 우편함에 이런 걸 놓고 갔는데 혹시 네 것 아니야?"

문틈으로 겨우 눈만 내놓고 동생은 내가 내민 종이를 보았다. 얼굴에 귀찮음이 가득했다. 누군 좋아서 이러는 줄 아나. 갑자기 짜증이 치밀어 동생 면상에다 종이를 홱 던져버렸다.

"아이씨, 뭐하는 거야."

"가져가. 너한테 온 거 맞잖아."

"너한테 온 거겠지."

"뭐? 너?"

뭐라고 대꾸도 하기 전에 문이 쾅 닫혔다. 그 모습을 보고 나는 역시 동생에게 온 편지가 맞다고 확신했다. 성질이 저 모양이니 주변에 적이 많은 것이다.

그래서 다음 우편물을 받았을 땐 충격이 이만저만이 아니었다. 이번에는 종이만 달랑 들어있는 것이 아니라 정성스럽게 풀칠까지 한 편지 봉투였다. 무심코 뒤집어보다가

흑 하고 숨을 집어삼켰다. 받는 사람 밑에 내 이름이 적혀 있었기 때문이다. 동생이 아니라 내 이름이.

충격과 공포가 늑골을 조여왔다. 이렇게 떡하니 이름까지 써져 있는데 동네 꼬마들이 아무 집에나 저지른 장난이라고는 생각할 수 없었다.

조심스럽게 입구를 개봉하자 안에는 가로로 접힌 종이 하나가 들어있었다. 성적 통지표를 열어보는 기분으로 조심조심 종이를 펼쳐보니 현기증을 일으킬 정도로 많은 글씨가 여백 하나 없이 빽빽하게 채워져 있었다.

*죽어죽어죽어죽어죽어죽어죽어죽어죽어죽어죽어죽어죽어
죽어죽어죽어죽어죽어죽어죽어죽어죽어죽어죽어죽어죽어죽
어죽어죽어죽어죽어죽어죽어죽어죽어죽어죽어죽어죽어죽어
죽어죽어죽어죽어죽어죽어죽어죽어죽어죽어죽어죽어죽어죽
어죽어죽어죽어죽어죽어죽어죽어죽어죽어죽어죽어죽어죽어
죽어죽어죽어죽어죽어죽어죽어죽어죽어죽어죽어죽어죽어죽
어죽어죽어죽어죽어죽어죽어죽어죽어죽어죽어죽어죽어죽어
죽어죽어죽어죽어죽어죽어죽어죽어죽어죽어죽어죽어죽어죽
어죽어죽어죽어죽어죽어죽어죽어죽어죽어죽어죽어죽어죽어
죽어죽어죽어죽어죽어죽어죽어죽어죽어죽어죽어죽어죽어죽
어죽어죽어죽어죽어죽어죽어죽어죽어죽어죽어죽어죽어죽어*

새빨간 글씨로 깨알같이 적혀 있었다. 그 단순하고 질서정연한 문장을 보고 있자니 마치 붉은 벌레 떼가 움실거리고 있는 것 같아서 속이 메슥거렸다.

나도 모르게 손에서 종이를 떨구었다. 그러자 뒤늦게 편지 봉투 안에서 오돌토돌한 감촉이 느껴졌다. 봉투 밑바닥에 뭔가 들어있었다. 무심코 손바닥 위로 봉투를 뒤집자, 작고 둥근 무언가가 우수수 쏟아졌다. 처음에는 깨나 콩인 줄 알았다. 그러나 희미한 저녁 빛에 비춰보자 그것은 일정한 크기로 잘려있는 사마귀 머리였다. 수십 개의 사마귀 눈알이 손바닥 위에서 일제히 나를 올려다보고 있었다.

"꺄아아아악!"

나는 비명을 내지르며 뒤도 돌아보지 않고 집으로 뛰어갔다.

***

그날 밤, 선아에게 울면서 전화했다.

"뭐? 협박 편지?"

선아는 태어나서 처음 들어보는 단어라는 듯 목소리를 높였다.

"응. 저번 주부터 누가 자꾸 우편함에 넣어두고 가고 있어……. 오늘은 사마귀 사체까지 들어있더라."

나는 터져 나오려는 오열을 간신히 억누르며 상황을 설명했다.

"편지에는 뭐라고 적혀 있었는데?"

"죽으라고."

"죽어?"

"응……."

편지는 세 번에 나뉘어 보내졌지만 결국 뜻은 그것 하나로 귀결됐다.

"확실히 너한테 보낸 건 맞아?"

"맞아. 봉투 겉면에 내 이름이 적혀 있었어."

"경찰에 신고는 했고?"

나는 고개를 흔들다가 통화 중이라는 사실을 깨닫고는 급하게 아니, 하고 대답했다.

"왜 안 했어?"

"그게, 아직 직접적으로 피해가 있었던 것도 아니고……."

나는 말을 얼버무렸다. 사실 무슨 일이 있어도 경찰서에만은 가고 싶지 않았다. 괜히 일을 키우고 싶지 않았고, 될 수 있으면 수능 전에 부정 탈 만한 짓은 안 하는 게 맞다고 생각했기 때문이다.

"하긴, 경찰들은 늘 일이 벌어진 다음에야 움직이니까. 고등학생이라고 무시하는 것도 있을 테고. 주위에 의심되는 사람은 없어? 뭐, 최근에 다퉜거나 좋아한다고 고백한 사람."

"고백? 고백은 왜?"

"그러니까 스토킹을 저지를 만한 사람이 있었는지 물어보는 거야."

"아, 아니. 절대 없어."

"그래……. 그렇단 말이지."

선아는 마치 제 일처럼 내 고민을 들어주었다. 이런 상황에 마음 편히 전화할 수 있는 친구가 있다는 사실이 너무나도 감사하게 느껴졌다.

"대체 나한테 왜 그러는 걸까? 내가 뭘 그렇게 잘못했다고……."

"딱히 잘못한 게 있어서 그런 것 같진 않아. 사마귀 머리까지 잘라서 보낸 걸 보면 아무래도 정신이 이상한 놈 같으니까. 그나저나 안 무서워? 내가 지금 그리로 갈까?"

"어, 그래 줄 수 있어?"

"당연하지. 잠깐만, 금방 준비해서 나갈게."

통화는 거기서 끝이 났다. 밤이 늦었는데도 불구하고 망설임 없이 만나러 오겠다는 선아의 배려심에 크게 감동했다. 또 한편으론 중요한 시기에 괜한 일로 신경 쓰이게 한 건 아닐까, 겸연쩍고 미안한 마음도 있었다.

하지만 선아의 정성에도 불구하고 협박 편지는 계속해서 배달되었다. 똑같은 글씨체에 메시지도 일관됐지만, 안에 든 내용물만은 날마다 달라졌다. 벌레 사체는 물론 액체가 묻은 휴지나 누군가의 머리카락, 정체를 알 수 없는 오물들과 면도칼 등이 들어 있었다. 하루는 집 앞에 택배 상자가 놓여 있길래 열어보니 구더기가 들끓고 있는 고양이 사체가 들어 있던 적도 있었다.

더 이상은 안 되겠다 싶었다. 정신적으로도, 육체적으로도 한계에 다다른 나머지 일상생활이 불가능한 수준까지 이르고 말았다. 수업 시간에 수업내용은 귀에 안 들어오고 어제 본 처참한 광경만이 눈앞에 아른거렸다. 아무래도 경찰에 신고하는 수밖에 없을 것 같았다.

"경찰에 신고하면 조사도 받아야 할 텐데. 분명 학교에도 소문이 날 거야."

고민을 털어놓자 선아는 진지한 목소리로 말했다.

"그럼 어떡해, 날이 갈수록 점점 더 심해지는데. 언젠간 이 사람이 진짜 나를 죽이러 올 것 같단 말이야."

나는 반찬 투정하는 아이처럼 애꿎은 선아에게 불만을 토로했다. 그런데도 선아는 화 한 번 내지 않고 차분히 내 이야기를 들어주었다. 그리고 기발한 묘책을 하나 생각해 냈다.

"우편함에 카메라를 설치해보는 건 어떨까? 우리가 먼저 증거를 확보하는 거지. 이쪽에서 증거를 가지고 있으면 범인도 과감하게 행동하지 못할 거야. 또 누가 범인인지만 알면 굳이 경찰에 신고할 필요도 없을지 몰라."

과연, 선아의 말이 맞았다. 나는 왜 진작 이런 생각을 하지 못했을까. 스스로가 한심하게 느껴졌다.

"근데 카메라는 어디서 구하지?"

"어렵지 않을 거야. 내가 한 번 알아볼게."

선아의 말처럼 초소형 카메라를 구하는 것은 모의고사 문제를 푸는 일보다 쉬웠다. 가격도 부담되는 수준은 아니어서 깊이 고민할 필요도 없이 바로 지를 수 있었다.

선아의 계획은 이랬다. 우편함을 고정하고 있는 나사 중 하나를 제거한 뒤, 그 안에 소형 카메라를 붙여놓는다. 몰래 편지를 넣고 달아나려면 동작을 신속히 해야 할 것이고, 그러려면 주변의 사소한 변화까지는 눈치채지 못할 거라고 판단한 것이다.

그리고 그 생각은 보기 좋게 적중했다. 카메라를 설치한 다음 날, 우편함에는 어김없이 편지가 도착해 있었다. 편지 봉투 안에는 가로로 접힌 A4 용지와 함께 가죽이 벗겨진 햄스터 사체가 들어 있었는데, 이런 일에도 이제 내성이 생겼는지 나는 비명도 지르지 않고 그것을 준비해둔 비닐팩에 따로 담아 보관했다. 혹시 모르니 증거물을 남겨두는 편이 좋겠다고 선아가 조언해주었기 때문이다.

그날 촬영분을 USB에 담아 방으로 가져왔다. 범인이 다녀갔으므로 분명 이 안에 얼굴이 찍혀 있을 것이다. 곧바로 노트북을 켜고 좌식 책상 앞에 앉아 USB 포트를 연결하려는데 문득 망설여졌다. 만일 영상 안에 내가 아는 사람이 찍혀 있으면 어떡하지? 생각만 해도 소름이 끼쳤다.

도저히 혼자 볼 용기가 나지 않아 결국 선아에게 도움을 요청했다. 선아는 흔쾌히 수락했고, 한 시간쯤 지나 우리 집에 와주었다.

둘이서 방문을 걸어 잠그고 책상 앞에 앉았다. 마치 공포영화라도 보려는 것처럼 괜히 긴장되고 손에 땀이 배어 나왔다. 우리는 서로 눈빛을 주고받은 후 심호흡과 함께 동영상을 재생시켰다. 그러나 겁을 먹은 게 우습게 느껴질 정도로 영상에는 한참 동안 별다를 것 없는 장면들만 지나갔다. 차도 보이고, 사람도 보이고, 날벌레도 보였지만 정작 우리 집 우편함에 관심을 보이는 이는 아무도 없었다. 어찌 보면 당연한 일이었다. 목격자가 있으면 안 되므로 범인은 인적이 드문 시간대를 골라 접근했을 것이고, 우체

부가 아닌 이상 남의 집 우편함을 뒤져볼 사람은 없을 것이기 때문이다.

그렇게 생각하니 어쩐지 긴장이 식으면서 영상이 지루하게 느껴졌다. 우리는 동영상을 조금 빠른 속도로 돌려보기로 했다. 배속을 높이자 걸어가던 사람들이 뛰기 시작하고, 보고 있는 동안에도 해가 빠르게 기울어 주변을 어둑하게 덧칠해갔다. 카메라는 자동으로 야간 모드로 바뀌어 풍경을 흑백으로 나타내기 시작했다. 화면 우측 하단에 표시된 디지털 시계가 어느덧 새벽 1시를 가리키고 있었다.

어.

그 순간, 회색 덩어리 하나가 아무런 전조도 없이 불쑥 영상 안에 나타났다. 나는 반사적으로 영상 재생속도를 원래대로 낮추었다. 카메라에 너무 가까이 붙어 있어서 영상 속 대상이 무엇을 하고 있는지는 바로 구별할 수 없었다. 그저 바람막이 차림의 누군가가 영상 우측 바깥에서 뭔가를 쪼아먹듯 어깨를 들썩이고 있다는 것밖에 보이지 않았다. 그러나 우리는 그것이 무엇을 의미하는지 알고 있었다. 바로 범인이 우편함을 열어 편지를 넣고 있는 것이다.

그 광경을 눈으로 직접 확인하니 마치 소문으로만 접해오던 진실을 마주한 것처럼 손끝이 덜덜 떨려왔다. 영상 속 배경이 우리 집 앞인 게 도저히 실감 나지 않았다. 나는 내뱉은 숨소리가 영상 속 인물에게까지 전달되기라도 하는 것처럼 아랫배에 힘을 잔뜩 주고 화면을 노려봤다.

잠시 후, 작업을 마친 듯 회색 덩어리가 뒤로 홱 물러났다. 마침내 전체 모습이 보였다. 검은 모자를 쓰고 얼굴에는 마스크를 착용하고 있었다. 흐릿하게 보이는 눈꼬리에는 상황에 맞지 않는 여유로움까지 떠올라 있었다. 그는 얼마간 그 자리에 서서 우편함을 지그시 쳐다보더니 결심한 듯 천천히 마스크를 벗었다. 그리고 처음부터 그럴 줄 알았다는 듯이 갑자기 고개를 치켜들고 카메라를 정면으로 노려보았다.

내가 아는 얼굴이, 영상 안에 있었다.

5
일주

사람을 죽였다.

사람을 죽였다.

사람을 죽였다.

하루 종일 그 문장이 머릿속을 떠나지 않았다. 녀석은 대체 무슨 반응을 기대하고 그런 장난을 친 걸까. 설마 그 말을 진짜로 믿으라는 건 아니겠지. 아닐 거야. 사람을 죽였다는 인간이 다른 장소도 아니고 학교 화장실에서 범행을 자백할 리 없으니까.

이러나저러나 이곳은 말하자면 익명의 게시판 같은 곳이다. 얼마든지 센 척할 수 있고, 얼마든지 거들먹거릴 수 있다. 그렇게 생각하면 대하기가 쉬워진다. 그래서 나도 천연스레 답장을 보냈다.

살인이라면 제가 일가견 있습니다. 시체는 지금 어디에 있습니까?

스스로 생각해도 나름 괜찮은 드립이라고 생각했다.

답장은 오후에 바로 받아볼 수 있었다.

일단은 집. 내 방에.

집? 집이라고? 인마, 장난을 치려면 제대로 치라고. 시체를 집에 둘 수 있을 리가 없잖아. 냄새도 나고, 보는 눈도 있을 텐데. 히키코모리라면 또 모를까.

나는 실망한 기색을 감추지 않고 글씨를 제멋대로 날려 적었다.

정말 사람을 죽인 게 맞습니까? 혼자 사는 게 아니라면 시체를 집에 두는 건 매우 위험합니다. 시체는 금방 썩는다고요.

그러자 녀석은 말했다.

그건 걱정할 것 없어. 아이스박스 안에 넣어뒀으니까.

얼씨구. 아이스박스 타령까지? 이 정도면 녀석도 장난에 진심인 걸까. 어쨌거나 이쪽은 추리소설 마니아다. 살인에 일가견 있다는 말은 결코 허언이 아니다. 영화도 그런 쪽으로 빠삭하게 섭렵하고 있다. 나는 의기양양하게 사인펜을 들었다.

테이프로 꼼꼼히 밀봉해두지 않는 이상 냄새는 어떻게든 새어 나가게 되어 있습니다. 얼음팩을 아무리 넣어둔다고 한들 이런 날씨에 부패는 막을 수 없을 겁니다. 기껏해야 일주일, 짧으면 사흘 정도가 한계입니다. 그 안에 처리하는 게 좋습니다.

그러니까 도와달라는 거잖아. 어떻게 처리하는 게 좋을지.

우선 버리기 쉽게 절단부터 하십시오. 큰 덩어리는 봉지에

담고, 작은 건 가능하면 변기 물에 내리도록 하세요. 일반 칼은 무뎌서 잘 들지 않으니 고기 써는 칼을 따로 구매하시는 걸 추천드립니다.

고기 써는 칼이 어떻게 생겼는지도 모르면서 멋대로 지껄였다. 평소 시사 프로그램을 주의 깊게 봐둔 것이 도움이 됐다.

답장은 다음 날 도착했다.

조언 고마워. 직접 해보니 쉽지가 않네. 총 열일곱 등분이 나왔어. 네 말대로 잘게 자를 수 있는 건 잘게 잘라서 변기에 내려보냈는데, 큰 건 어떡하지?

PS. 근데 넌 어떻게 이런 걸 잘 알아? 혹시 너도 죽여본 적 있어?

잠깐만. 이 녀석, 지금 뭐라는 거야. 열일곱 등분이라니. 사람을 해체하는데 어떻게 열일곱 등분이 나오지? 그냥 단순하게 생각해도 머리, 몸통, 팔, 다리, 여섯 등분이지 않나? 그리고 '너도' 죽여본 적 있냐니. 뻔뻔해도 너무 뻔뻔한 녀석이다.

하지만 내색하면 지는 것이므로 나는 아무렇지 않은 척

또 답장을 적어 넣었다.

당신은 바보입니까? 아무도 발견하지 못할 장소에다 하나씩 갖다버리면 되잖아요. 혹시 몰라서 하는 말인데, 절대 종량제 봉투에 담아서 버리지 마십시오. 추적당할지도 모르니까요. 그리고 산이나 강에 버리는 것도 현재로선 추천하지 않습니다. 뉴스를 봤다면 알고 계시겠죠. 현재 Y시 일대에서 벌어지고 있는 연쇄살인사건 때문에 경찰 경계가 삼엄해졌다는 걸요. 괜히 어설프게 버리려다가 적발되지 마시고, 일단 본인만이 알고 있는 비밀장소에다 잠시 숨겨두십시오. 그리고 나중에

거기까지 적고 나는 손을 멈추었다. 누군가 화장실로 들어서는 기척이 느껴졌기 때문이다. 발소리가 거침없이 다가오더니 문 앞에서 뚝 멈춰 섰다. 앗, 하는 순간에 벌어진 일이었다.

나는 자리에 그대로 얼어붙은 채 가만히 고개만 들어 유리창을 바라봤다. 젖빛 유리창 너머에 다른 그림자는 보이지 않았다. 아니, 유리창 오른쪽에서 거뭇한 그림자가 일부만 힐끔거리고 있었다. 안을 들여다보려는 것 같았다. 문은 들어왔을 때부터 잠가뒀기 때문에 안전했지만, 심장은 요란스레 뛰기 시작했다.

손잡이가 철컥철컥 돌아갔다. 나는 안에 사람이 있다는 걸 알리기 위해 문을 통통 두드렸다. 그러자 손잡이가 멈췄다. 그리고 한참이 지나도록 소리가 들려오지 않았다. 돌아간 걸까. 아니, 아니다. 발소리가 들리지 않았다. 상대는 아직 문 너머에 있다. 나는 숨을 죽인 채 가만히 귀를 기울였다. 한동안 아무 소리도 들려오지 않았다.

잠시 후, 미세하게 신발 끄는 소리가 들려왔다. 상대는 발소리를 내지 않으려고 조심하며 느릿느릿 화장실 밖을 빠져나갔다. 이윽고 무거운 정적이 찾아왔다.

나는 참았던 숨을 한꺼번에 내뱉었다. 틀림없이 녀석이다. 녀석과 마주칠 뻔했다. 손에 땀이 흥건했다.

사건이 조용해지면 다시 꺼내서 산에 옮겨 묻으십시오.

나는 쓰던 글을 마저 이어서 쓴 뒤 도망치듯 그곳을 벗어났다. 그리고 교실까지 뛰어서 갔다.

***

그날 하루는 더 이상 아지트에 들르지 않았다. 혹시나 녀석과 마주칠까 봐 두려웠던 것이다. 뭐가 두려운지는 스스로도 알지 못했다. 상대가 먼저 시작한 장난에 장난으로 받아준 것뿐이지만, 이상하게 두려운 마음이 들었다.

문 하나를 두고 대치했던 일이 자꾸만 마음에 걸려서 다음 날은 아예 아침 일찍 등교해버렸다. 교실에는 아직 두세 명밖에 와 있지 않았다. 나는 자리에 가방만 벗어둔 채 곧바로 아지트로 향했다.

그사이 답장이 와 있었다.

좀 전에, 너 맞지?

그 글을 읽는 순간, 온몸에 소름이 돋았다. 마치 나의 정체가 상대에게 모두 까발려진 기분이었다. 문득 시선이 느껴져 뒤돌아보았지만 등 뒤에는 아무것도 없었다. 회색 콘크리트 벽에는 좁은 격자창만이 환풍구처럼 덜렁 박혀 있을 뿐이었다.

최근 녀석과 질 나쁜 농담을 주고받아서 그런지 이전보다 성격이 예민해졌다. 아니, 이건 농담의 문제가 아니라 현실의 문제일까. 만약 다른 사람에게 내가 이런 낙서를 남기고 있다는 사실이 알려지면 어떻게 될까. 음침한 놈, 잔인한 놈으로 인식되어 결국에는 잠재적 범죄자로 낙인찍히지 않을까. 어제와 같은 일이 또 발생하지 않으리라는 보장이 없다. 내가 아무리 조심한다고 한들 학교에 보는 눈이 얼만데, 언젠가 한 번은 화장실에서 나오는 모습을 누군가에게 들키는 날이 오지 않을까. 그때는 단순히 '똥쟁이' 수준으로 끝나진 않으리라.

이쯤에서 그만하는 게 좋겠다. 그렇게 생각했다. 어제 일로 확실히 깨달았다. 여긴 학교지 인터넷 공간이 아니다. 소문도 잘 나고, 보는 눈도 많다. 더욱이 나는 이제 겨우 1학년이다. 벌써 찍힌다면 졸업하기 전까지 3년 내내 시달릴 게 뻔하다. 그보다 끔찍한 일이 또 있을까.

혹시 모르니 이 낙서들도 전부 지워 놓는 게 좋겠다. 필체는 숨긴다고 숨겼지만 또 모를 일이다. 나도 모르게 내 신상이 밝혀질 정보를 적어놓았을 수도 있다. 그렇다고 내 것만 골라 지우기에도 어색하다. 몽땅 지워버리자. 그리고 녀석에게 작별을 고하자.

다음 날, 나는 어제보다 더 일찍 등교해서 곧장 아지트를 찾아갔다. 손에는 청소 세제와 솔, 그리고 물티슈를 들었다. 따로 답장을 적어두지 않아서 그랬는지 새로운 메시지는 보이지 않았다. 나는 학생들이 보기 전에 재빨리 타일을 청소했다. 매직으로 쓴 게 아니라서 청소는 금방 끝낼 수 있었다.

깨끗이 청소된 벽타일을 보자 어쩐지 처음 와보는 장소

처럼 낯설게 느껴졌다. 내가 진짜 이곳에서 낙서를 주고받았다고? 그런 생각마저 들었다. 낙서를 그만하게 돼도 녀석은 담배를 피우기 위해 계속해서 이곳을 드나들 것이다. 아쉬운 감은 있지만 여기까지다. 용변이 급할 때는 어쩔 수 없이 또 찾겠지만, 앞으로 사인펜을 챙겨올 일은 없다.

그나저나 마지막 인사는 뭐라고 하는 게 좋을까. 낙서가 모두 지워진 걸 보면 녀석도 이상하게 생각할 것이다. 더구나 그저께 일도 있었다. 어중간하게 끝내면 분명 이쪽에서 겁을 집어먹고 도망간 꼴이 되어버린다. 그럴 수는 없다. 뭔가 명분이 필요하다. 콘셉트를 잘 유지하면서도 자연스레 대화를 끝낼 만한 명분이…….

아, 그래!

살인이다. 살인을 이용하는 거다.

녀석은 지금 연쇄살인마 코스프레를 하고 있지 않나. 만약 이쪽에서 증거를 요구하면 어떻게 될까? 대충 얼버무리며 범행 도구는 밝힐 수 없다고 말하지 않을까? 실제로 범행 도구는 존재하지 않으니까. 아니, 만에 하나 실재한다고 해도 녀석은 나에게 증거를 보여줄 수 없다. 왜? 나를 믿지 못하니까. 나의 뭐를 믿고 증거품을 보여주겠는가. 경찰에 신고할 수도 있고, 학교에 소문을 낼 수도 있는데? 그러니까 답은 하나밖에 없다. 녀석은 나에게 아무것도 제시할 수 없다.

그때 가서 이렇게 말하면 그만이다.

이제 장난은 그만하시죠. 증거도 없는 걸 나더러 믿으라는 겁니까?

기가 막힌 아이디어라고 생각했다. 나는 낄낄 웃음을 흘리며 사인펜 뚜껑을 열었다. 이럴 줄 알았으면 낙서도 나중에 지우는 건데. 뭐, 어차피 이건 칸이 없어서 지운 거라고 둘러대면 되니까.

나는 반들반들해진 타일에 이렇게 적어 넣었다.

만약 당신의 말이 사실이라면 증거를 보여주십시오. 그럼 믿겠습니다.

그야말로 녀석이 아니면 이해하지 못할 문장이었다. 나는 스스로의 센스에 감탄하며 아지트를 벗어났다.

다음 날, 녀석에게서 온 답장은 없었다. 그럼 그렇지 하고 생각했다. 어지간히 당황하고 있을 게 분명하다. 그것도 아니면 깨끗이 지워진 낙서들을 보고 다른 제삼자의 개입을 의심해 아예 흡연 장소를 바꿔버렸는지도 모른다.

지금까지 녀석에게서 하루 동안 답장이 오지 않은 경우는 없었다. 어떤 사정으로 결석한 게 아니라면 메시지를 읽고 일부러 답을 적지 않았다고 보는 게 타당할 것이다. 딱히 할 말이 없었으리라. 있지도 않은 증거를 요구해오니 별수 있나. 그렇다고 가오 상하게 하지 않았다고 말하지는 못할 거고. 그럴 인간이다, 그 녀석은.

한심하다고 생각하면서 나는 손가락에 침을 발라 남아 있던 마지막 낙서를 지웠다. 짧은 시간이었지만 쏠쏠하니 재밌었다. 장난은 이쯤에서 끝내도록 하자.

기왕 여기까지 온 거 소변이라도 보고 가자 싶어 자리에서 일어섰다. 그때 물탱크 위에 있던 무언가가 귓불을 슬쩍 건드렸다. 쳐다보니 투명한 지퍼백이 나무판자 위에 올려져 있었다. 무심코 손을 뻗어 그것을 가져왔다. 지퍼백 안에는 60cm 정도 되는 길이의 하얀색 PE 로프가 둘둘 말려 있었다. 집이나 학교에서 흔히 볼 수 있는, 특별할 것 없는 디자인의 로프였다. 이런 게 왜 여기 버려져 있을까. 어제까지만 해도 분명 없었는데…….

아니, 잠깐.

나는 로프를 꺼내 이리저리 돌려보았다. 특별한 흠집이나 얼룩은 보이지 않았다. 그러나 그렇게 생각해서인지 일반 로프와는 다른 무언가가 확실히 느껴졌다.

만약 당신의 말이 사실이라면 증거를 보여주십시오.

설마 이게……?

그때, 밖에서 수업 종이 울렸다.

6
윤경

선아가 웃고 있었다.

영상 안에서도, 그리고 내 옆자리에서도.

눈으로 보고 있으면서도 당최 무슨 일이 벌어진 건지 이해가 되지 않았다. 어째서 선아가 카메라에 찍혀 있을까. 왜 웃고 있을까. 왜 내 방에서 잇몸을 드러내고 미친 사람처럼 웃고 있을까.

나는 차마 옆으로 고개를 돌리지도 못하고, 노트북 모니터를 통해 선아를 쳐다봤다. 이미 영상 속에 있던 선아는 사라진 지 오래였다. 텅 빈 새벽 풍경을 비추고 있는 액정 화면 너머로 선아와 내 모습이 비치고 있었다. 선아는 웃고 있고, 나는 넋이 나가 있다. 귓속에 이명이 가득 차서 선아의 웃음소리가 마치 문밖에서 들리는 것처럼 느껴졌다.

"놀랐어?"

겨우 웃음이 잦아들 때쯤, 선아는 눈가에 맺힌 눈물을

닦아내며 그렇게 말했다. 같이 본 코미디 영화가 어땠냐고 물어보는 듯한 말투였다.

"그러게, 진작 죽어줬으면 좋았잖아. 안 그래?"

나는 눈앞에 펼쳐진 부조리함을 어떻게든 이해하려고 애썼다. 선아의 바뀐 태도도 이해되지 않았고, 왜 저런 말을 하는지도 이해되지 않았다. 길을 가다가 모르는 사람에게 뺨을 맞으면 이런 기분일까. 너무나 뜬금없고 어이없는 상황에 온몸의 신경회로가 고장이 난 것 같았다.

"하, 이년이 왜 갑자기 지랄이지? 그 생각하고 있지?"

내 속마음을 읽은 듯 선아가 입꼬리를 올리며 말했다.

"그러니까 네가 아직 그 모양 그 꼴인 거야, 윤경아. 눈치가 없어도 너무 없잖아."

병신 같은 게, 하고 선아는 중얼거렸다.

"저, 저기……."

나는 겨우 호흡하듯 말을 내뱉고 고개를 돌려 선아를 쳐다봤다. 선아의 하얀 얼굴이 형광등 불빛을 받아 반짝거리고 있었다.

"서, 선아야. 왜, 왜 그래……."

"왜는 무슨, 지랄."

내 말을 잘라먹으며 선아는 앉은 자세로 팔짱을 꼈다.

"네 주제를 알아야지, 윤경아, 제발. 네가 언제부터 그렇게 떵떵거리고 다녔다고."

"어?"

"너, 보니까 요즘 아주 살판이 났더라? 복도에서 마주쳐도 아는 척도 제대로 안 하고. 꼴에 친구 좀 생겼다고 유세 떠는 거야?"

"그, 그게 무슨 말이야……."

"잘 생각해, 윤경아. 네가 지금 누구 때문에 그러고 사는지. 왕따나 당하던 년을 살려주니까 이게 고마움도 모르고."

들이마신 숨을 제대로 내뱉을 수 없었다. 온몸의 피가 단번에 증발한 기분이었다. 그 당혹감이 얼굴에 나타났는지, 선아가 가소롭다는 듯 눈썹을 오므렸다.

"너, 요즘 내 욕하고 다닌다며?"

"어?"

뜻밖의 말에 나도 모르게 상체를 앞으로 기울였다.

"뒤에서 남 호박씨 까고 다니면 내가 모를 줄 알았어?"

선아가 지금 무슨 말을 하고 있는지 알 수 없었다. 내가 자기를 흉봤다니, 그럴 리가 없지 않은가. 학년이 달라졌다고 해서 선아의 영향력이 줄어드는 일은 없었다. 오히려 미담은 더 늘어나서 중학교 때보다 훨씬 인기가 많아졌다. 방과 후 교문 앞을 지키고 있는 남학생들도 전부 선아를 보기 위해 모인 애들이고, 선아가 올해 입학식 축사를 맡게 된 것도 다 선생님들의 추천이 있었기 때문이다. 아무리 눈을 씻고 찾아봐도 내가 선아를 업신여길 이유가 전혀 없었다. 더구나 호박씨라니, 그럴 일은 더더욱 없다.

나는 기본적으로 선아를 친한 친구이기 전에 은인으로 생각하고 있었다. 선아가 없었다면 중학교 때의 어두운 성격이 그대로 굳어졌을 거고, 지금처럼 웃고 다니지도 못했을 것이다. 물론 시간이 지나면서 어느 정도 익숙해진 감은 없지 않아 있지만, 그렇다고 해도 그 고마움을 잊은 적은 단 하루도 없었다. 그런 내가 선아를 욕하다니, 분명 오해 아니면 모함일 것이다.

하지만 선아는 너 아니면 누구겠냐는 식으로 나를 무섭게 쏘아보고 있었다.

"왜 모른 척하지? 슬기한테 했던 말, 기억 안 나?"

슬기는 나와 같은 반 친구였다. 2년 연속 같은 반에다 앉은 자리도 가까워서, 선아를 제외하면 내가 학교에서 가장 친하다고 말할 수 있는 아이였다.

"스, 슬기가, 왜?"

"네가 슬기한테 그랬다며. 선아 걔는 일부러 칭찬받으려고 사는 애 같다고."

기억이 나지 않았다. 하지만 무슨 의도로 그런 말을 했을지는 어렴풋이 예상이 갔다.

선아의 행동은 일반적인 관점에서 보면 이해하기 힘든 행동들이 많았다. 예를 들어 지하철역 계단에 쭈그리고 앉아있는 노숙자에게 선뜻 만 원짜리 지폐를 건넨다거나, 리어카에 폐지를 싣고 가는 할머니를 도와 직접 집까지 모셔다드리기도 했다. 하물며 학교에서는 다른 친구가 깨뜨린 화분을 본인이 깨뜨렸다고 거짓말해서 대신 선생님께 벌점을 받은 적도 있었다. 아무리 좋은 뜻에서 한 행동이라고 해도 그 정도가 너무 과했던 것이다.

결정적으로 내가 선아의 행동에 의구심을 품게 된 사건이 하나 있었다. 어느 주말 지하철 안에서 있었던 일이다.

서점에 학습지를 사러 가던 길에 같은 칸에 서 있는 선아를 발견했다. 이미 열차 안은 만원이어서 선뜻 소리 내어 부르거나 무리하게 사람들을 헤쳐가며 지나갈 수도 없었다. 역에 정차하면 가봐야지 하고 있는데 마침 열차가 속도를 늦추기 시작했다. 열차 안은 내리려는 사람들로 잠시 어수선해졌다. 서로 어깨부터 집어넣으며 분잡하게 통로를 지나가고 있었는데, 그중 한 사람이 선아와 부딪혔다. 세게 부딪힌 것도 아니었고, 남자도 곧바로 사과했지만 선아의 표정은 좋지 않았다. 세 좌석이나 떨어진 나에게까지 들릴 정도로 욕을 내뱉더니 부딪힌 팔을 벌레라도 붙은 것처럼 북북 긁어댔다. 남자의 옷차림이 깔끔하지 못하단 걸

감안하더라도 선아의 반응은 과민한 데가 있었다. 평소 노숙자를 대하던 모습과는 완전히 상반된 모습이었다. 무슨 기분 나쁜 일이라도 있었을까. 하지만 그날 내 앞에서는 그런 내색을 전혀 보이지 않았다. 오히려 친구에게 선물 받을 일이 생겼다며 잔뜩 들떠있었다. 그리고 지하상가에서 마주친 노숙자에게 어김없이 만 원짜리 지폐를 건넸다.

한 번 그런 일을 겪고 나니 조금씩 진실이 보이기 시작했다. 언젠가 급식실에서 줄을 서고 있는데 한 아이가 슬그머니 선아 앞으로 끼어든 적이 있었다. 자기 딴에는 할 말이 있는 척 연기했겠지만 누가 봐도 다분히 의도적인 새치기였다. 그런데도 선아는 표정 한 번 찡그리는 일 없이 웃으며 받아주었다. 얼핏 보면 그랬다. 그러나 아이가 앞을 보고 돌아선 순간, 선아는 무서운 얼굴로 아이의 뒤통수를 노려보았다. 지금까지 본 적 없던 무시무시한 얼굴이었다. 찰나의 순간이었지만 확실히 그때 선아는 다른 사람이 되어 있었다.

솔직히 배신감보단 걱정이 앞섰다. 이제는 너무도 유명해진 리플리 증후군이나 착한 아이 증후군이 아닐까 싶어서였다. 이는 주로 어릴 적 부모에게 버림받을까 두려워하는 유기 공포에서부터 기인한 방어기제로, 성인이 되어서도 타인의 관심과 사랑을 받기 위해 끝없이 스스로를 억압

하고 희생한다고 한다. 그건 결코 행복한 삶이라고 할 수 없었다. 선아가 정확히 무슨 일을 겪었는지는 알지 못하지만 적어도 내 앞에서만큼은 솔직했으면 싶었다. 연기하지 않고, 절제하지 않아도 나는 선아를 사랑할 자신이 있었다. 그래서 슬기에게 고민을 털어놓은 것이다. 슬기라면 내 말을 진지하게 들어줄 것 같았기 때문이다.

걔가 선아에게 무슨 말을 어떻게 했는지는 모르겠지만 절대 누군가를 폄하할 목적으로 한 말은 아니었다. 선아는 지금 오해를 하고 있었다. 오해를 해도 단단히 하고 있었다.

"그, 그게 아니야."

나는 목구멍에서 끌어올리듯 말을 내뱉었다.

"오, 오해라니까."

"미친년, 또 연기하네. 뭐가 오핸데?"

"절대 다른 이유로 그랬던 건 아니야. 나는 단지 네가 걱정돼서……."

"걱정? 걱정이라고? 풉".

선아는 볼살을 끌어올려 소리 내어 웃더니 순간적으로 표정을 지웠다.

"그럼 말을 한 적은 있다는 거네?"

나는 대답하지 못했다. 두 손을 가랑이 사이에 끼우고 벌을 서듯 어깨를 움츠렸다.

"같잖은 년이."

선아는 몸에 붙은 진드기를 떼어내듯 팔과 다리를 부산스레 털어내고는 천천히 몸을 일으켰다.

"뭐, 그렇게 하면 네가 나보다 잘 나갈 줄 알았어? 윤선아 걔, 다 가짜래. 연기한 거래. 그러면 네가 이길 줄 알았냐고. 착각하지 마, 정윤경. 넌 나한테 뭣도 아니야. 내가 보낸 고양이 시체 있지? 넌 나한테 그 정도밖에 안 돼. 그러니까 함부로 깝치고 다니지 말라고. 알아들어?"

머리 위쪽에서 나를 찍어누르듯 쏘아보고 있는 선아의 시선이 느껴졌다. 눈앞에 있는 선아의 가늘고 하얀 다리만 남기고 방 안의 모든 풍경이 검게 덧칠되어갔다.

"알아들었냐고, 이년아."

천장에서 선아의 목소리가 내려왔다. 비웃듯 웃음기 섞인 그 목소리가 내 멱살을 잡고 흔들었다. 숨이 잘 쉬어지지 않았다.

"이제 내가 그것들 버리지 말라고 한 이유를 알겠지? 네가 누군지 까먹을 때마다 한 번씩 꺼내서 보라고. 아, 나는 쥐새끼 같은 년이구나, 구더기 같은 년이구나, 느끼라고, 그래서 보낸 거야. 고맙지?"

이상하게 현실감이 느껴지지 않았다. 내 앞에 있는 게 선아가 아니라 생면부지의 사람인 것 같았다. 처음 보는 사람이 목에 대검을 들이대는 기분이었다. 귓속에 들이찬 이명이 여름철 매미처럼 머릿속을 어지럽히고 있었다.

"만약 경찰에 신고할 생각이라면 그렇게 해. 근데 이건 알고 있어. 더 이상 학교에 네 편은 없다는 거. 상식적으로 네 말을 믿는 사람이 많겠니, 내 말을 믿는 사람이 많겠니?"

나는 최근 달라진 슬기의 태도를 떠올렸다. 매점에 가자고 해도 거절하고, 쉬는 시간만 되면 어딘가로 바삐 사라졌었다. 그 모든 행동이 이제야 겨우 이해되었다.

"윤경아, 진실이 꼭 무기는 아니야. 진실보다 무서운 게 이미지라고. 그러니까 제발 잘난 척 그만하고 네 앞길이나 잘 살펴. 누가 누굴 걱정해? 응? 병신이 바보 걱정해주는 거야?"

선아는 한심하다는 듯이 나를 바라봤다. 보지 않아도 그 표정을 알 수 있었다. 바닥에 둥그렇게 떠 있는 그림자가 마치 개미지옥처럼 금방이라도 나를 집어삼킬 것 같았다.

그리고 선아는 천천히 내게서 멀어졌다. 방 안의 풍경이 다시금 시야 속으로 되돌아왔다.

선아는 문 앞까지 걸어가서 손잡이를 잡고 딱 한 번 뒤돌아봤다. 정교하게 다듬은 고무 인형 같은 얼굴이 그곳에 있었다.

"딱히 꿈 같은 게 없으면 진짜로 죽어주는 건 어때? 솔직히 너 같은 게 대학 간다고 달라지겠어? 그냥 은혜 갚는다 생각하고 뒤져주라, 제발. 눈 딱 감고 차에 뛰어들면 되잖아. 너만 뒤지면 모두가 행복해질 텐데."

선아의 마지막 말이 포환처럼 포물을 그리며 내 귀에 떨어졌다. 순간 마음속 깊은 곳에서부터 뭔가가 으득으득 부서지는 소리가 들렸다. 그 부서진 틈 사이로 시커먼 감정 하나가 봇물처럼 밀려 들어왔다. 그것은 배신감이나 죄책감 따위의 감정이 아니었다. 내 온몸을 짓누르듯 숨이 턱턱 막히게 폐부를 강하게 압박하고 있던 것은 감당할 수 없을 정도의 설움이었다.

지금껏 선아를 친구 이상의 존재로 생각해왔다. 때론 언니처럼, 때론 엄마처럼 따르며 이 세상 누구보다 소중한 존재로 여겨왔다. 만약 선아가 불미스러운 사고를 당해 신장 이식이 필요하다 하면 기꺼이 떼어줄 용의도 있었다. 선아를 살릴 수만 있다면 그깟 신장 하나쯤 아무것도 아니라는 생각도 들었다. 그런데 이게 뭔가. 불과 몇 분 만에 내 이상이 와르르 무너져버리고 말았다. 그것은 오지도 않은 내 앞날이 무참하게 난도질당한 것과 같았다.

선아는 정말 나를 친구로 생각하지 않은 걸까. 그저 자신의 삶을 영위하기 위한 한낱 도구에 불과했던 걸까. 연기에 필요한 소품이었을까. 지금까지 보낸 칼과 사체들은 진심으로 나를 해칠 목적이었을까.

정신이 들고 보니 어느새 손에는 2kg짜리 분홍색 아령이 쥐어져 있었다. 방바닥에 있던 것을 무심코 잡아 든 것이다. 선아는 이제 등을 보이고 방에서 나가려고 하고 있었다. 문을 열려고 하고 있었다.

생각보다 먼저 몸이 튀어 나갔다. 손잡이를 돌리고 있는 선아의 뒷모습을 향해 무서운 속도로 달려들었다. 마구잡이로 아령을 휘두르자 퍽 하고 깨지는 소리가 들렸다. 선아의 얼굴이 문에 세게 부딪히며 그 반동으로 뒤로 넘어졌다. 선반 모서리에 뒤통수를 찧었다. 피가 물총처럼 튀었다.

마치 유치한 슬랩스틱을 보는 것 같았다. 하지만 문과 바닥에 뿌려져 있는 핏방울은 전혀 우습지 않았다. 오히려 무서웠다. 나는 뒤늦게 이성을 되찾고 아령을 떨구었다. 잘못해서 발등에 떨어졌지만 전혀 아프지 않았다.

"서, 선아야……."

쭈뼛쭈뼛 무릎을 구부리며 선아를 불렀다. 선아는 대답이 없었다. 사고 현장에 그려놓은 그림처럼 'ㄴㅇㄱ'자세로 누워 있었다. 그와 비슷한 밈이 떠올라 잠시 웃겼지만 입꼬리는 올라가지 않았다. 대신 눈물이 뚝뚝 떨어졌다.

"아아, 선아야, 괘, 괜찮아?"

괜찮을 리 없었다. 모서리에 찍힌 뒤통수가 조각칼로 후

벼판 듯 움푹 들어가 있었다. 그곳으로 피가 벌컥벌컥 쏟아져 나오고 있었다. 머리카락을 적시고, 귀를 적시고, 방바닥을 적시고 있었다. 선아는 죽어가고 있었다.

그래도 아직 의식은 있는지, 아니면 본능적으로 그랬는지는 몰라도 선아는 뭔가를 찾듯 손가락을 더듬더듬 움직였다. 아무래도 바닥을 끌며 앞으로 나가려고 하는 것 같았다. 실제로 선아의 몸은 조금씩 앞으로 움직이고 있었다.

덜컥 겁이 났다. 만약 이대로 선아가 살아서 돌아가면 어떻게 될까. 내가 선아의 머리를 때렸단 걸 알면, 고의는 아니었지만 다치게 만들었단 걸 사람들이 알게 되면 그때는 어떻게 될까. 계속 학교에 다닐 수 있을까.

안 된다. 막아야 한다. 어떻게든 나가지 못하게 막아야 한다.

어떻게 그런 판단을 했는지 모르겠다. 변명하자면 그때의 나는 반쯤 정신이 나가 있었고, 조금 있으면 동생이 집에 올 시간이기도 했다. 뒷일은 둘째치고, 우선 눈앞의 일부터 처리하자는 마음이 있었다. 꿈틀꿈틀 기어가는 선아를 어떻게든 멈춰 세웠어야 했다.

나는 서랍을 뒤져 겨울 장갑과 로프를 찾아 꺼냈다. 장갑이 눈에 띈 것은 순전히 우연일 뿐, 처음부터 계획하고 그랬던 건 아니었다. 아주 잠깐 장갑을 끼면 손이 덜 아프지 않을까 생각하긴 했지만, 지문을 감춘다거나 하는 식의 생각은 추호도 하지 않았다.

나는 선아의 등에 올라타 로프로 목을 졸랐다. 그것은 마치 손잡이에 의지해 썰매를 타는 모습과 비슷했다. 이따금 선아의 입에서 아마추어가 연주하는 바이올린처럼 끽, 끼긱, 하는 소리가 들려오긴 했지만 기본적으로 귓속 맥박 소리가 훨씬 크게 들렸다.

얼마나 그러고 있었을까. 슬그머니 손을 떼보니 선아의 몸은 젖은 해초처럼 바닥에 축 늘어졌다.

그제야 실감이 났다.

내가 사람을 죽였다.

7
일주

이딴 게 살해 도구라고?

수업 시간, 나는 주머니에 손을 넣어 아지트에서 챙겨온 로프를 만지작거리며 생각했다.

내 솔직한 감상이었다. 스스로 무엇을 기대했는지는 모르지만, 어쨌든 이런 흔해 빠진 로프만 달랑 보여줄 줄은 전혀 예상하지 못했다.

물론 이걸로도 사람을 죽일 수는 있겠지. 하지만 그건 어디까지나 '진짜 살인'일 때나 해당하는 말이고, 우리처럼 익명을 보장받는 상태에서 허세를 부릴 때는 좀 더 그럴싸한 흉기를 보여줄 줄 알았다. 아니, 로프만 달랑 던져줄 바에는 처음부터 증거는 보여줄 수 없다고 선을 긋는 편이 더 낫다. 전부터 든 생각이지만 녀석은 성의가 없어도 너무 없었다.

하지만 한편으로는 무서운 마음이 든 것도 사실이다. 만에 하나 이게 진짜라면, 다시 말해 녀석이 정말로 누군가를 죽였다면, 목 졸라 살해했다면, 그때는 어떡하지? 나는 녀석과 공범이 되는 건가? 범죄 방조나 가공, 뭐 그렇게 묶이는 셈인가? 아니, 잠깐만. 그럴 리가 없지 않은가. 나는 녀석과 얼굴도 모르는 사이다. 녀석의 범죄를 눈감아준다고 해서, 아니, 도와줬다고 해서 이득 볼 게 하나도 없다는 뜻이다. 처음부터 녀석의 말을 진지하게 생각해본 적도 없다. 대낮에 학교 화장실에서 살인이라니, 그런 얼토당토않은 말을 믿을 사람이 세상에 어디 있겠는가.

혹시 녀석이 아니라 다른 제삼자가 놔두고 갔을 가능성은 없을까?

애석하게도 그럴 가능성은 거의 없어 보였다. 지금까지

녀석 외에 다른 사람의 흔적은 발견된 적도 없고, 별것도 아닌 로프를 소중한 듯이 지퍼백에 담아서 가지고 다닐 사람도 없을 것이기 때문이다.

자, 침착하게 생각해보자. 사실 별것도 아닌 문제일 수도 있다.

언젠가부터 낙서 녀석이 살인과 관련된 농담을 하기 시작했다. 처음에는 당연히 센 척의 일환이겠거니 가볍게 넘기고 말았지만, 녀석의 살인마 콘셉트는 좀처럼 끝날 기미를 보이지 않았다. 사람을 토막 냈더니 열일곱 등분이 나왔다고 하질 않나, 작은 부산물들은 변기에 내려보냈다고 하질 않나. 물론 내가 장난에 기름칠을 하긴 했다. 그럼 거기서 멈췄어야지, 왜 2절, 3절까지 하고 앉았는지 모르겠다.

장난을 계속하다가는 나까지 이상해지겠다 싶어서 범행 증거를 요구했다. 이쪽에서 증거를 요구하면 상대도 당황해서 흐지부지 끝낼 수 있을 거라고 판단했던 것이다. 그런데 오늘, 녀석은 보란 듯이 로프를 준비해 아지트에 갖다 놓았다. 마치 이게 진짜 살해 도구라도 되는 양, 지퍼백에까지 담아서 무심한 듯 툭 던져놓고 갔다. 이걸 어떻게 해석하면 좋단 말인가.

첫 번째, 허세일 뿐이다. 진짜라고 보이기 위해 아무 물건이나 갖다 놓은 것이다. 망치나 칼, 도끼 같은 거면 더 좋았겠지만 구하기도 힘들고, 진짜처럼 꾸미기도 힘들다. 가장 만만한 게 로프, 즉 교살로 위장하는 것이다.

실제로 교살은 우발적인 살인의 주된 살해 방법이다. 시사 프로그램만 봐도 의외로 흉기를 사용하는 사건보다 손이나 끈으로 목을 졸라 살해하는 범죄가 더 많이 소개되었다. 설마 녀석이 그런 것까지 계산해서 준비하진 않았겠지만 어쨌거나 일리는 있다는 말이 된다.

두 번째, 녀석은 진짜로 사람을 죽였다. 어떤 이유에서인지는 모르겠지만 아무튼 실제로 사람을 죽이게 됐고, 도움을 요청할 사람이 마땅치 않아 내게 범죄 사실을 털어놓았다.

얼핏 보면 말도 안 되는 소리 같지만 의외로 가능성이 없진 않다. 처음부터 사람을 죽이지 않았으면 몰라도, 만약 죽였다고 가정하고 보면 놈의 입장에서는 나보다 더 고마운 조력자는 없을 것이다. 우선 범죄 사실을 마음 편히 털어놓을 수 있고, 밑져야 본전이라는 마음으로 상대해도 상관없다. 정체를 들킬 염려도 없고, 들켜도 장난이었다고 내빼면 그만이니까.

무엇보다 기록이 남지 않는다. 대개 범죄자들의 경우, 특히 초범인 경우에 당황하고 무서운 나머지 가장 먼저 인터넷부터 뒤져본다. 시체 처리 방법이나 형량, 비슷한 사건의

판례 따위를 검색해보는 것이다. 그 기록들은 나중에 대부분 범죄 혐의점으로 몰리게 된다.

만약 내가 녀석의 낙서를 휴대폰 사진으로 남겨두거나 했으면 또 다른 문제겠지만, 그러지 않았다. 아니, 그럴 필요 없었다고 보는 게 맞다. 어디까지나 장난이었고, 나도 그 장난에 그저 동조해주었을 뿐이니 말이다. 설사 남겨두었다고 해도 녀석도 나름 머리를 써서 필체를 일부러 다르게 썼다. 낙서만으로 추적은 불가능했을 것이다.

물론 마음만 먹으면 녀석이 누군지 알아내지 못할 것도 아니지만 낙서는 이미 전부 사라진 후다. 이 로프에 대한 감정을 맡기지 않는 한, 이제 녀석의 정체를 밝힐 방법은 어디에도 없다. 밝혀내도 이게 녀석이 갖다 놓은 것인지 입증할 방법도 없다.

그럼 녀석은 왜 자신의 범행 도구를 내게 보여주었을까? 그사이 어떤 동질감이라도 느낀 걸까? 나는 이미 녀석이 로프에 묻은 자신의 흔적을 말끔히 지웠으리라고 확신했다. 예컨대 보여줘도 상관없기 때문에 보여준 것이다. 지금 당장 경찰서에 찾아가서 이 일련의 일들을 모조리 털어놓아 본들, 내 말을 믿어줄 사람이 몇이나 될까. 학교 화장실에서 알게 된 생면부지의 인간이 사람을 죽였다고 고백하며 떡하니 범행 도구를 주고 갔다. 성별은 모른다. 나이도 모른다. 학생인지 선생인지조차 불명확하다. 나 같아도 안 믿겠다.

마지막 세 번째, 이건 내 바람이기도 한데, 놈은 그냥 정신 나간 어그로꾼에 불과하다. 현실에서 알아주는 사람이 없으니 낙서를 통해서라도 자신의 정신세계를 보여주고자 노력하는 것이다. 실제로 벌어지지 않은 일을 벌어졌다고 믿거나, 소설과 현실을 구별하지 못하는 망상증 그 자체인 녀석이다. 이럴 경우엔 대처랄 것도 없이 그냥 무시가 답이다. 머릿속으로 몇 명을 죽였든, 몇 등분을 냈든 내 알 바 아니라 생각하고 두 번 다시 상종해주지 않으면 된다. 가져온 로프도 그냥 대충 처분하면 그만이다. 어차피 집에서 굴러다니던 걸 아무거나 가져왔을 테니까.

하지만…….

아무리 생각해도 그럴 가능성은 없어 보였다. 비록 낙서에 불과하지만 녀석에게서 특이성향이 보인 적은 한 번도 없었다. 그만큼 나와 닮은 점도 많고, 성향이 비슷했기 때문에 이때까지 대화를 이어올 수 있던 것이다. 그리고 선택은 항상 최악을 상정하고 움직이라고 했다. 어릴 적부터 자식들에게 화 한 번 낸 적 없던 아버지가 유일하게 강조하시던 말이었다. 이 중에서 상정할 수 있는 가장 최악의 일. 그것은 단연 두 번째 가설일 터였다.

수업 종이 울리자마자 나는 무작정 아지트로 달려갔다. 가서 어쩌겠다는 건지는 수업 내내 생각해봐도 답이 나오지 않았다. 그사이 녀석에게서 메시지가 와 있지는 않을까 기대하긴 했다. 어떤 식으로든 메시지만 적혀 있으면 거기에 맞춰서 행동하면 되니까. 하지만 없었다. 벽타일은 내가 청소한 그대로 말끔한 상태를 유지하고 있었다.

만약 지금 내 주머니에 있는 로프가 실제 범행에 사용된 로프라면, 그럴 리는 없겠지만 그렇게 최악을 가정하고 생각해보면, 나는 당장 이것을 처분해야 하는 게 맞다. 어설프게 연관됐다가 무슨 꼴을 당할지 모르기 때문이다. 상대에게 쫄았다고 해도 어쩔 수 없다. 내가 졌다. 내가 말린 거다. 그럼 어떤 식으로 처분하는 게 가장 현명한가. 말할 것도 없이 세상에서 인멸시켜야 한다. 불에 태우든, 잘라서 버리든 완벽하게 없애야 한다. 생각은 그다음에 해도 늦지 않다.

그러나 여긴 학교다. 특별히 눈에 띌 만한 행동은 안 하는 게 좋다. 불에 태우든, 지지고 볶든 일단 집으로 간 다음에 해야 한다는 말이다. 그전까지 이 물건을 몸에 지니고 있는 것은 위험하다. 주머니도 너무 불룩해지고, 가방에 넣다가 누구한테 걸리기라도 하면 나중에 골치 아파진다. 그때까지 사람들이 발견하지 못할 만한 곳, 안전한 곳이 필요하다. 그게 어디겠는가. 바로 여기, 아지트밖에 없다.

나는 로프를 지퍼백에 담아 원래 있던 자리에 도로 올려 두었다. 그러나 문을 열고 나가려고 하자 자꾸만 그 자태가 눈에 밟혔다. 정말 저대로 놔둬도 괜찮을까. 그사이 누가 발견이라도 하면, 수상하게 생각하면, 그때는 정말 끝장인데. 더구나 나는 저것을 맨손으로 만지지 않았나. 분명 내 지문이 덕지덕지 묻어있을 것이다.

하, 담배 녀석 때문에 고생이 이만저만이 아니다. 짜증내며 머리를 북북 긁고 있다가 좋은 아이디어가 떠올랐다. 화장실은 여기 말고도 한군데가 더 있잖은가. 바로 옆 칸이다. 옆 칸이야말로 청소도구를 모아두는 곳이기 때문에 누구도 열어보지 않을 것이다. 그곳에 슬쩍 던져두면 되지 않을까.

나는 지퍼백을 품에 안은 채 조용히 문밖을 나왔다. 다행히 수돗가에 사람은 보이지 않았다. 곧 수업이 시작될지도 모른다. 빨리 행동해야 했다.

옆 칸의 문손잡이는 벌겋게 녹이 슬어 있었다. 만지면 손바닥이 더러워질 것 같았지만 어쩔 수 없이 참고 돌렸다. 문은 끼기긱, 하고 소름 끼치는 소리를 내며 열렸다. 빛이 거의 들지 않는 어둑한 공간 안에 삽과 넉가래, 밀대 같은 것들이 정면에 기대어져 있었다. 우측 벽에는 붉은색 자루가 세 자루 정도 줄지어 세워져 있었는데, 안이 빽빽이 차 있고 끈으로 주둥이를 상투처럼 묶어놓았다. 자루 안에서 흘러나온 것으로 추측되는 톱밥 가루들이 바닥에 아무렇게나 흩어져 있었다.

급한 대로 가장 바깥쪽 포대를 풀었지만, 그 안에는 이미 젖은 톱밥 가루가 한가득 채워져 있었다. 아무리 욱여넣어 봐도 지퍼백은 들어가지 않았다. 하는 수 없이 가장 안쪽에 있는 자루를 열었다. 방금 자루에 톱밥이 있었으니 당연히 여기도 톱밥이 들어있겠거니 생각했다. 그런데 아니었다. 끈을 풀고 자루의 주둥이를 벌리자 웬 여자가 눈을 크게 뜨고 나를 올려다보고 있었다. 이마에 피를 잔뜩 묻히고, 괴로운 듯 입을 벌리고 있었다. 두 팔은 기이하게 뒤틀려 있었는데, 자세히 보니 그것은 토막 난 신체를 아무렇게나 쑤셔 박은 모습이었다.

"으으, 으아아아악!"

누가 뒷덜미를 잡고 홱 잡아끈 것처럼 나는 선 자세 그대로 뒤로 벌러덩 나자빠졌다. 차갑고 축축한 톱밥 뭉치가 손바닥 아래서 느껴졌다. 그것이 동아줄이라도 되는 것처럼 나는 있는 힘껏 그것을 쥐어 잡으며 슬금슬금 뒤로 물러났다. 자루 끄트머리로 여자의 코와 머리카락이 보였다. 그것이 금방이라도 이쪽으로 넘어져서 안의 내용물이 쏟아져나올 것만 같았다.

정신을 차려보니 어느새 수돗가였다. 나는 바닥에 엉덩이를 끌며 이곳까지 온 것이다. 연녹색 아크릴 지붕 아래에 나무 문 하나가 활짝 열려 있었다. 그 열린 문을 통해 눈에 보이지 않는 시커먼 무언가가 스멀스멀 기어 나오는 것처럼 느껴졌다.

"아아, 아아아아……."

벌어진 입술 사이로 자꾸만 태엽 감기는 소리가 새어 나왔다. 한 여학생이 나를 발견하고 다가왔다. 사정을 물어봤다. 나는 대답 대신 한 지점을 뚫어져라 쳐다봤다. 의미를 알아차렸는지 여학생이 멈칫멈칫 그곳으로 걸어가는 게 보였다.

"아아, 안, 안 돼, 안 돼……."

그곳에 가면 안 돼.

보면 안 돼.

말을 하려고 했지만 혀가 움직이지 않았다. 손에서 뭔가 바스락거려 쳐다보니 지퍼백이 찌그러져 있었다. 안에 로프가 있었다.

뭔가 잘못됐다고 생각한 순간, 찢어질 듯한 비명이 학교 전체에 울려 퍼졌다.

8
윤경

나는 언제쯤 편안해질 수 있을까.

불과 이틀밖에 안 지났는데도 머릿속엔 온통 그 생각뿐이었다.

근처에 차 지나가는 소리만 들려도 경찰차가 아닐까 싶어 흠칫흠칫 놀라고, 뒤에서 인기척만 느껴져도 소름이 돋았다. 악몽에 시달리는 탓에 잠을 잘 수도 없었다.

사람을 죽였다는 건 생각보다 훨씬 무서운 일이었다. 차라리 협박 편지에 시달릴 때가 더 나았다. 썩은 고양이 사체건, 가죽이 벗겨진 햄스터건, 이 정도로 나를 불안하게 만들진 않았다. 그땐 심적으로 기댈 사람이 있어서 그랬는지도 모른다. 하지만 이젠 없다. 그 사람은 이미 내 손에 죽고 말았다.

선아의 시체는 급한 대로 아이스박스에 담아 내 방 옷장에 보관하고 있었다. 더러워진 방을 쓸고 닦는 동안 벌써 사후경직인지 뭔지가 와버렸는지 무겁기도 무겁고, 팔다리도 잘 접히지 않았다. 대형 아이스박스라면 충분히 들어가고도 남을 거라 생각했는데 딱 발목까지가 걸려서 하는 수 없이 관절을 안으로 부러뜨려야 했다. 비록 죽은 몸이었다고는 하나 친한 친구의 몸을 훼손시켰다는 점에서 기분이 썩 유쾌하진 않았다.

그나저나 언제까지고 사체를 방 안에다 보관할 순 없었다. 일단 동생에게 걸리지는 않겠지만 주말이면 부모님이 집에 오신다. 베란다에 내놓은 아이스박스가 없어진 걸 알면 분명 수상하게 생각할 것이다. 또 엄마는 아직도 내 방을 수시로 드나든다. 이제 고3이라고, 들어올 땐 노크 정도는 해달라고 부탁해도 잘 고쳐지지 않는다. 냄새는 둘째치고 아이스박스 때문에 옷장 문이 덜 닫힌다. 분명 들킬 것이다.

몇 번이나 '112'를 누르려고 했는지 모른다. 직접 파출소 앞까지 갔다가 되돌아온 적도 있었다. 하지만 역시 무서웠다. 사건이 밝혀진 후 뉴스와 인터넷에 공개될 내 사진이 무서웠고, 사람들 반응도 무서웠다. 추궁하듯 쳐다볼 눈빛도, 수군대는 말소리도 전부 다 무서웠다. 도저히 자수할 엄두가 나지 않았다.

다행히 그날 선아가 우리 집에 왔다는 사실을 아는 사람은 아무도 없었다. 아무에게도 말하지 않은 모양이었다. 본인도 뒤가 켕겼을 테니 CCTV 동선에도 신경을 썼을 것이다. 실종되기 전 마지막 통화가 나로 돼 있겠지만, 우리는 전부터 수시로 전화를 주고받은 사이이니 딱히 의심받을 일도 아니다. 그렇다는 말은 혹시 일만 잘 풀리면 이대로 들키지 않고 넘어갈 수도 있다는 소리일까.

나는 어느새 무서운 상상을 하고 있는 자아를 발견했다. 사람을 죽였으면서도 뻔뻔하게 범죄를 숨기려고 했다. 감추려고 했다. 반성은커녕 사죄조차 하지 않았다. 인과응보라는 생각이 들었다. 네가 날 배신했기 때문에 죽은 거야, 선아야. 나는 널 친구라고 생각했는데 넌 그러지 않았잖아. 누가 누굴 탓하겠어. 안 그래?

만약 경찰에 붙잡힌다면 저항하지 않고 모두 자백할 생각이었다. 잘은 모르지만 어쩌면 우발적인 범행이었다고 해서 내 죄를 정상참작 해줄지도 모른다. 먼저 협박을 한 쪽은 선아이니 뭣하면 동정을 구걸할 수도 있다. 증거도 있다. 영상도 있다. 나도 나름 꿀릴 건 없었다.

하지만 어디까지나 그건 '체포됐을 경우'에 해당하는 말이다. 아무리 선처를 구한다고 한들 친구를 살해한 전과는 사라지지 않는다. 벌써 인터넷에 사진은 퍼졌을 테고, 어영부영 수능도 망치게 된다. 얻는 건 하나도 없이 줄줄이 잃어버릴 것들 투성이다. 어차피 잃을 거 끝까지 저항하다 잃는 게 이득이다. 마지막까지 최악을 상정하라. 아빠가 밥 먹듯이 얘기했던 말이다.

자, 그럼 이제 어떻게 하는 게 좋을까. 이제부턴 누구의 도움도 얻을 수 없다. 혹시 모르니 인터넷에 물어봐서도 안 된다. 힘도 없다. 운전도 못 한다. 여자 혼자 몸으로 이게 정말 가능할까. 모르겠다. 우선 해봐야 알겠지. 그런데 뭐부터 시작하는 게 좋을까. 머릿속이 하얗다. 담배 연기가 하나도 빠지지 않고 체내에 그대로 축적되는 느낌이다. 틀렸다. 생각이 나지 않는다. 사고가 정지됐다. 그 쉬운 영어 단어 하나 생각나지 않는다. 누구라도 좋으니 제발 날 좀 도와줘!

그때, 내뱉은 담배 연기가 눈앞에서 슥 걷히며 타일에 적혀 있던 검은색 사인펜 글씨가 눈에 들어왔다. 학기 초부터 이곳에서 낙서를 주고받았던 녀석이다. 이름은 물론 성별도 모르지만, 지금까지 큰 트러블 없이 소소한 말장난을 주고받고 있었다. 일종의 'DM 친구'인 셈이다.

혹시 이 녀석이라면 괜찮지 않을까.

그러고 보니 언젠가 한 번 비슷한 대화를 주고받은 적이 있었다. 한창 우리 집에 의문의 협박 편지가 배달되고 있을 때였다. 그때 내가 뭐라고 했더라. 만약 죽이고 싶은 사람이 있으면 어떡할 거냐고 했었나.

나는 담배를 반대쪽 손에 옮겨 쥐고, 검지 끝으로 타일을 훑으며 그때 적은 글씨를 찾았다. 낙서는 금방 찾을 수 있었다. 내 물음에 녀석은 '죽이고 싶으면 죽이면 그만입니다.' 하고 답했다. 그땐 그저 아무 생각이 없었는데 지금 보니 꽤 당돌한 대답이었다. 역시, 익명성이 보장되니 없던 자신감도 생기는 걸까.

이름도, 얼굴도 모르는 사람이 사람을 죽였다고 해서 그 말을 곧이곧대로 믿을 사람은 없다. 믿는 놈이 바보다. 하지만 나의 경우, 오히려 이런 상황이 더 큰 도움이 될지도 모른다. 그래, 도움을 받을지도 모른다.

큰 기대는 하지 않지만, 일단 누군가에게 이 상황을 털어놓고 싶었다. 사람을 죽였다고 말하고 싶었다. 하지만 대체 어디 가서 말할 수 있단 말인가. 근데 녀석이라면 가능하다. 얼마든지 가능하다. 만약 분위기가 이상하면 낙서를 지우고 사라지면 그만이다. 그럼 기록도 남지 않는다. 나는 더 이상 혼자 끙끙 앓지 않아도 된다. 혼자 불안해하고, 혼자 인내할 필요가 없다.

과연, 녀석은 어떻게 반응할까.

나는 피우던 담배꽁초를 변기 안에 떨어뜨리고, 기도하는 마음으로 사인펜을 꺼내 들었다. 그리고 타일에 글씨를 적어 넣었다.

도와줘.

9
일주

"그러니까 자네 말을 정리하면 이런 건가. 학교 화장실에서 볼일 보는 게 창피해서 강당 뒤편에 있는 구식 화장실을 쓰게 됐다. 그곳에서 누군가와 낙서를 주고받았다. 얼굴도 모르고, 이름도 모르지만, 어쨌든 친해지게 됐다. 그런데 어느 날 상대방이 먼저 사람을 죽였다고 도움을 요청해왔다. 나는 당연히 상대가 장난을 치는 줄 알고 가벼운 마음으로 답장을 보냈다. 처음 몇 번은 괜찮았지만 점점 말을 주고받다 보니 두려운 마음이 생겼다. 그래서 상대방에게 사람을 죽였다는 증거를 보여달라고 했다. 그러면 그쪽에서 먼저 겁을 먹고 장난을 끝낼 거라고 생각했다. 하지만 상대는 장난을 끝내지 않았고, 로프가 든 지퍼백을 화장실에 두고 갔다. 나는 그것을 감추기 위해 옆 칸 청소도구함에 들어갔다. 안에 있던 포대를 열자 토막 난 사체가 나왔다. 그런 말인가?"

"예? 아, 예……, 맞아요. 맞습니다."

"현재 그 낙서가 남아 있지 않은 까닭은 남들이 볼까 무서워서 자네가 직접 손으로 지운 거고."

"그, 그렇습니다."

"화장실에 버려져 있던 로프가 실제 범행에 사용된 도구였는지는 꿈에도 알지 못했다."

"몰랐습니다."

"포대 안에 무엇이 들어있는지도."

"몰랐습니다."

"그런데 자네는 왜 로프를 굳이 그곳에 숨기려고 했지?"

"호, 혹시 하는 마음에서요. 혹시나 진짜면 위험해질까 봐……."

"위험해질 걸 알았다면 처음부터 아무 짓도 안 했으면 되는 일 아닌가? 거긴 CCTV도 없고, 사람들도 사용하지 않는 곳인데."

"그, 그러니까 불안해서요. 이미 로프를 만져버렸고, 혹시나 지문 같은 게 묻어있으면 안 되니까."

"내 말은, 어차피 그곳은 다른 사람이 사용하지도 않는 곳인데 로프 좀 만졌다고 큰일 날 게 뭐가 있냐는 거지. 뭔가 켕기는 게 없었다면 굳이 그것을 들고 갈 필요가 있었을까? 설령 그게 진짜였다고 쳐. 그래도 자네가 하지도 않은 일인데 뭐하러 그런 수고를 들이냔 말이지."

"그, 그건……."

나는 말문이 막혔다. 형사의 말이 전부 옳았기 때문이다.

"그리고."

형사는 말을 하며 두꺼운 손으로 책상 위에 있던 서류함을 뒤졌다.

"그 로프 말인데, 감식 결과 자네 이외의 다른 지문은 검출되지 않았어. 로프에는 자네의 지문과 피해자의 DNA만 검출됐을 뿐이라고. 그 말이 무슨 뜻인지 아나? 자네 외에 그 로프를 만진 사람은 없다는 뜻이야. 자네 말대로 그 사람이 로프를 이용해 살인을 저질렀고, 증거를 보여달란 말에 선뜻 물탱크 위에 올려두었다면 왜 그 사람 지문은 남아 있지 않았을까?"

"그러니까 그건, 그건 이런 겁니다. 장갑을 끼거나 해서 지문을 감춘 거죠. 안 들킬 자신이 있으니까 저한테 보여준 거라고요."

"자네라면 그런 위험한 물건을 생판 누군지도 모를 남에게 선뜻 보여주겠나?"

"보, 보통이라면 안 하겠죠. 하지만 이놈은 달라요. 보여주고도 남을 놈이라고요. 아니면 너무도 당황한 나머지 그런 생각조차 할 겨를이 없었을지도 몰라요. 아! 저기, 사실은 제가 놈이 누군지 알고 있어요. 낙서를 주고받으면서 정보를 캐냈거든요. 학년은 모르지만 창가 자리에 앉고요, 휴대폰은 아이폰을 써요. 학교까지는 걸어서……."

"이봐."

형사가 말을 잘랐다.

"진짜예요. 진짜예요, 형사님. 그놈이 그랬어요. 그러니까 그 사람을 찾아보면 돼요. 학생 수가 그렇게 많은 것도 아니니까……."

"이봐, 그만하지?"

형사가 다시 한번 말을 자르며 서류함에서 꺼낸 파일 하나를 내 앞으로 툭 집어 던졌다. 나는 그것을 펼쳐보았다. 알아먹지도 못할 영어들이 깨알같이 적혀 있었다.

"이미 자네 집 욕실에서 피해자의 혈흔과 머리카락이 검출됐어. 시신에 남은 교흔은 정확히 자네가 숨기려고 했던 로프의 것과 일치했고. 벌써 며칠째 같은 말만 반복하고 있는데, 이제 그만 단념하고……."

"자, 잠시만요, 형사님."

이번에는 내가 형사의 말을 막았다.

"혀, 혈흔이랑 머리카락이라뇨."

"국과수 감식 결과야. 못 믿겠으면 다시 처음부터 찬찬히 읽어보게."

형사의 말에 나는 의미도 없이 종이를 내려다봤다. 하지만 아무것도 눈에 들어오지 않았다. 마치 머릿속의 뇌를 끄집어내고, 그 자리에 검고 축축한 진흙을 잔뜩 쑤셔 넣은 듯한 기분이었다. 형사가 대체 무슨 말을 하고 있는지 몰랐다.

"나머지 흉기는 어디다 감췄지? 숨통을 조인 것 말고 상대를 제압하기 위해 사용한 도구 말일세. 피해자의 후두부에 각기 다른 외상이 두 군데나 발견됐어. 하나는 둔기로 내려친 흔적이고, 나머지 하나는 가위나 버니어 캘리퍼스처럼 끝이 뾰족하고 넓은 것으로 찍어낸 듯한 흔적인데, 아마도 직접적인 가격보단 넘어지면서 생긴 열상이라고 봐야겠지."

이 사람이 대체 무슨 말을 하고 있는 걸까. 외상이라니. 열상이라니. 우리 집에서? 우리 집 욕실에서? 누가? 왜? 어떻게? 누가? 왜? 어떻게? 누가? 누가? 누가?

"죽은 피해자는 자네 누나와 절친한 사이였지. 실제로 집에도 자주 드나들었고 말이야. 어떤가? 그사이 무슨 일이 있진 않았나? 말다툼을 벌였다고 하던데, 혹시 그 때문에 사람을……."

"자, 잠깐. 말다툼이라뇨……."

귓속 맥박이 욱신욱신 아플 정도로 요동쳤다.

"저는 그 사람 얼굴밖에 몰라요. 왔다갔다하면서 몇 번 마주친 것뿐이에요. 말을 해본 적도 없어요. 말다툼이라뇨, 그럴 리가 없어요……."

"자네 누나가 이미 진술을 한 부분이야. 언제까지 그렇게 발뺌을 할 텐가?"

형사는 책상에 팔꿈치를 세우며 상체를 앞으로 기울였다. 등 뒤의 격자창으로 들어오는 햇빛이 책상을 하얗게 비추고 있었다.

"누나라뇨? 누나가 왜……."

순간, 서서히 물이 차오르듯 조금씩 상황이 이해되기 시작했다. 가슴 밑바닥부터 적시고 올라오는 검은 물은 소리도 없이 빠르게 퍼져나가 곧 마음 전체를 집어삼켰다. 가슴 속에 어지러이 쌓여 있던 많은 생각들이 검은 물과 함께 한꺼번에 휘몰아쳤다.

"피해자는 학교에서 인기가 많았지. 흠모하는 남학생들도 많았고 말이야. 예민한 시기이기도 하니 충분히 흔들릴 수 있어. 나도 그건 이해가 가. 다만 싫다는 의사를 확실히 밝혔는데도 그러는 건……."

"아니에요!"

나는 소리쳤다.

"제가 그런 게 아니란 말입니다……."

눈에 보이지 않는 무언가가 서서히 나를 포위해 가는 것을 알 수 있었다. 벌써 목 밑까지 차오른 검은 물이 눈으로 보고 있는 동안에도 벌컥벌컥 흘러나와 내 옷과 몸을 적시고 있었다.

"누나를 만나게 해주세요. 할 말이 있어서 그래요……."

"자네 누나는 지금 병원에 입원해 있네. 가장 친한 친구가 동생에게 살해됐으니 정신적인 충격이 상당했을 테지. 어쩌면 본인은 이 일을 전부 자기 탓으로 여기고 있는지도 몰라. 한 집에서 살면서 조금만 신경 썼더라도 충분히 막을 수 있는 일이었으니까 말이야."

"누나가……."

내 안에서 뭔가가 툭 하고 끊어지는 소리가 들렸다. 어느새 눈앞에서 형사의 모습이 사라지고, 좁은 방에 검은 물이 그득하니 들이찼다. 그 시커먼 물 너머로 아주 작은 불씨 하나가 보였다. 숨을 들이마실 때마다 그 불씨도 함께 커졌다, 작아졌다 했다.

누군가가 내뱉은 담배 연기가 하느작하느작 공기를 더듬으며 피어오르고 있었다.

***

이번엔 고등학생이… Y시, 또 한 번 살인사건에 발칵

Y시에서 한 고등학생이 같은 학교에 다니는 여학생을 잔인하게 살해해 경찰이 조사에 나섰다. Y시 남부경찰

서는 살인 등 혐의로 고등학생 A(16)군을 입건해 조사하고 있다고 25일 밝혔다.

A군은 지난 23일, 재학 중이던 학교 건물 뒤편에서 범행 흉기를 숨기려다 우연히 지나가던 여학생에게 발각되어 정체가 탄로 났다. 현재는 사용하지 않는 폐건물 창고 안에는 열흘 전 실종된 같은 학교 고등학생 B(18)양의 시신이 함께 버려져 있었다.

살해된 B양은 A군의 친누나인 C(18)양과 친분이 두터웠던 것으로 전해졌다. 경찰 관계자는 평소 B양이 C양의 집에 자주 드나든 점을 근거로, 한집에 살고 있던 A군과 모종의 다툼이 있었을 것으로 추측했다.

A군은 범행 일체를 부인하고 나섰지만, A군의 집 욕실에서 B양의 혈흔과 다량의 머리카락이 발견됐다고 경찰은 밝혔다.

경찰은 정확한 사망 원인을 밝히기 위해 국립과학수사연구원에 부검을 의뢰하는 한편, 구속 영장 발부 후 A군을 상대로 자세한 범행 경위를 추가로 조사할 방침이다.

벽 너머의 소리

1

나는 특징이 없는 게 특징이라는 식의, 지독히도 익명적인 인간이다. 얼굴이 예쁜 편도 아니며 좋은 신발을 신고 다니지도 않는다. 원래부터 말수가 적고, 먼저 말을 걸어도 애매한 대답만 늘어놓다 보니 친구들도 나를 멀리했다. 어느 틈엔가 나는 반 아이들에게 공기 같은 존재로, 교실 풍경의 일부분쯤으로 여겨지게 되었다.

존재감만 없다 뿐이지 따돌림을 당하는 건 아니다. 나처럼 있는 듯 없는 듯한 애는 무리의 표적조차 될 수 없다. 따돌림은 얌전하고 예의가 바르면서도 약간의 존재감을 띠고 있는 애들이 당한다. 따라서 나는 포식자의 눈 안에 들까 봐 불안해할 필요가 없었다. 아무도 내게 관심을 가져주지 않았으니까.

우리 반에서 표적이 된 애는 키가 작은 남학생이었다. 듣자 하니 중학교 때부터 이어지던 따돌림이 같은 고등학교로 진학하게 되면서 자연스럽게 이어졌다는 모양이다. 포식자들은 돈을 뺏기도 하고, 다른 아이들이 보는 앞에서 창피를 주기도 했다. 따돌림을 당한 남자애는 4월의 날씨에도 겨울비를 맞은 작은 생물처럼 늘 몸을 움츠리고 다녔다.

그 일이 잘못됐다는 걸 알면서도 누구도 나서지 않았다. 괜히 나섰다가 다음 표적이 될 수도 있기 때문이다. 그들의 행위를 조용히 방관한 우리는 모두 공범자였으므로 선생님이나 다른 어른에게 도움을 요청하지도 못했다.

어느 날, 평소처럼 포식자들이 남자애를 에워싸고 있을 때였다.

"저기, 너무 치사하다고 생각 안 해?"

조용한 교실에서 그런 목소리가 날아들었다. 반 아이들의 시선이 일제히 한 자리로 집중되었다. 목소리의 주인공은 창가 쪽 맨 끝자리에 앉은 여자아이였다. 이름이 진아라고 했던가. 그 아이는 덩치가 우락부락하지도 않고, 소위 말하는 '빽'이 있는 아이도 아니었다. 굳이 계급을 나누자면 나와 비슷한 계층의 여자아이였다. 진아는 팔짱을 낀 채 포식자들을 가만히 노려보고 있었다.

"요즘 청소년 보호법 폐지하자는 말이 많던데……. 니네가 한 행동을 인터넷에 올리면 어떻게 될까?"

내뱉는 말투에 흔들림이 전혀 없었다. 마치 자신이 상대방보다 우위에 있다는 것을 내세우는 듯한 억양이었다. 그것은 분명한 선전포고였다. 포식자들의 얼굴이 험상궂게 일그러졌다. 그걸 지켜본 우리는 몸에 힘을 주고 소란에 대비했다. 다음에 벌어질 광경이 불 보듯 뻔했기 때문이다.

그런데 놀랍게도 포식자들은 별다른 제재 없이 고분고분하게 각자의 자리로 돌아갔다. 반 아이들은 서로 얼굴을 마주 봤다. 포식자에게 그런 어쭙잖은 협박이 먹혀들다니, 어이가 없었다. 우리는 그 일을 통해 포식자의 정체를 겨우 알게 되었다. 그들은 갈고리 같은 발톱이 아니라 선량한 발굽을 지닌 유순한 생물이었다. 아무도 대항하지 않았기 때문에 그 사실을 알지 못했던 것이다. 어쩐지 심한 사기를 당한 기분이었다.

진아는 턱을 괴고 아무렇지 않게 창밖을 내다봤다. 그 모습은 도저히 혁명을 일으킨 사람으로 보이지 않았다. 여유로운 옆얼굴엔 고결함까지 느껴지는 듯했다. 대충 흘겨봤다면 분명 그렇게 생각했을 것이다. 하지만 나는 보았다. 그녀의 하얗고 기다란 손가락이 파르르 떨리고 있는 것을.

사실은 그녀도 두려웠던 거다. 두려우면서도 나섰던 것이다. 그 모습이 나로 하여금 바닥없는 구멍 아래로 떨어뜨렸다. 내 자신이 부끄러워 견딜 수가 없었다. 나는 잘못됐다는 걸 알면서도 바꾸려고 하지 않았다. 반 아이들의 마음에 편승해 외면하기 바빴다.

내게도 저런 능력이 있다면 얼마나 좋을까. 내가 가지지 못한 마음을 그녀는 가지고 있었다. 나도 진아처럼 강해지고 싶다. 용기를 가지고 싶다. 그런 생각을 할수록 내 능력이 너무도 보잘것없이 느껴졌다.

아, 이 얼마나 쓸모없는 능력인가.

***

어릴 적부터 나는 친구 사귀는데 서툴렀다. 어렵다 보니 친구들을 멀리하게 됐고, 정신이 들고 보니 친구들 사이에서 '재는 우리를 싫어해'라는 반응이 생겨났다. 아빠가 교통사고로 돌아가시고부터 엄마 혼자서 두 사람 몫의 일을 해왔다. 아침 일찍 나가서 내가 잠자는 틈에 들어와 청소를 하고 빨래를 했다. 그런 엄마에게 놀아달란 말을 할 순 없었다. 나는 혼자 노는 법을 터득해야 했다.

초등학교 2학년 때였다. 미술 시간에 종이컵 전화기를

만들었다. 종이컵 아래에 구멍을 뚫어 실로 연결한 다음, 종이컵을 입과 귀에 대고 짝꿍과 이야기를 주고받는 놀이였다. 마땅한 장난감이 없던 나에게 안성맞춤인 놀이 같았다. 친구들은 딴청을 부리다 선생님에게 혼이 났지만 나는 입술을 앙다문 채 만들기에 집중했다. 선생님이 완성한 종이컵 전화기로 옆 짝꿍과 말을 나눠보라고 했다. 나는 얼른 시험해보고 싶은 마음으로 옆에 앉은 남자아이를 바라봤다. 그러자 남자아이는 얼굴을 찌푸리며 화를 냈다.

수업을 마친 후, 반 아이들은 종이컵을 찢거나 낙서를 해서 훼손시켰지만 나는 가방에 소중히 넣어 집으로 가져왔다. 그리곤 아무도 없는 집에서 종이컵 전화기로 병원 놀이를 했다. 곰 인형 배에 종이컵을 얹은 다음, 나머지 종이컵을 귀에 대고 의사 선생님 흉내를 냈다.

"이런, 몹쓸 걸 많이 먹었네요."

그러면 정말 곰 인형의 배에서 뭔가 움직이는 듯한 기척이 느껴지곤 했다.

병원 놀이가 지겨워지면 산책을 나갔다. 산책을 나갈 때도 종이컵 전화기는 꼭 챙겨 나갔다. 실을 목에 걸고 걸어가다가 눈에 띄는 것이 있으면 얼른 종이컵을 갖다 대고 소리를 들었다. 마을에 오래된 느티나무가 한 그루 있었다. 두 팔을 벌려도 닿지 않을 만큼 거대한 나무였다. 나는 그 딱딱한 나무껍질에 종이컵을 대보았다. 처음에는 아무 소리도 들리지 않았지만 조금 지나자 희미하게 물소리가 났다. 얕은 국물을 국자로 살그머니 휘젓는 듯한 소리였다. 그것이 꼭 나에게 말을 걸어오는 것처럼 느껴져서 신기했다.

집으로 돌아가는 길에 유난히 좋아 보이는 주택을 발견했다. 잔디 깔린 마당이 우리 집 거실보다 넓었다. 이런 집에선 무슨 소리가 날까. 문득 궁금해진 나는 잽싸게 집 안으로 침입했다. 돌담과 집 외벽 사이에 좁은 공간이 있었다. 그곳에 몸을 숨기고 외벽에 종이컵을 갖다 댔다. 잠시 후 물 쓰는 소리가 들렸다. 물 쓰는 소리에 섞여 여자의 흥얼거리는 소리가 났다. 나는 그것이 설거지하는 소리라는 것을 깨달았다. 귀를 기울이자 이번에는 종이 넘기는 소리가 들렸다. 연습장이나 공책이 아닌 넓은 면적의 종이 같았다. 이건 신문을 보는 소리일까. 그런 생각을 하는데 갑자기 발소리가 다가왔다. 깜짝 놀란 나는 재빨리 잔디마당을 가로질러 집으로 도망쳤다.

그날 이후로도 나는 벽 너머의 소리를 몇 번이나 들을 수 있었다. 안방에서 들리는 엄마의 통화 소리, 옆집 할아버지의 기침 소리, 빨간 벽돌집에 사는 같은 반 남자아이의 웃음소리. 종이컵 전화기를 사용하면 뭐든 들을 수 있었다. 그리고 얼마 지나지 않아 나는 굳이 집 밖으로 나가지 않아도 된다는 사실을 깨달았다. 벽 너머의 소리는 공간을 훌쩍 뛰어넘어 들리기도 했다.

하루는 이런 일이 있었다. 침대에 드러누워 내 방 벽에 종이컵을 대고 있자니 또래 아이들의 목소리가 들려왔다.

—집에 아무도 없는 거 맞지?

—그렇다니까. 몇 번을 물어봐!

뭔가 저지르려는 듯 아이들의 목소리는 흥분으로 가득했다. 목소리 사이로 뭔가 끌리는 소리가 들렸다. 곧바로 컹, 하고 짖어서 그것이 묶여 있는 개라는 것을 알았다. 그런데 뭔가 이상했다. 내가 살고 있는 주택 근처엔 개를 키우는 집이 없던 것이다.

—좋았어. 그럼 바로 '나리 구출 작전' 시작이다!

아아. 나는 비로소 아이들이 어디 있는지 알았다. 우리 집에서 걸어서 5분 거리에 있는 나리 할머니의 집이다. 할머니는 마당에 하얀색 잡종견 한 마리를 묶어 키우는데, 그 개 이름이 바로 '나리'였다. 나는 종종 학교를 마치면 그 집에 놀러 가 나리에게 빵을 나눠 주곤 했었다.

할머니 집에서 뭘 하려는 걸까. 나는 눈을 감고 상상해 보았다. 감긴 눈꺼풀 안으로 장난기 많은 남자애들 셋이서 나리 앞에 쪼그려 앉아 있는 모습이 보였다. 나리가 자기도 놀아달라는 듯 폴짝폴짝 땅을 차며 뛰어올랐지만 목줄 때문에 허공에서 뱅그르르 돌며 되돌아갔다. 그런 풍경들이 선명한 색을 띠며 머릿속에 재생되었다.

—누가 얘 좀 어떻게 해봐. 자꾸 움직여서 목줄을 못 풀겠잖아.

한 남자애가 낑낑거리며 말했다.

—이 녀석, 보기보다 힘이 센데.

—가만히 좀 있어. 다 널 위해서 이러는 거니까.

나리가 화답하듯 컹컹 짖었다. 그 말을 들은 나는 남자애들이 무슨 일을 벌이려는지 눈치챘다. 나리네 할머니는 나리의 목줄을 너무하다시피 꽉 졸라맸다. 나리는 우리가 주는 빵이나 과자를 먹고 하루가 다르게 쑥쑥 커가는데 목줄이 그것을 방해했다. 목 부분만 움푹 팬 것처럼 보였다. 거기다 쇠말뚝에 걸어둔 목줄의 길이는 겨우 1m 정도밖에 되지 않았다. 활달한 나리에겐 턱없이 부족한 활동반경이었다. 아이들은 나리를 그곳에서 탈출시키려고 하는 것이다.

—틀렸어. 안 풀리게 철사로 묶어놨어. 망할 할망구!

아무래도 일이 잘 풀리지 않는지 연이어 한숨 소리가 들려왔다.

—무슨 도구가 필요할 것 같은데……. 예를 들면 뺀찌

같은 거.

순간, 나는 우리 집 싱크대 서랍에 있는 빨간색 펜치를 떠올렸다. 언젠가 전기선을 손본다고 엄마가 사용하는 모습을 본 적이 있었다.

—저기…….

어느새 나는 종이컵에다 말을 하고 있었다. 머릿속으로 풍경을 떠올리다 보니 아이들과 같은 장소에 있다고 착각해버린 것이다.

—우리 집에 있는데, 빌려줄까?

순간 들리던 말소리가 뚝 끊겼다. 잠시 후 동요하는 목소리가 실을 타고 귀로 들어왔다.

—뭐, 뭐야, 방금?

—야……, 집에 아무도 없다면서?

—으아아아악, 귀신이다아아앗!

나는 바로 아차 싶었다. 아무래도 종이컵 전화기는 듣는 것뿐만 아니라 말도 전달할 수 있는 모양이었다. 겁을 집어먹은 아이들이 비명을 질러대며 줄행랑쳤다. 조금 지나자 목소리는 더 이상 들려오지 않았다. 나는 말을 한 것을 후회했다.

그 일이 있은 후부터 나는 내 능력을 자각하게 되었다. 자각한 다음부터는 완전히 능숙해져서 훨씬 멀리 있는 소리도 들을 수 있게 됐다. 하지만 철이 들 무렵부터 나는 그 종이컵 전화기를 사용하지 않았다. 딱히 궁금하지도 않았고, 남의 말을 엿듣는 데 흥미도 일지 않았다.

남의 얘길 엿듣길 좋아하는 사람이라면 이 능력이 마음에 들지 모른다. 하지만 친구를 따돌림으로부터 구해내지도 못하고, 자기 의사를 똑바로 전달하지도 못하는, 있으나 마나 한 존재감을 지닌 여고생에겐 아무짝에도 쓸모없는 능력이었다.

2

주변이 약간 소란스러웠다. 상점가에서는 아까부터 여름을 주제로 한 노래가 들려오고 있었다. 길거리에 점점 사람들이 많아져서 재영 오빠의 목소리를 쫓는 게 쉽지 않았다.

—아, 더럽게 덥네.

—그러게. 좀 시원한 데 가자니까.

—요즘 날씨에 시원한 데가 어딨냐.

—야야, 저기 봐라. 저 여자 몸매 죽인다.

재영 오빠와 친구들은 지금 당구장으로 향하는 중이다.

목소리는 재영 오빠를 포함해서 총 네 명. 두 명은 분명 우리 학교 선배인 A와 B 오빠 목소리였다. 평소에도 재영 오빠와 셋이서 자주 뭉쳐 다녔었다. 다른 한 명의 목소리는 모르겠다. 다른 학교 사람일까. 목소리가 굵고 하는 말마다 '야야' 하고 추임새를 넣는 게 특징인 사람이었다.

—야야, 들어가기 전에 담배나 한 대 빨자.

어디 깊숙한 데라도 들어가는지 저벅저벅 발소리가 오랫동안 이어졌다. 들려오던 소음들이 뚝 끊긴 걸로 봐선 아무래도 인적이 드문 골목길에 숨어든 모양이었다.

이윽고 라이터 부싯돌이 탁탁 돌아갔다.

—씁, 하~.

—쓰읍, 하아~. 크르릉, 커업, 캭~ 퉤잇!

……….

귀에 대고 있던 종이컵을 잠깐 뗐다. 계속 듣고 있다간 속이 울렁거려서 저녁을 먹지 못할 것 같았다.

나는 지금 교복 차림으로 침대에 무릎을 꿇고 앉아 멍하니 벽을 쳐다보고 있었다. 어느새 해가 기울어서 창문으로 들어온 저녁 빛이 하얀 벽을 푸르스름하게 비추었다.

그날, 그러니까 진아가 혁명을 일으킨 날, 나는 큰 결심을 하게 됐다. 쉬는 시간이 되자마자 그녀에게 다가가 대뜸 말을 건 것이다. 누군가에게 먼저 말을 걸어보기는 처음이었다. 그것은 내게 있어 있을 수 없는 일이었다. 마치 인생의 보이지 않는 경계선을 훌쩍 뛰어넘는 일처럼 느껴졌다. 그만큼 진아가 보여준 행동은 내게 큰 인상을 주었다. 그녀에 대해 좀 더 알고 싶었다.

진아는 뽀얀 뺨을 긴장시키며 나를 올려다보았다. 막상 말을 걸고 보니 다음 말이 떠오르지 않았다. 앞에서 어정거리고 있자니 진아가 먼저 물꼬를 터주었다.

"고마워할 것 없어. 그냥 좀 조용히 지내고 싶었을 뿐이야."

아무래도 진아는 내가 포식자들의 피해자인 줄 안 것 같았다. 이유야 어찌 됐건 상관없었다. 그녀와 가까워질 수만 있다면.

시간은 좀 걸렸지만 우리는 둘도 없는 친구가 되었다. 교실에서 수다를 떨거나 주말에 만나 예쁜 카페를 찾아다녔다. 그녀와 함께 있으면 내게 부족했던 면이 조금씩 채워지는 듯한 기분이 들었다. 언젠가 진아가 자신의 집안 사정에 대해 들려주었다. 초등학교 때까진 평범한 삶을 살았지만, 아버지의 사업 실패로 상황이 어려워졌다고 한다. 그때까지 한번도 트러블이 없던 부모님은 이제는 사흘에 한 번꼴로 다투신다고 했다. 그런 비밀스런 가정사를 진아는 감명 깊게 본 영화 줄거리를 얘기하듯 담담하게 털어놓았다.

나는 약했으므로 겉으로 드러난 부분만 골라 말했다. 엄마 혼자서 나를 키워낸 일도, 친구 하나 없던 나에게 기묘한 능력이 생긴 일도 말하지 않았다. 진아의 강함과 비교하면 내가 가진 능력은 뭔가 어설프고 창피하게 느껴졌기 때문이다.

진아가 재영 오빠에 대한 마음을 고백한 건 중간고사가 끝난 직후였다.

"정말 잘생기지 않았니?"

쉬는 시간에 진아가 휴대폰 화면을 보여주었다. 휴대폰 화면에는 메신저 프로필 사진이 확대되어 있었다. 얼굴 각도가 정면을 향하고 있지 않아서 바로 알아보지는 못했지만, 분명 우리 학교에 다니는 고3 오빠 같았다.

"나, 이 오빠한테 고백할까 봐. 꼭 남자들만 고백하라는 법은 없잖아?"

진아는 그렇게 말하더니 수학 문제를 풀 듯 미간을 찌푸렸다.

"근데 좀 헷갈린단 말이지. 메시지를 보면 재영 오빠도 나한테 마음이 있는 것 같은데, 왜 학교에선 모른 척하는 걸까?"

"부끄러워서 그런 거 아닐까?"

"푸핫, 부끄러워? 너는 재영 오빠가 부끄러워할 사람으로 보이니?"

"음……."

아니. 절대 아니다. 오히려 그 반대였다. 재영 오빠는 소위 말하는 '좀 노는 집단'에 속한 사람이었다. 수돗가에서 진아가 저 사람이 재영 오빠라고 말해주었을 때, 나는 그에게서 냉철하고 고지식하다는 인상을 받았다. 나는 그가 진아의 품성과는 전혀 반대되는 남자라고 생각했다. 사고도 여러 번 쳐서 선생님들 사이에선 골칫덩어리로 통하는 모양이었다. 들리는 소문으로는 정학도 받은 적이 있다고 한다. 하지만 비행을 묵살시킬 만큼 외모가 아름다워서 여학생들에게는 여전히 인기가 많았다.

재영 오빠 이야기를 할 때면 진아는 늘 행복한 얼굴을 했다. 사랑은 국적도 초월한다던데, 진아도 무언가 훌쩍 뛰어넘은 사람처럼 보였다. 나는 사랑이란 단어와 교차점이 전혀 없는 인간이었기 때문에 그녀를 이해하지 못했다. 어째서 진아처럼 올곧은 아이가 비행을 일삼는 남자를 좋아하게 되었는지, 나로서는 알 길이 없었다.

문득 내가 진아를 위해 할 수 있는 일은 뭘까 생각했다. 진아와 함께 있는 것만으로도 나는 나날이 발전하고 있는데, 진아는 나에게서 전혀 받아가는 게 없었다. 뭔가 보답하고 싶었다. 그래서 생각해낸 게 재영 오빠의 뒤를 캐내는 것이었다. 재영 오빠의 일거수일투족을 진아에게 알려주고 싶었다. 그러면 그 애는 얼마나 좋아할까. 이른바 '도청'이라고 하는 행위는 내가 유일하게 잘 해낼 줄 아는 일이었다. 물론 찌를 듯한 죄책감이 가슴 속을 후벼 파긴 하지만…….

—헛소리 그만하고 빨리 쳐.

—아아, 미안.

어느새 재영 오빠 일행은 당구장 안으로 들어온 모양이었다. 퉁, 탁, 하고 당구공이 부딪히는 소리가 났다. 사람이 많은지 여러 목소리가 한데 섞여 귀가 아팠다.

—계속 연락 중?

—뭐, 일단은.

재영 오빠는 끝말에 살짝 힘을 주며 말했다. 퉁, 딱, 딱, 하고 당구공끼리 힘껏 들이받았다. 방금 그 소리는 쓰리쿠션이라는 걸까. 재영 오빠는 당구도 잘 치는 모양이다. 이 사실도 진아에게 알려주도록 하자.

—누구? 전에 말했던 애?

—키 커?

—큰 것 같던데.

키 큰 애는 진아를 말하는 걸까. 사실 진아는 164cm로 큰 편은 아니지만 허리가 꼿꼿해서 본래의 키보다 훨씬 더

커 보인다.

—'그거' 하려고 아껴둔 애야.

응? 그거라니?

나는 앉은 자세를 바로하고 귀에 신경을 집중했다.

—언제 먹게?

—헤엑? 오케이 떴어?

—언제는 허락받고 했냐?

—야야, 설마 처음은 아니지?

—처음 같지는 않던데……. 뭐, 그런 건…….

퉁, 딱, 하고 당구공이 쏜살같이 튀어 나간다.

—해보면 알게 되겠지.

이어서 줄질을 하듯 거슬리는 웃음소리가 이어졌다.

나는 훔쳐 듣기를 포기했다. 종이컵에서 귀를 떼자 귓바퀴가 욱신욱신 아팠다.

컴컴한 방 안으로 책상과 옷장, 선풍기가 흐릿하게 보였다. 나는 오빠들이 한 말을 머릿속으로 다시 생각해보았다. 친구들과 어울리는 일이 없었으므로 나는 학생들 사이에서 공공연하게 쓰는 은어도 제대로 해석하지 못했다. 하지만 오빠들의 말은 뭔가 찝찝했다. 내뱉는 말투에서 뭔가 꺼림칙한 분위기가 느껴졌다. 들리는 웃음소리 이면에 뭔가 어둡고 끈적끈적한 진실이 숨어 있는 것 같았다.

이 사실을 진아에게 알려야 할까. 고민하고 있는 사이 방문 너머로 기척이 들렸다. 엄마가 퇴근해서 돌아온 모양이었다. 나는 재빨리 종이컵 전화기를 침대 밑에 숨겨두고 아무렇지 않은 표정으로 방을 나갔다.

3

"무슨 생각해?"

느닷없이 목소리가 날아드는 바람에 내 몸은 순간 5cm 가량 붕 떠올랐다가 떨어졌다.

"깜짝이야!"

"뭘 그렇게 놀래?"

진아가 어이없다는 얼굴로 나를 바라봤다.

"갑자기 나타나니까 그렇지……."

"무슨 생각을 하고 있길래 옆에 사람이 온 줄도 몰라?"

쉬는 시간을 맞은 교실 안은 아이들 목소리로 수런거렸다. 진아가 말을 걸어오기 전까지 나는 수업 종이 울린 지도 몰랐다.

"있지, 나, 오늘 재영 오빠 만나기로 했어."

진아가 내 책상 모서리에 슬쩍 기대서며 말했다. 그 말을 듣는 순간 내 마음은 무거워졌다.

"어제 확신이 들었어. 나, 역시 고백해버릴까 봐."

"고……, 백?"

"응. 전에 말하지 않았나?"

그렇게 말하면서 진아는 막 태어난 새끼강아지를 보는 것처럼 입매를 누그러뜨리며 웃었다. 들여다보지 않아도 그녀의 머릿속에 어떠한 상상이 들어차 있는지 알 것 같았다.

'그거'하려고 아껴둔 애야.

어젯밤에 들은 재영 오빠의 목소리가 귓전에 울렸다.

언제는 허락받고 했냐?

아무래도 오빠들은 '좋지 못한' 마음을 품고 있는 것 같았다. 그게 어떤 형태인지는 모르겠지만 이로운 쪽은 아닐 거라는 확신이 들었다. 역시 진아에게 말을 해야 할까. 하지만 어떻게 설명해야 좋단 말인가.

"저기, 진아야. 그 오빠 말인데……."

마음을 굳히고 일단 그렇게 운을 뗐다.

"들리는 소문이 별로던데……."

진아는 모르는 단어를 들은 사람처럼 고개를 갸우뚱했다.

"무슨 소문?"

"그, 있잖아…… 정학도 몇 번 당했다고 하고, 어울려 다니는 오빠들도 한 번씩 사고를…….”

“오해라고 말했잖아.”

진아가 내 말을 잘랐다.

“친구들이 하자고 해서 그런 거야. 오빠는 아무 잘못 없어.”

“하지만 그 오빠들이랑 지금도 어울리고 있는 건 사실이잖아. 본인이 싫으면 안 어울렸겠지.”

“무슨 말을 그렇게 해? 친구니까 거절하지 못하는 경우도 있는 거야.”

나는 멍하니 그녀의 얼굴을 올려다보았다. 내 앞에 서 있는 사람이 진아가 아닌 들어본 적도 없는 먼 나라의 외국인처럼 느껴졌다. 불의에 대항하던 그녀가 지금은 범죄 행위를 감싸주고 있었다. 대체 무엇이 그녀를 이렇게 만들어버린 걸까. 사랑이란 감정은 범죄도 수용할 수 있도록 만들어버리는 걸까.

“그, 그렇지만 재영 오빠는 담배도 피우잖아?”

“알고 있어.”

“그런데 어째서…….”

“하고 싶은 말이 뭔데?”

한순간 진아가 눈을 치켜뜬 듯한 기분이 들었다. 나는 이렇게 험악한 얼굴의 진아를 본 적이 없다. 그 얼굴을 보자 점점 조바심이 났다. 나를 노려보는 진아가 원망스러웠다.

충동이 말을 밀어 올렸다.

"난 그 오빠 싫어! 그 오빠는 담배도 피우고, 오토바이도 훔치잖아. 여자도 함부로 대할 게 틀림없어. 그러니까 몸매가 어쩌고저쩌고……."

"뭐?"

순간 진아의 얼굴에서 표정이 사라졌다. 그 갑작스러운 온도 변화에 나는 몹시 당황했다.

"아니. 내 말은……."

"잘난 체하지 마."

모래라도 뱉어내는 듯한 말투였다.

"네가 뭘 안다고."

진아는 나를 한껏 노려보다가 홱 고개를 돌려 제자리로 돌아갔다. 어찌할 도리없이 몰상식한 사람을 대하는 태도 같았다. 나는 시선을 움직이지도 못한 채 앞자리에 앉은 여학생의 등만 바라보았다. 머리가 멍했다. 일어서서 진아에게 사과를 하고 싶은데 하반신에 힘이 들어가지 않았다. 비밀스럽게 감추어놓은 소중한 무언가가 어느 날 확인해 보니 갑자기 사라진 듯한, 그런 암담한 심정이 내 가슴 속을 훑고 지나갔다.

***

다음 날부터 진아는 나를 멀리했다. 눈을 마주쳐도 못 본 척하고, 내가 다가온다 싶으면 잽싸게 자리를 피했다. 나는 울고 싶었다. 주머니에 아무렇게나 쑤셔 넣은 이어폰 줄처럼 뭔가가 번잡하게 뒤엉킨 기분이었다. 어렸을 적, 내 미지근한 반응을 오해한 친구들은 나와 친해지려고 하지 않았다. 나는 서슴대다 결국 기회를 놓쳤고, 졸업할 때까지 쭉 혼자 지냈다. 지난 과오를 반복하긴 싫었다. 어떻게든 해야 했다.

해선 안 될 일이란 건 알고 있다. 범죄이고, 상대방에게 실례되는 일이라는 것도 알고 있다. 하지만 이러지 않고서는 불안해서 견딜 수가 없었다. 재영 오빠가 말한 '그것'이 무엇인지 알고 싶었다. 그것이 일반적인 연애에서 발생하는 절차 중에 하나라면 상관없다. 나는 그쪽 방면으로 아는 게 전혀 없으니까, 혼자 오지랖을 떨고 과대망상에 빠져 있는 건지도 모른다. 그렇다면 차라리 다행이다. 하지만 만에 하나 내 불안감이 현실이 된다면…….

—너는 노래 잘하냐?

—저요? 아니요. 잘…….

진아가 꺼져가는 목소리로 말했다. 나는 지금 내 방 침대에 앉아 종이컵 전화기로 진아의 목소리를 엿듣고 있었다.

그날, 재영 오빠는 진아의 고백을 받아들였다. 사귄 다음부터 진아는 늘 오빠들과 어울려 다녔다. 밥을 먹을 때도, 하교를 할 때도, 진아는 나를 거들떠보지도 않았다. 오빠들 사이에서 웃고 있는 진아를 보고 있으면 털 달린 나방이 빽빽이 들러붙은 것처럼 가슴 속이 답답했다.

—캬하하합. 다행이네. 우리도 노래 졸라 못 부르거든.

A 오빠가 쾌활하게 웃으며 말했다. 계단을 걸어가나 싶더니 이윽고 모든 소리가 울리기 시작했다. 노래방에 도착한 모양이었다. 진아가 당구를 못 친다고 하자 노래방으로 장소를 바꾼 것이다.

다른 방에서 들리는 노랫소리를 들으면서 오빠 일행은 방으로 들어갔다. 문이 닫히고 일순 적막에 휩싸였다.

—야야, 이 방은 좀 그렇지 않나?

—쫄기는. 저 영감탱이 절대 검사 안 해.

대화를 마치자마자 지퍼를 여는 소리가 들렸다. 사락사락하고 비닐봉지 소리가 나더니 탁자에 뭔가 올려놓는다. 울리는 소리로 추론해볼 때 유리컵이나 재떨이와 비슷한 재질의 물체 같았다. 나는 그것이 술병이라고 직감했다. 머릿속에 경고등이 들어왔다.

—야야, 누가 일단 스타트 끊어.

—오케이! 내가 시작한다.

찰칵, 찰칵하는 리모컨 기계음이 들리더니 별안간 귀가 찢어질 듯한 MR 소리가 울려 퍼졌다. 나도 모르게 으악, 하고 비명을 내질렀다. 다행히 말하는 쪽의 종이컵은 허벅지 사이에 거꾸로 뒤집어 놓아서 저쪽으로 소리가 흘러가진 않은 듯했다.

확성기를 귀에 대고 있는 기분이었다. 소리가 워낙 울리는 바람에 누구의 목소리인지, 어떤 노래를 부르는지도 가늠이 되지 않았다. 나는 얼굴 근육을 꽉 오므려가며 필사적으로 진아의 목소리를 찾았다.

—야, 너도 마셔!

누군가 노랫소리에 지지 않으려 고함을 질렀다.

—죄송해요!

대답을 한 건 진아였다.

—저 술은 못해요!

—왜? 너도 마시지.

타이르듯이 말한 쪽은 재영 오빠였다. 이상하게 재영 오빠의 목소리만은 울리는 일 없이 부드럽게 귀로 들렸다.

간주 중인지 마이크를 잡고 있던 오빠가 건배를 외쳤다. 다음 순간 '멍청아, 영감 듣겠다!' 하고 꾸짖는 소리가 들렸다. 꿀꺽, 꿀꺽 액체를 삼켜내는 소리가 마이크에 울려 퍼졌다. 나는 마음속으로 노래방 주인을 몇 번이고 불러냈다. 주인에게 들킨다고 해도 진아는 술을 마시지 않았으니 처벌을 면할지도 모른다. 아주 잠깐 종이컵 전화기로 말을 해볼까도 생각했었다. 그러나 그 계획은 곧바로 머릿속에서 사라졌다. 급박한 상황이 아니라면 가능한 한 소란을 일으키고 싶지 않았다. 어떤 경우에든 대개 피해를 입는 쪽은 여학생일 테니까.

나는 종이컵을 통해 노래방에서 즐겁게 뛰노는 소리를 전해 들었다. 얼마쯤 흘렀을까. 뭔가 꾸물꾸물 기어가는 소리가 들렸다. 노랫소리가 방 안을 꽉 채우고 있는데도 그 기묘한 소리는 유난히 또렷하게 귀로 들려왔다. 그 소리의 어느 부분에서 나는 설마 하는 생각을 했다. 천끼리 맞닿는 까칠까칠한 소리가 났다. 뚱뚱한 뱀이 패브릭 소파를 기어가면 이런 소리가 나지 않을까. 마찰음 사이사이로 여자의 소리가 섞여 들었다. 말이 아닌 교성이었다.

―거기는…… 안 돼요…….

진아의 숨소리를 덮어버리듯 뭔가가 그녀의 입을 막았다. 마찰음이 점점 거칠어졌다. 콧김과 몸을 뒤트는 기척, 세찬 숨소리가 한데 섞여 종이컵 안에 울려 퍼졌다. 저절로 주먹에 힘이 들어갔다. 나는 부끄러움도 잊은 채, 진아에게 일어나고 있는 일련의 과정들을 머릿속으로 재빨리 그려보았다.

—왜?

재영 오빠의 짧은 말과 함께 들려오던 소리가 뚝 끊겼다. 부르나 마나 한 성의 없는 노랫소리만 배경음악처럼 멀리서 들려왔다.

—저, 학원 때문에 먼저 가볼게요.

—야.

—응? 벌써 가게?

마이크를 잡은 채로 A 오빠가 말했다.

—네. 미리 말 못 해서 미안해요.

—야, 이렇게 가는 게 어디 있어.

테이블이 드르륵 밀리는 소리가 났다. 재영 오빠의 목소리엔 어느 정도 짜증이 배어 있었다.

—죄송해요, 오빠. 다음에 봐요.

—다음엔 안 빼는 거지?

—네, 다음에요.

문이 열리고 닫히는 몇 초 사이에 옆방의 노랫소리가 확 커졌다가 사라졌다.

진아의 말은 거짓말이었다. 진아는 집안 사정 때문에 학원에 다니지 않았다.

진아가 떠난 노래방은 고요했다. 노래방 특유의 울림소

리를 제외하면 그 어떤 소리도 들려오지 않았다. 나는 그 침묵의 정체를 눈치챘다. 그것은 뭔가 일이 뜻대로 풀리지 않았을 때 찾아오는 답답함과 분함, 노여움과 비슷한 맥락의 침묵이었다.

4

"저기…… 오늘 뭐 해?"

1교시 수업을 마치자마자 진아의 자리로 갔다. 진아는 책상에 두 팔을 올려놓고 가만히 다음 수업이 시작되기를 기다리고 있었다.

진아는 나를 힐끗 올려다보더니 그대로 시선을 돌렸다. 무안하고 겁이 났지만 나는 용기를 냈다.

"오늘 같이 쇼핑하러 가지 않을래? 요즘 신을 게 없다고 했더니 엄마가 용돈을……."

"혼자 가."

진아는 냉동고에서 꺼낸 듯한 차가운 목소리로 내 말을 잘랐다. 막연하게 예상은 하고 있었지만 상황이 닥치자 덜컥 겁이 났다. 나는 땀에 젖은 손바닥을 교복 치마에 문질러 닦았다.

"같이 가자."

진아가 천천히 얼굴의 각도를 바꾸어 나를 올려다봤다. 무표정한 눈으로 얼마간 나를 응시하더니 입꼬리를 올려 씨익 웃었다.

"내가 왜?"

"왜라니……, 우린 친구잖아."

"난 너 같은 친구 둔 적 없어."

"진아야."

"왜? 이번에는 무슨 말 하려고? 나 재영 오빠랑 사겨. 네가 그렇게 못마땅해하던 사람이랑 사귄다고. 근데 나랑 친구 할 수 있겠어?"

남학생 한 명이 장난을 치다 의자를 넘어뜨렸다. 별것도 아닌 소음에 내 몸은 어처구니없을 정도로 놀랐다. 진아가 풋, 하고 비웃었다.

"오, 오해야. 나는 그런 뜻이 아니라……."

"그러면 네가 착해 보이는 것 같지? 아니야. 그거 되게 찐따 같은 거 알아?"

"아무래도 좋아. 찐따라고 해도 좋고, 호구라고 해도 좋아. 대신 오늘 하루만 나랑 같이 있자, 응? 나랑 같이 쇼핑도 하고, 영화도 보고, 아, 사거리에 버거킹 생겼더라. 거기 가서……."

"왜 이러는 건데, 갑자기? 나 오늘 재영 오빠랑 보기로 했어."

나무막대기로 짓누르듯 가슴이 아파왔다.

"……재영 오빠는 다음에 봐도 되잖아."

"너 재영 오빠 좋아해?"

"뭐?"

"그게 아니면 왜 그러는 건데?"

말문이 막혔다. 목구멍에 점토가 들어찬 기분이었다. 소리 없이 입만 뻥긋거리고 있자니 진아가 더 이상 할 말 없다는 듯 책상 서랍에서 교과서를 꺼내 올렸다. 내 마음도 모른 채, 등 뒤로 수업 종이 울렸다.

"자리로 안 가?"

"아, 응……."

나는 시커먼 물속을 헤엄치는 기분으로 교실 바닥을 걸었다. 자리에 앉는 순간 눈꺼풀 안쪽으로 타들어 가는 듯한 통증이 일었다.

결국 막지 못했다. 막아야 했는데, 나는 그러지 못했다.

그날 진아가 떠난 노래방 안에서 가장 먼저 입을 연 것은 재영 오빠였다.

—어때? 해볼 만하지?

—조금 애매한데…….

—괜찮아. 저런 애들이 또 입은 무겁거든.

—장소는?

—우체국 뒤. 거기 공사 중단된 거 알고 있지? 밤만 되면 그쪽으로 아무도 안 지나가.

—언제 할 건데?

—다음 주 금요일.

오늘이었다.

***

여기저기 균열이 나 있는 담벼락 뒤에 몸을 숨겼다. 고개를 약간만 움직이면 폐건물이 바로 눈에 들어온다. 어둑해진 풍경 속에서 저 거대한 콘크리트 덩어리는 마치 몸을 웅크리고 있는 검은 짐승처럼 보였다.

멀리서 자동차 지나는 소리만 간간이 들려올 뿐, 폐건물을 찾는 기척은 들려오지 않았다. 하지만 이제 곧 온다. 어두운 마음을 품고 있는 재영 오빠와 아무것도 모르고 있는 진아가.

내뱉는 숨이 담벼락에 반사되어 그대로 얼굴로 전해졌다. 손에는 종이컵 전화기가 들려 있었다. 세월로 인해 변색된 부분이 어둠 안에서 잿빛으로 보였다.

기우였으면, 하고 바랐다. 그저 쓸데없는 오지랖이 발동하여 사사건건 트집을 잡고 있는 거였으면 좋겠다. 어쩌면 나는 진아를 질투하고 있는지도 모른다. 남자친구가 생긴 친구를 질투해서 있지도 않은 일을 멋대로 지어내 걱정하고 있는지도 모른다. 아무 일도 일어나지 않았으면 좋겠다. 그렇게 빌었다.

얼마쯤 지나자 골목을 걸어오는 발소리가 들렸다. 웃는 소리로 그것이 재영 오빠 일행이라는 것을 알았다. 나는 몸을 긴장시켰다.

철컹, 철컹하고 철 계단을 오르는 소리가 들렸다. 슬쩍 내다보자 어둑한 풍경 속에 팔랑이는 교복 치마의 윤곽이 눈에 들어왔다. 나는 심호흡을 하고 담벼락에 종이컵을 붙였다. 종이컵에 귀를 대고 정신을 집중했다. 새벽에 라디오를 튼 것처럼, 깜짝 놀랄 정도로 큰 소리가 종이컵 안으로 들려왔다. 비닐봉지를 뒤지는 소리였다.

—너무 어둡지 않아요?

—조금만 지나면 금방 적응돼. 불을 켜면 괜히 의심받을 수도 있으니까.

재영 오빠가 어르는 목소리로 진아를 안심시켰다. 봉지 안의 내용물을 콘크리트 바닥에 내려놓는다. 대화랄 것도 없이 곧바로 꿀렁꿀렁 물 따르는 소리가 들렸다.

—오늘은 너도 마실 거지?

재영 오빠가 물었다. 나긋하고 자상한 목소리였지만 어딘가 강압적인 느낌이 드는 말투였다. 진아는 대답하지 않았다.

—자, 마시자.

나는 눈을 질끈 감았다. 머릿속으로 건물 안의 풍경을 떠올려보았다. 높은 빌딩의 불빛이 더러운 창문으로 들이치며 시멘트 바닥을 비춘다. 소주병과 먹을거리를 중심에 두고 둥글게 앉아 있는 교복들이 보인다. 검은 얼굴들이 진아의 하얀 얼굴을 곁눈질한다. 나는 감긴 눈꺼풀 안으로 그 영상들을 숨죽이고 지켜보았다. 손에 힘이 들어갔는지 종이컵 몸통 부분이 살짝 찌그러졌다.

말소리는 거의 들리지 않았다. 술을 따르고 마시는 소리, 그리고 숨소리와 뭔가 신호를 주고받는 듯한 의미 없는 기침 소리만 들려왔다. 얼마쯤 지나자 꾸물거리는 입소리가 들렸다. 노래방 안에서 들어본 소리였다. 천이 맞닿고 숨소리에 열기가 느껴졌다.

두 사람이 키스를 하고 있고, 그것이 사귀는 사이에 충분히 있을 수 있는 스킨십이라는 것도 알고 있다. 내가 이상하게 생각한 부분은 다른 사람이 보는 앞에서 어떻게 그게 가능하냐는 것이다. 마치 일부러 보여주려는 것처럼.

소리는 계속 이어졌다. 어린아이가 입 안에 든 젤리를 넣었다 뺐다 하며 장난치는 소리 같았다. 마찰음 사이사이로 진아의 신음이 섞여 들었다. 교성이 아닌 바늘이나 볼펜 심에 찔렸을 때 내는, 본능적인 신음이었다. 마음이 불편했다. 뭔가 일어날 것 같았다. 좋지 못한 예감이 온몸을 엄습해왔다. 하지만 내가 할 수 있는 일은 그저 듣는 일뿐이었다. 나는 귀를 쫑긋 세웠다.

—오빠, 잠깐…….

목소리가 높았다. 뒷말이 이어지지 못한 건 무언가가 입을 막았기 때문일까. 그런 생각을 하는데 순간 어둠을 찢어발기는 듯한 비명이 건물 안에서 들려왔다. 종이컵이 아닌 바깥쪽 귀로도 들을 수 있을 만큼 소리가 컸다.

—야야, 뭐해. 빨리 와서 잡아.

—조용히 해, 이년아.

몇 사람의 헉헉대는 숨소리가 들렸다. 묵직한 자루가 땅에 질질 끌리는 듯한 소리가 숨소리를 덮었다. 뭔가 찰싹하고 튕기는 듯한 소음이 났다. 이것은 자신의 위에 올라탄 남자로부터 벗어나려고 하는 필사적인 몸부림이다. 나는 그렇게 직감했다.

충격과 공포, 분노가 서로 뒤엉키며 명치를 강타했다. 호흡이 거칠어지고 숨을 내뱉을 때마다 어둑한 풍경이 커졌다 작아졌다 했다. 나는 종이컵에서 귀를 떼고 정신이 나간 사람처럼 주변을 두리번거렸다. 뭔가 흉기가 될 만한 것, 그들을 말릴 수 있을 만한 것을 찾았다. 저 앞에 보이는 골목 어귀에 뭔가가 눈에 들어왔다. 잽싸게 뛰어가 주워들었다. 주먹 크기만 한 돌멩이였다. 그것을 확인한 순간 느닷없이 눈물이 나왔다.

고개를 들어 눈앞의 건물을 올려다보았다. 가야 한다. 진아를 구해야 한다. 그런데 몸이 움직여주지 않는다. 무릎이 덜덜 떨리고, 갯벌 위에 서 있는 것처럼 발바닥이 꿈쩍도 하지 않는다.

안 된다.

못 한다.

나는 할 수 없다.

그래. 경찰에 신고를 하자. 그러면 될 일이다. 침착하게 자초지종을 설명하고 얼른 출동해달라고 부탁하자. 발 옆으로 둔탁한 소리가 울렸다. 내려다보자 손에 쥐고 있던 돌멩이가 바닥에 떨어져 있었다. 잘 됐다. 이대로 휴대폰을 꺼내서 신고를 하자. 그런데 그래도 될까? 경찰에 신고를 하게 되면 학교에도 소식이 전해진다. 비밀로 하더라도 눈치 빠른 아이들은 어떻게든 사건의 내막을 캐낼 것이다. 그 뒤에 진아는 어떻게 될까. 호기심 어린 시선들을 진아는 과연 얼마나 견뎌낼 수 있을까.

나는 신고하기를 포기했다. 진아는 내가 구해야 한다. 나만이 구해낼 수 있다. 그렇게 생각하면서도 두 발은 여전히 바닥에 가라앉은 것처럼 움직여지지 않았다.

진아의 강한 마음이 내게 반만큼이라도 있었다면.

그때 어디선가 습기를 머금은 바람이 불어왔다. 뭔가가 교복 치마를 건드렸다. 나는 눈물로 뿌예진 시야로 그쪽을 내려다보았다. 종이컵 한 쌍이 어둠 속에서 팔랑팔랑 흔들리고 있었다. 내 왼손은 아까부터 실을 꽉 붙들고 있었다.

조금씩 발을 움직였다. 나는 좀 전까지 숨어 있던 담벼락 뒤로 비틀비틀 걸어갔다. 벽에 종이컵을 붙인 다음 나머지 종이컵을 입으로 가져갔다. 손이 떨리는 바람에 종이컵이 자꾸만 뺨을 찔렀다. 입이 떨어지지 않았다. 이가 딱딱 부딪치고 그때마다 바람 새는 소리가 났다. 좀처럼 마음이 진정되지 않았다. 목구멍으로 손을 집어넣어 부산스레 요동치는 심장을 꽉 쥐어 잡고 싶은 심정이었다.

그때였다. 새카만 건물 안에서 날 선 비명이 울려 퍼졌다. 그 소리는 곧바로 사라졌지만 꺼져가던 내 의식을 일깨우는 데는 충분했다.

—그만둬어어어어어어!

눈을 질끈 감고 소리쳤다. 몇 날 며칠 노래만 부른 사람처럼 목소리가 제멋대로 갈라졌다. 아무래도 상관없었다. 나는 있는 힘껏 소리를 질렀다. 흐느낌이 자꾸만 숨을 밀어냈지만 명치에 힘을 주고 참았다.

—그 아이에게서 당장 떨어지란 말이야아아아아아~!

순간 들려오던 기척이 딱 멈췄다.

—뭐, 뭐야? 누구야?

금속음이 다급하게 부딪쳤다. 이건 벨트를 채우는 소리일까.

—제발……, 제발 그만해애애애애애!

—어디서 나는 소리야, 이거!

—낸들 아냐, 시발. 야야, 여긴 아무도 없는데.

—그럼 어디에 숨어 있다는 거야!

—이런 씨발! 일단 도망가자.

—우리 찍힌 건 아니겠지? 응? 야, 애는 어쩌고?

—몰라. 일단 뛰라고, 병신아!

발소리가 서로 엉키며 콘크리트 바닥을 내달렸다. 얼마 지나지 않아 허겁지겁 철 계단을 내려오는 소리가 들렸다. 나는 살며시 종이컵에서 귀를 뗐다. 뭐라고 알아듣지 못할 말을 주고받으며 재영 오빠 일행은 서둘러 골목길을 빠져나갔다.

나는 오빠들이 내려온 철 계단을 재빨리 뛰어 올라갔다.

아무것도 없는 휑한 어둠 속에 실루엣 하나가 옆으로 누워 있었다. 셔츠 단추는 가슴 아래까지 풀려 있고, 치맛자락이 말려 올라가 하얀 허벅지가 그대로 드러나 보였다. 나는 멈칫멈칫 진아에게 다가갔다. 진아는 얼굴의 반을 먼지 가득한 콘크리트 바닥에 파묻은 채, 쌔액쌔액 가쁜 숨을 몰아쉬고 있었다.

어깨를 잡고 일으켜 세웠다. 눈물과 흙먼지가 뒤섞여 진아의 오른쪽 뺨은 미숫가루를 묻힌 것처럼 까맸다.

"괜찮아."

조용히 말해보았다. 진아는 그제야 나란 존재를 파악한 듯 안심한 표정을 지어 보였다. 나는 바닥에 무릎을 꿇고 그녀를 끌어안았다.

"이젠 다 괜찮아."

종이컵 너머로만 듣던 그녀의 울음소리를 나는 처음으로 귓가에서 들을 수 있었다.

5

어느 주말, 나는 버스를 타고 진아의 집에 찾아갔다. 여름의 뜨거운 햇살이 차창을 뚫고 뺨을 달궜다. 에어컨은

틀려 있지만, 버스 문이 열리고 닫힐 때마다 냉기가 더운 공기로 맞바꾸어 들어왔다. 나는 메신저를 켜서 맞게 가고 있는지 다시 한번 확인했다.

얼마쯤 지나자 버스는 멈춰서는 일없이 굽이진 길을 조용히 달렸다. 바깥 풍경은 어느새 높은 건물이 사라지고 어두운 색의 공장들이 질서 있게 늘어서 있었다. 나는 슬슬 내릴 채비를 했다. 다음 정류장에 내려 5분쯤 걸어가면 진아가 사는 빌라가 나온다.

그 일이 있은 후부터 지금까지 진아는 학교를 나오지 않았다. 담임선생님은 진아가 지독한 감기에 걸렸다고 설명했지만 그것이 거짓말이란 걸 나는 알고 있었다.

오래되어 군데군데 칠이 벗겨진 건물에 진아가 말한 빌라 이름이 쓰여 있었다. 302호가 진아가 사는 집이다. 문 앞에 서서 초인종을 눌렀다. 현관문 너머로 '누구세요?' 하는 말이 들리자마자 곧바로 문이 열렸다. 문틈으로 얼굴을 내민 사람은 머리가 희끗해진 진아의 어머니였다. 고생을 해서인지 얼굴빛이 어둡고 잔주름도 많았지만, 진아가 말한 대로 확실히 미인이셨다.

"그래, 진아 친구구나. 어서 오렴."

나는 아주머니의 안내를 받아 진아의 방으로 들어갔다. 진아는 에어컨 냉기가 가득한 방에서 한가롭게 만화책을 읽고 있었다. 내 얼굴을 보자 배를 덮고 있던 이불을 젖히고 두 팔 벌려 환영해주었다.

"오랜만이네!"

살은 좀 빠졌지만 그래도 기운을 되찾은 것 같아서 나는 마음이 놓였다.

"그 오빠들은, 학교에 나와?"

침대 등받이에 기댄 자세로 진아가 물었다. 나는 침대 가장자리에 앉아서 이불 위에 가만히 올려진 그녀의 하얀 손가락을 내려다보았다.

"그 뒤로 연락 안 해?"

"안 하지, 당연히."

"그렇구나."

그날 진아는 내게 아무것도 물어보지 않았다. 이곳에 어떻게 오게 됐는지, 어떤 경로로 알게 됐는지, 진아는 물어보지 않았다. 그저 내 품에 안겨 오랫동안 숨죽여 울었다. 나는 그게 고마웠다. 그래서 나도 묻지 않았다. 물론 다 알면서 모른 척한 것뿐이었지만.

"오빠들도 안 나오는 모양이더라. 들리는 말로는 학교를 그만둔다던데."

"그래……."

왜인지 진아는 어두운 얼굴을 했다. 아직도 재영 오빠에 대한 감정이 남아 있는 걸까. 아니면 그의 이면을 제대로 파악하지 못한 자신을 책망하는 걸까.

사건 다음 날, 재영 오빠 일행은 평소처럼 등교를 했다. 급식실에서도 여느 때처럼 친구들과 떠들었고, 후배가 인사를 하면 눈웃음으로 받아주었다. 그 모습을 지켜보면서 나는 분노보다 공포를 느꼈다. 사건의 피해자인 진아는 고통받고 있는데 당사자는 실실 웃으며 복도를 활보하고 있었다. 뭔가 특단의 조치가 필요했다. 그래서 한 가지 방법을 생각해냈다. 내 안에 그런 잔혹함이 있을 줄은 나도 몰랐다.

—복수할 거야……. 너희가 한 짓……, 나는 전부 다 아니까…….

새벽 두 시에 알람이 울리면 나는 종이컵 전화기를 벽에 대고 고3 오빠들의 집을 찾았다. 각자의 집 위치는 미리 숙지해둔 터라 쉽게 찾아낼 수 있었다. 내 능력은 내가 어떤 마음을 먹냐에 따라서 진화하는 듯했다.

—용서를 빌어……. 내가 복수할 거야……. 지켜보고 있다…….

반응은 바로 왔다. 잠결에 내 목소리를 들은 오빠들은 전부 겁을 집어먹고 다음 날부터 학교에 나오지 않았다.

학교를 그만둔다는 말은 사실인 것 같았다. B 오빠와 가까운 집에 사는 반 아이가 있었는데, 아무래도 귀신에 씌인 것 같다는 말을 들었다고 한다. 나는 소리 죽여 웃었다. 잠에 취한 내 목소리를 귀신으로 착각한 모양이었다. 학교를 그만두다니, 조금 과했나 싶기도 하지만 그들이 진아에게 한 행동은 절대 용서받을 수 없는 일이었다. 학교를 졸업한들 그들에게 좋은 미래가 기다리고 있을 것 같진 않았다.

노크 소리가 나더니 진아 어머니가 들어왔다.

"고맙구나. 이렇게 찾아와줘서."

나와 진아 사이에 수박이 담긴 쟁반을 놓으면서 어머니가 말했다. 어머니는 뭔가 할 말이 있는 듯 입을 열었지만, 이내 마음이 바뀌었는지 푸근한 미소를 지으며 거실로 나갔다.

"나, 알고 있었어."

어머니가 나간 방문을 바라보면서 진아가 말했다.

"응?"

"네가 한 말이 무슨 말인지 알고 있었다고. 그, 재영 오빠가 양아치라는 말."

"양아치라고는 안 했는데……."

"그거나, 그거나."

아무튼, 하고 진아는 허리를 꼿꼿이 세웠다.

"일부러 그런 거야. 뭔가 삐뚤어지고 싶다는 마음? 그런 거였나 봐. 말했지? 우리 집 엉망이라고. 엄마랑 아빠도 원래는 사이가 좋았는데 사정이 이렇게 되고부터는 허구한 날 싸우더라. 그게 답답해서 그랬는지도 몰라. 그 사람들이랑 어울리는 게 내 상황에 맞는 것 같기도 하고."

진아는 아주 먼 곳을 바라볼 때처럼 눈을 가늘게 떴다. 입은 웃고 있었지만 두 눈엔 아무런 감정이 담겨있지 않았다.

나는 슬그머니 팔을 뻗어 진아의 손을 잡았다. 진아는 깜짝 놀란 얼굴을 했지만 이내 힘을 풀고 손가락에 깍지를 꼈다.

"괜찮아."

나는 말했다.

"다 지난 일인걸."

나는 쟁반에서 제일 큰 놈을 골라 한입 베어 물었다. 수박은 정말 달고 맛있었다.

6

"어때?"

진아가 기대에 가득 찬 눈빛으로 나를 바라봤다.

"음, 글쎄."

솔직한 감상을 털어놓자 진아의 눈썹이 찡그려졌다.

"어째서 그런 반응이 나오지? 조회수 봐봐, 백만이 넘어."

"요즘 조작 같은 게 많으니까."

"이런 게 한두 번이 아니니까 그렇지."

진아는 답답하다는 듯 다른 영상을 클릭해서 내게 보여줬다. 이번에도 휴대폰으로 찍은 듯한 영상이었다. 초등학생으로 보이는 남자아이 셋이서 삐쩍 마른 한 아이를 에워싸고 있었다. 따돌림당하는 아이는 상의를 탈의한 상태로 흙바닥에 납작 엎드린 자세였다. 서 있는 아이들은 모두 제각기 다른 모양의 장난감 총을 들고 있었다.

이곳은 운동장일까. 촬영하고 있는 애가 웃음을 터뜨리자 영상이 아래위로 흔들렸다. 발음이 부정확해서 뭐라고 하는지 알아듣기 힘들었다. 다만 무얼 하려는지는 대충 짐작이 갔다. 이들은 한 폐쇄 국가의 사형집행 모습을 흉내 내고 있었다.

눈빛으로 신호를 주고받은 다음 총구를 겨냥하려는 순간, 그들은 일제히 하늘을 올려다보았다. 마치 머리 위에서 누군가가 부른 것처럼 보였다. 그러나 그것은 있을 수 없는 일이었다. 왜냐하면 그들이 서 있는 장소가 운동장 한복판이었기 때문이다.

"봐봐, 애들은 지금 그 소리를 들은 거야."

영상은 아이들이 혼비백산하며 뛰어가는 데서 끊겼다.

"바보들. 이 영상을 지네 SNS에 올리는 바람에 들통나 버린 거야. 요즘 뉴스에서 난리잖아. 촉법소년 폐지하자고."

"음, 그렇다. 나도 찬성."

"중요한 건 그게 아니라고! 여기 들린 여자 목소리가 중요한 거지. 운동장에는 분명 애네밖에 없었잖아. 너도 들었지? '그 애를 괴롭히지 마!' 하는 목소리."

"그런 것 같기도 하고."

진아는 말이 안 통한다는 듯 고개를 절레절레 흔들었다.

"사람들은 이 목소리를 '데쓰 드로우즈'라고 부른대."

"데쓰 도로즈?"

"아니, 바보야! 데쓰 드, 로, 우, 즈. 단말마라는 뜻이야. 어딘가에서 억울하게 죽은 영혼이 자신과 같은 피해자가 나오지 않도록 도와주는 거래."

"그래……."

"뭐가 그래야! 전국에서 난리라니까? 사람들은 이 목소리가 학생이 아니었을까 하고 생각하고 있어. 왜냐면 이 목소리가 학생들을 상대로만 들리고 있거든. 꼭 학교폭력으로부터 보호하려는 것처럼 말이야."

그때 수업 종이 울렸다. 진아는 분하다는 얼굴로 '다음 시간에 말해줄게.' 하며 제자리로 돌아갔다. 나는 그 뒷모습을 지켜보면서 필사적으로 입술을 오므렸다. 오므리지 않으면 웃음이 터져 나올 것 같았다. 뭐가 데쓰 드로우즈야! 뭐가 단말만데? 소리치고 싶어 목 언저리가 근질근질했다.

진아는 일주일 전부터 학교에 나오기 시작했다. 하지만 당당하던 예전 모습은 완전히 사라지고, 꼭 죄를 지은 사람처럼 어깨를 움츠리고 다녔다. 그럴 때일수록 내가 노력해야 했다. 먼저 다가가 말을 걸고, 별것 아닌 말에도 깔깔 웃어주었다. 무던히 노력한 끝에 진아는 조금씩 본래의 모습을 찾아가고 있었다. 아주 잠깐이었지만 나와 진아의 역할이 바뀐 것 같아서 조금 뿌듯하게 느껴졌다.

이제는 완전히 내 능력에 적응이 되었다. 조금 피곤한 감은 있지만 최대치로 집중을 하면 저 멀리 제주도에서 들리는 소리까지 자각할 수 있게 되었다. 쉬는 시간 화장실에서, 학교를 마치고 돌아온 방 안에서, 나는 종이컵 전화기를 아무 벽에다 대고 소리를 듣는다. 그리고 뭔가에 겁을 먹고 불안해하는 목소리를 찾아다닌다. 그것은 주로 어린 학생들의 목소리였다. 나는 진아와 같은 피해자가 두 번 다시 생기지 않길 바랐다.

사람들은 나를 '히어로'라고 부른다. 하지만 그건 틀린 말이다. 나는 겁 많고, 소심하고, 몰개성적인 여고생일 뿐이다. 두려우면서도 꿋꿋이 권력에 대항하던 진아야말로 진정한 의미에서 히어로라고 할 수 있다. 나는 여전히 진아의 강한 마음을 동경한다. 그 용감하고 당돌한 모습을 모방하고 싶다. 나는 약하다. 약하기 때문에 뒤로 숨어서 능력을 사용한다. 하지만 나도 언젠가 진아처럼 당당하게 나서길 바란다. 그렇게 되기 위해 매일매일 노력하고 있다.

과거로부터의 해방

1

나는 술 마시기를 좋아한다. 맛있는 음식을 먹을 때면 항상 소주를 꺼내온다. 비가 오거나 땀을 흘린 날에도 찾는다. 일주일에 네다섯 번은 마시는 것 같다. 그것도 많이 줄인 거다.

위험하다는 건 알고 있다. 알코올 의존증이고, 간 수치도 높다. 그러나 도저히 끊을 엄두를 못 내겠다. 술이 없는 삶은 상상하기 어렵다. 딱히 스트레스를 풀 목적으로 마시는 게 아니다. 술 자체가 좋은 것이다. 그래서 더 끊기 어렵다. 예전에는 담배도 피웠었는데, 이제는 술만 마신다. 술은 죽어도 못 끊겠다.

처음부터 술을 좋아했던 건 아니다. 대학생 때나 사회초

년생 때는 그저 사람 만나는 구실로 마셨다. 이 맛대가리 없는 걸 왜 마시는 거냐고 생각할 때도 있었다. 주량을 넘어가면 반드시 토를 했다. 그러면 몇 달간은 절대 술 생각이 나지 않았다. 그런데 이제는 하루도 술 생각이 나지 않는 날이 없다. 주량도 늘어서 소주 일고여덟 병쯤은 거뜬히 비워낸다. 직장 동료들과 술을 마시면 내가 가장 늦게까지 깨어 있다. 그래서 늘 마지막까지 일행을 챙겨야 한다.

숙취도 적은 편이다. 오히려 술을 마셔야 정신이 말똥해진다. 그런데 최근 들어 기억에 조금씩 문제가 생기기 시작했다. 소위 필름이 끊긴다는, 블랙아웃 증상을 앓게 된 것이다. 전날 어떻게 집에 오게 됐는지, 양치는 했는지, 발은 씻었는지, 도무지 기억나지 않았다. 예전에는 한 번도 이런 적이 없었다. 누군가 필름이 끊겼다고 하면 그게 과연 어떤 기분일지 궁금해하곤 했었다. 제발 필름 한 번 끊겨봤으면 좋겠다고 노래를 불렀던 적도 있었다. 당연히 지금은 아니다. 기억이 없으니 남는 건 공포밖에 없다.

평소처럼 새벽까지 술을 마시고 점심 답에서야 겨우 눈을 떴다. 숙취는 없었지만 집까지 오게 된 경위가 떠오르지 않으니 머릿속이 복잡했다. 누운 자세로 10분 넘게 천장을 노려보다 겨우 몸을 일으켰다. 그리고 그것을 발견했다.

바닥이 뭔가로 더럽혀져 있었다. 마치 소스를 엎지른 것처럼 새까만 얼룩이 방문에서부터 침대까지 아무렇게나 찍혀 있었다. 뭔갈 흘린 모양인데 기억이 나지 않았다. 한 박자 늦게 앗, 하고 외친 뒤 이불을 들춰냈다. 다행히 침대보는 깨끗했다. 대신 티셔츠 가슴팍이 얼룩져 있었다. 그것이 피라는 사실을 깨닫기까지 얼마간 시간이 소요됐다.

옷을 벗어 던지고 거울 앞에 섰다. 아무리 살펴봐도 까지거나 쓸린 곳은 없었다. 그렇다면 이 피가 내 게 아니라는 소린데, 그게 좀 당혹스러웠다.

동료들에게 물어보려고 했다. 그러나 내가 어떻게 집에 오게 됐는지 기억하는 사람은 아무도 없었다. 오히려 내게 어젯밤 일을 물어봤다. 나는 대충 얼버무리고 전화를 끊었다. 그리고 황망한 기분으로 바닥에 들러붙은 혈흔을 내려다봤다. 결국 나는 그 피가 누구 것인지 영원히 알 수 없게 됐다.

눈을 떠보면 주인 모를 구두를 신고 있거나 폐타이어를 끌어안고 있었다. 지폐가 두둑이 들어 있는 장지갑이 호주머니에서 나온 적도 있었다. 지갑 안에는 신원을 알 수 있을 만한 어떤 것도 들어있지 않았다. 기억이 없으니 돌려줄 방법도 없었다.

하루는 뭔가 울어대는 소리에 눈을 떴다. 고개를 돌리자 웬 덩치 큰 개가 침대 밑에 앉아 있었다. 나와 눈이 마주치자 녀석은 꼬리를 살랑살랑 흔들며 짖어댔다. 내가 사는 연립주택은 반려동물을 들이는 걸 금지하고 있었기 때문에 나는 어지간히 당황했다. 정말 울고 싶은 심정이었다.

혹시 범죄를 저지르는 건 아닐까.

내 상황이 그래서인지는 몰라도 뉴스에서 음주와 관련된 사건들이 나올 때마다 눈을 뗄 수 없었다. 음주운전 사망사고, 음주폭행 사건, 살인사건, 심신미약 감형 논란 등등. 나는 뉴스와 일절 관계없는 사람이라고 생각했는데 이젠 아니었다. 뉴스를 보는 내내 손에 땀이 배어 나왔다. 기억에는 없지만 내가 저질렀을지 모를 사건들이 보도되는 것 같았다. 최근 가까운 야산에서 시신 한 구가 발견됐다고 하는데, 나는 정말 그 사건과 무관한 걸까. 그런 생각들이 꼬리에 꼬리를 물고 이어졌다.

오랜 고민 끝에 술을 끊어보기로 했다. 지인들에게 양해를 구하고 술 약속을 일절 근절했다. 금단현상은 그날 밤 바로 찾아왔다. 혼자서 저녁을 해결하고 있는데 밥알이 목구멍으로 넘어가질 않았다. 술이 없으니 이딴 게 다 무슨 소용인가 싶었다. 끼니를 거르고 일찍이 잠자리에 들었으나 좀처럼 잠이 오질 않았다. 심장이 뛰고 입술이 바짝바짝 말랐다. 나는 결국 새벽 다섯 시가 넘은 시간에 편의점으로 달려갔다. 소주 네 병을 사고, 그 자리에서 두 병을 비웠다. 그제야 살 것 같았다.

혼자서는 안 되겠다는 생각에 병원을 찾았다. 내가 겪고 있는 간 질환, 심혈관계 질환, 위장 질환 등이 검사 결과로 밝혀졌다. 초로의 의사 선생은 내가 고위험군에 속해 있으며 당장 치료받지 않으면 뇌에 치명적인 손상을 입게 될지도 모른다고 경고했다. 딱히 놀랄 거리도 아니었다. 위험하다는 건 나도 안다. 어떻게 끊는지가 궁금할 뿐이다.

알코올중독 치료에는 여러 가지 방법이 있는데, 나는 그 중에서 동기강화 치료를 받아보기로 했다. 내가 품고 있는 자발적 변화 의지를 증폭시켜 스스로 치료하는 방법이라고 한다. 실행단계, 준비단계, 숙고단계, 유지단계, 총 네 가지 단계가 있는데 각 단계마다 내용이 달라서 매주 내원하여 지시 항목을 잘 수행했는지 검사받아야 한다고 했다.

어느 정도 예상은 했지만 나는 그 첫 단계도 통과하지 못했다. 상담받고 돌아오는 길에 술을 마셨다. 병원에는 그길로 발길을 끊었다.

그래, 바깥에 나가지만 않으면 되는 것 아닌가.

그렇게 생각한 나는 소주와 간단한 안주만 가지고 방 안에 틀어박혔다. 서랍장과 책상으로 방문을 막았다. 이대로 술만 홀짝이다 잠이 들면 그만이다. 혼자 먹는 건 상관없다. 나가지 않으면 범죄를 일으킬 일도 없다. 그렇게 생각했다.

하지만 다음 날 눈을 떠보니 문 앞에 세워둔 책상과 서랍장이 아무렇게나 널브러져 있었다. 그리고 우리 집 것이 아닌 부엌칼이 머리맡에서 나왔다.

무서웠다. 두렵고 불안했다. 문을 막아두면 귀찮아서라도 나가지 않을 거라고 생각했는데, 술에 취한 나는 꽤 부지런한 모양이었다.

그렇다면 아예 감금해버리면 어떨까.

내가 살고 있는 연립주택은 매일 오후 관리자가 계단 청소를 해주고 있다. 주차장을 돌아보고, 불법 전단지도 제거한다. 그리고 돌아갈 때면 항상 옥상 문을 잠근다.

나는 술을 사서 연립주택 옥상으로 올라갔다. 벽 뒤에 몸을 숨기고 있자니 잠시 후 철컥, 하고 문이 잠기는 소리가 들렸다. 이것으로 나는 바깥세상과 철저히 분리됐다. 이제 마음 놓고 술을 마실 수 있다. 연립주택은 사 층짜리 건물이다. 뛰어내렸다간 간단한 골절로 끝나진 않으리라.

당연히 휴대폰은 챙겼다. 내일 아침 관리인에게 전화해 문을 열어달라고 할 생각이었다. 아직 9월이지만 혹시 몰라 패딩도 챙겼다. 등이 배길까 봐 따로 돗자리도 챙겨왔다. 완벽했다.

간만에 홀가분한 마음으로 술을 마셨다. 옛날로 돌아

간 기분이었다. 노래를 흥얼거리기도 하고, 오징어 다리를 질겅질겅 씹으며 밤하늘을 구경하기도 했다. 사회에 누를 끼치지 않으려고 이렇게까지 노력하는 내가 대견했다. 술은 좋아하지만 음주범죄는 혐오한다. 술은 자기만족이다. 몸이 망가지는 건 어쩔 수 없지만 남에게 피해를 주면 안 된다.

가져온 술을 전부 비워낼 때까지 옥상 문이 열리는 일은 없었다. 내가 기억하는 바로는 그랬다. 그런데…….

여긴 어딜까.

눈을 떠보니 전혀 모르는 장소에 와 있었다.

2

깜깜했다. 아무것도 보이지 않았다. 농밀한 어둠. 완전한 어둠이다. 보통 눈을 감더라도 약간의 색채는 보이기 마련인데, 지금 내 눈앞에는 어떤 것도 보이지 않았다. 마치 사면을 검정으로 칠한 방에 갇혀 있는 것 같았다.

처음 한동안은 시력을 잃은 줄만 알았다. 알코올이 시력에 어떤 영향을 끼치는지는 모르지만, 흥청망청 술을 마신 탓에 눈이 안 보이게 된 줄 알았다. 하지만 아니었다. 점차 눈이 어둠에 적응하자 어렴풋이 무언가 보이기 시작했다. 그것은 액체 같기도 하고, 젤리 같기도 한 무언가였다. 흐릿해서 잘 구별되진 않았다. 호박琥珀 속에 갇힌 곤충이 된 기분이었다.

휴대폰을 찾으려고 했다. 그런데 팔이 움직이지 않았다. 부러진 걸까. 아니, 아픔은 느껴지지 않았다. 다리도 움직일 수 없었다. 감각은 느껴지지만 뭔가 막다른 곳에 가로막혀 있는 것 같았다. 좁디좁은 공간. 여긴 어딜까. 나는 어디에 갇혀버린 걸까. 상황 파악을 위해 기억을 더듬었다. 아무것도 생각나지 않았다. 내 마지막 기억은 문 닫힌 건물 옥상에서 술을 마신 것뿐이다. 다른 행동은 한 기억이 없다. 옥상에 다른 공간이 있지도 않았다.

머리가 아팠다. 관자놀이를 만지고 싶은데 손을 뻗을 수가 없다. 신경 하나하나에 의식을 집중해봤다. 나는 지금 어떤 자세로 있는가. 우선 손가락 마디마디가 서로 찰싹 붙어 있는 것 같다. 손바닥 아래에 감촉이 느껴지는 것으로 보아 나는 지금 바닥을 짚고 있다. 아아, 아니다. 팔꿈치가 안으로 굽어 있다. 가슴 앞으로 손을 모은 자세를 하고 있다.

신체 모든 부위에서 감각이 느껴진다. 즉, 나는 훼손되지 않은 건강한 몸이라는 뜻이다. 그런데 당최 손발을 움직일 수가 없었다.

움직일 수 없다는 걸 의식하자마자 온몸이 가려워졌다. 현미경으로 들여다봐야 겨우 보일 법한 아주 작은 벌레들이 몸 이쪽저쪽 사방팔방으로 기어 다니는 기분이었다. 긁고 싶은데 긁을 수가 없다. 몸이 움직여지지 않는다. 답답하다. 숨을 못 쉬겠다. 여긴 어딜까. 나가고 싶다. 팔만이라도 움직이고 싶다. 누구 없어요? 나 좀 여기서 꺼내줘요. 말도 할 수 없다. 턱이 목 깊숙이 파묻힌 채 꿈쩍도 하지 않는다. 누군가 손끝으로 이마를 세게 짓누르고 있는 것 같다.

코로 연거푸 숨을 들이마셨다. 폐로 공기가 들어오는 것 같지 않았다. 그럼에도 나는 최선을 다해 호흡했다. 그것 말고는 달리 할 수 있는 일이 없었다.

—□□□?

그때, 어둠 저편에서 어떤 말소리가 들려왔다. 여자 목소리 같았다. 동굴에서 듣는 것처럼 소리가 울려서 무슨 말인지는 알아들을 수 없었다. 그러나 나는 마치 신의 메시지라도 들은 사람처럼 가슴이 두근거렸다. 어둠 속에 나 말고 누군가 더 있다. 그 사실이 가슴을 뛰게 했다.

대답하고 싶었다. 하지만 목소리가 나오지 않았다. 어항 속의 금붕어처럼 겨우 입만 뻐끔거릴 뿐이었다. 어떻게든 신호를 보내고 싶은데 방법이 없었다. 답답해서 미칠 지경이었다. 가슴과 등 뒤로 벌레들이 계속 굼실거렸다.

—□□ □□□□.

목소리는 그 이후로도 몇 번인가 들려왔지만 내가 대답을 하지 않은 탓인지 이내 잠잠해졌다. 나는 다시 어둠 속에 혼자 남게 됐다. 갑갑했다. 무서웠다. 이대로 어둠이 점차 오그라들어 내 몸을 납작하게 찌부러뜨릴 것만 같았다. 나는 대체 언제까지 이곳에 있어야 하는 걸까. 문이 잠긴 옥상에서는 어떻게 나오게 된 걸까. 집에 갈 수는 있을까. 살아서 나갈 수 있을까.

어둠은 고요했지만 완벽한 의미의 정적은 아니었다. 일종의 백색소음처럼, 이곳에서도 규칙적인 소리는 존재했다. 주파수가 맞지 않는 라디오를 멀찌감치 떨어뜨려 놓은 듯한 소리. 강물이 좁은 물길을 따라 잔잔히 흘러가는 듯한 소리. 누군가의 심장 소리. 말소리. 웃음소리. 다양한 소리가 존재했다. 나는 그 소리를 들으며 잠이 들었다. 같은 자세로 눈을 감았다가 같은 자세로 눈을 떴다. 낮인지 밤인지 분간하기 어려웠다. 그래서 잠을 잤다는 기분도 들지 않았다. 배도 고프지 않았다. 목도 마르지 않았다. 그저 갇혀 있을 뿐이었다.

며칠이 지났는지 모르겠다. 어쩌면 몇 달이 지났을 수도 있다. 이제는 머리카락이 자라나는 소리마저 들을 수 있을 것 같았다.

그런 생각을 하는데 갑자기 어둠이 흔들리기 시작했다.

3

거대한 지진이었다. 어둠의 한 지점이 흔들린 게 아니라 세상 전체가 흔들리는 것 같았다. 아무것도 보이지 않는 상태에서 갑자기 이변을 맞닥뜨리자 두려운 마음이 들었다. 저절로 몸이 움츠러들었다. 그 상태로 천천히 내려갔다. 무언가가 나를 세게 끌어당기고 있었다. 머리 위로 한 줄기 빛이 들어왔다. 빛이 나를 끌어당겼다. 나는 빛에 의해 세상 밖으로 나왔다.

갑자기 주변이 환해져서 나는 눈을 질끈 감았다. 물 밖으로 나온 것처럼 여태 들리던 백색소음이 뚝 사라지고, 좀 더 선명한 음색의 소음들이 귀를 파고들었다. 그중 가장 큰 소음은 누군가의 울음소리였다. 뭐가 뭔지 모를 상황에 내가 터뜨린 울음이었다. 손발을 버둥대며 이곳에서 벗어나려고 했다. 그러나 그럴 수 없었다. 나는 무언가에 의해 몸이 받쳐진 채 어딘가로 이동하고 있었다.

따뜻한 무언가가 내 손을 가볍게 맞잡는 감촉이 느껴졌

다. 알에서 막 태어난 병아리처럼 그 감촉은 부드럽고 열기를 띠고 있었다. 고개를 들어 존재를 확인하고 싶은데 몸이 움직여주지 않았다. 마치 온몸에 근육을 빼고 그 대신 몰캉몰캉한 솜뭉치를 끼워 넣은 듯한 느낌이었다. 저기요. 거기 누구 있어요? 말을 해보지만 입을 통해 나오는 건 요란한 울음소리뿐이었다.

그때, 아주 가까운 거리에서 말소리가 들려왔다. 그 살가운 목소리는 어디에도 방해받지 않고 고스란히 내 귓가에 전달됐다. 목소리가 낯이 익었다. 언젠가 들어본 적 있는 목소리였다. 다음 순간, 나는 그녀가 누구인지 깨달았다. 동시에 내가 지금 어떤 상황에 놓여 있는지도 알아차렸다. 술에 취해 무서운 짓을 저지르고 말았다. 지금까지 기억을 잃고 말도 안 되는 장소에서 눈을 뜬 적은 많았지만, 이때만큼 당혹스러웠던 적은 없었다.

"안녕, 아가. 내가 네 엄마야."

내 귓가에 그렇게 속삭이는 여자는 다름 아닌 우리 엄마였다. 엄마 목소리였다. 내 기억보다 훨씬 젊긴 해도 엄마 목소리가 맞았다. 자식이 엄마 목소리를 몰라볼 리 없다. 그렇다면 내가 지금까지 갇혀 있던 어둠은 다른 게 아니라 엄마 뱃속이었단 말인가. 그날 밤 술에 취한 나머지 길을 잃고 엄마 뱃속으로 들어가 버렸단 말인가. 말도 안 돼. 말도 안 된다.

눈을 뜨고 싶었지만 잘 떠지지 않았다. 오랫동안 어둠 속에 방치된 탓에 조그만 빛에도 과민반응을 보였다. 답답해서 몸을 꼼지락거리고 있자니 누군가가 다시 나를 받쳐 들었다. 간호사인 것 같았다. 곧이어 나는 폭신한 무언가로 몸이 감싸인 채 침대에 눕혀졌다. 주변이 약간 어스레해진 틈을 타서 슬쩍 눈을 떠보니 바로 앞에 간호사 얼굴이 보였다. 뿌옇게 막이 낀 것처럼 시야가 흐렸다. 도움을 요청하기 위해 필사적으로 몸을 움직였지만 그녀는 내 몸부림을 다르게 해석했는지 '어이쿠, 그래, 세상에 나오니 기분 좋지?' 하며 웃었다. 소용없는 짓이라는 걸 금방 깨달았다. 나는 바른 자세로 누워 멍하니 천장을 바라봤다.

이게 대체 어떻게 된 일일까? 엄마 뱃속에서 다시 태어나다니, 이게 가당키나 한 일인가? 꿈이다. 이건 필시 꿈이 틀림없다. 아니면 꿈과 현실을 구분하지 못할 정도로 뇌가 망가져 버렸나? 의사 선생이 경고했을 때 술을 끊을 걸 그랬다. 이 지경이 될 때까지 술을 퍼마신 내 잘못이다. 잘못했다. 앞으로는 일주일에 두 번, 아니, 한 번만 마실 테니 어서 빨리 꿈에서 깨어났으면 좋겠다. 집으로 돌아갔으면 좋겠다. 이건 너무 짓궂은 농담 아닌가. 아무리 삼류라도 이런 이야기를 지어낼 사람이 어디 있겠는가.

발버둥 좀 쳤다고 금세 몸이 피곤해졌다. 잠깐 눈만 붙이려고 했는데 깊게 잠이 들고 말았다. 눈을 떠보니 세 사람의 얼굴이 보였다. 처음에는 누군지 몰랐다. 그러나 말투로 가장 왼쪽에 서 있는 사람이 친할머니인 걸 알았다. 내가 기억하고 있는 모습보다 몇십 년은 젊어 보였다. 그렇다면 오른쪽에 서 있는 사람은 할아버지일까. 할아버지는 내가 철이 들기도 전에 일찍 돌아가셨기 때문에 사진으로만 접했었다. 사진보다 실물이 훨씬 젊고, 건강해 보였다. 그리고 두 사람 사이에 껴 있는 사람은 아마도…….

"아빠?"

하고 불러봤지만 혀에 힘이 들어가지 않아 웅얼거리는 소리밖에 나오지 않았다. 그런데 아빠는 내 말을 기가 막히게 알아듣고는 '방금 아빠라고 하지 않았어요?' 하고 할머니와 할아버지에게 자랑하듯 떠들었다. 두 분은 어찌할 도리가 없는 바보 천치를 대하듯 아빠를 쳐다봤다. 아빠는 그런 시선도 느끼지 못하는지 '그래, 내가 네 아빠야.' 하고 말하며 눈시울을 붉혔다.

좀처럼 꿈이 깨지 않고 있다.

4

며칠 뒤 가족과 함께 집으로 돌아왔다. 지금은 나 혼자 출가하고 엄마와 아빠 그리고 여동생, 이렇게 셋이서 살고 있는 집이다. 당연히 동생은 아직 태어나지도 않았다.

분명 올 설에도 내려갔다 왔는데, 집은 처음 와보는 것처럼 낯설었다. 전체적인 구조는 비슷한데 가구의 위치나 분위기가 달랐다. 아빠 책상에 덕지덕지 붙어 있던 스티커도 보이지 않았고, 컴퓨터나 에어컨, 정수기 같은 필수가전도 보이지 않았다. 거실에는 가족사진 대신 엄마, 아빠의 결혼식 사진이 걸려 있었다.

나는 병원에서 그랬던 것처럼 포근한 이불에 감싸여 침대에 눕혀졌다. 그러고는 눈앞에서 빙글빙글 돌아가는 나비 모양의 모빌만을 하염없이 쳐다봤다. 고문이 따로 없었다. 신세 한탄하며 울음을 터뜨리면 엄마가 화장기 없는 수더분한 얼굴로 달려와 나를 안아주었다. 그러면 또 마음이 편해져 금세 잠이 들었다. 예나 지금이나 엄마 품은 여전히 따뜻했다.

손가락을 빨며 현재 상황을 곰곰이 돌이켜봤다. 분명 내 마지막 기억은 건물 옥상에서 술을 마시던 장면이다. 안주가 남고, 술은 약간 모자랐던 걸로 기억한다. 그 뒤의 일은 모르겠다. 아마 술에 취해 잠이 들지 않았을까? 그런데 나는 왜 지금 여기서 이러고 있는 걸까. 대체 무슨 연유로 이런 일이 벌어지고 만 걸까.

술 생각이 간절했다. 술을 마시지 않고서는 배길 재간이 없었다. 오줌을 싸버렸을 때나 간지러운 곳을 긁지 못해 버둥대다가 결국에는 울음을 터뜨리고 말았을 때, 참을 수 없이 술이 당겨왔다. 혹시 술을 마시면 원래대로 돌아갈 수 있지 않을까 하는 기대도 있었다. 진탕 마시고 필름이 끊겼으면 싶었다. 그래서 돌잡이 때 나는 아무것도 잡지 않고 버티다가 기회를 틈타 고모부가 마시고 있던 술잔에 손을 댔다. 그 모습에 어른들은 껄껄껄 웃음을 터뜨렸지만, 나는 손아귀에 힘이 부족한 것을 탓하며 오열에 가까운 눈물을 흘려야 했다.

하루 중 절반을 자면서 보내는데도 시간은 더디게만 흘러갔다. 그러는 동안에 차츰 어린 몸에 익숙해졌고, 얼마 지나지 않아 스스로 몸을 뒤집을 수 있는 단계까지 이르렀다. 바닥을 기어 다닐 정도가 되자마자 나는 부엌으로 돌진해 소주를 찾았다. 그러나 냉장고 문을 열려고 팔을 뻗으면 금세 몸의 중심을 잃고 넘어지기 일쑤였다. 엄마는 냉장고 앞에 엎어져 있는 나를 발견하고는 배가 고픈 줄 알았는지 매번 무릎 위에 앉혀 놓고 젖을 먹였다.

하루라도 빨리 이곳을 벗어나고 싶었다. 젊은 시절의 엄마, 아빠를 만나는 건 감격스러운 일이지만 언제까지고 이렇게 살 수는 없는 노릇이었다. 이런 내 마음을 아는지 모르는지 두 사람은 내가 무슨 짓을 하든 신기해했다. 두 발로 서는 것만으로도 마치 기네스 신기록을 세운 것처럼 기뻐했고, 밥 먹듯이 들어봤을 엄마, 아빠 소리에는 웬일인지 눈물을 글썽이기도 했다.

우리 집 냉장고에는 언제나 소주가 구비돼 있었다. 아빠가 약주를 좋아하셨기 때문이다. 나는 엄마가 한눈을 팔 때마다 틈틈이 음주를 시도했지만, 번번이 걸려 혼이 났다. 엄마는 어린 내가 술을 탐하는 걸 모두 아빠 탓으로 여기고 집 안에 금주령을 내렸다. 아빠와 나는 동시에 뒷목을 잡았다.

금단현상 때문에 마음이 힘들었다. 두유를 막걸리로, 보리차를 맥주로 생각하며 마셨다. 그래도 견디기 힘들면 둘을 섞어 마셨다. 그렇게 속을 달랬다. 술이 없는 인생은 지루했다. 엄마는 밤 9시만 되면 나를 재웠다. 원래라면 그때부터 술자리가 무르익는데, 나는 꼼짝없이 방 안에 갇혀 지내야 했다. 천장을 바라보며 먹고 싶은 술안주를 떠올렸다. 어른이 되면 할 수 있는 것, 원래의 내 몸으로 돌아가면 누릴 수 있는 것들을 생각했다. 그러면 잠이 잘 왔다. 일단은 그걸로 만족할 수밖에 없었다.

나는 하루가 다르게 성장했다. 유치원에 입학했을 때, 기억에 있는 친구를 만났다. 유치원 때까지만 해도 둘도 없는 단짝으로 지냈지만 초등학교가 달라지며 소홀해졌던 친구였다. 나는 그 아이가 몹시도 반가웠지만, 친구는 나를 몰라봤다. 당연한 일이었다. 나는 두 번째 인생이고 그 아이는 첫 번째 인생이었기 때문이다. 그렇다고 지금 내 입장을 솔직하게 털어놓을 수도 없었다. 사실 나는 다섯 살이 아니라 서른두 살이며, 술을 마시다 보니 어떻게 이 지경까지 오게 됐노라고 절대 말하지 못한다. 말해봤자 믿어주지도 않을 것이다.

초등학교 2학년 무렵에는 옆집에 새로운 이웃이 이사를 왔다. 그 집 첫째가 내 첫사랑이었다. 제대로 말 한 번 나눠본 적이 없었지만, 나는 어른이 된 이후에도 종종 그 아이를 떠올릴 때가 있었다. 떠올릴 때마다 그 시절에는 왜 그렇게도 수줍음이 많았는지 후회를 하곤 했었다. 그러나 어른이 된 지금도 나는 여전히 그 아이의 얼굴을 똑바로 바라볼 수 없었다. 어린아이에게 이런 마음을 품어도 되나 싶으면서도, 혹시나 엄마가 옆집에 심부름 보낼 일이 없을까 하고 괜히 부엌을 어정거리곤 했다.

키가 줄어든 몸도, 교실에서 듣는 수업도, 스마트폰 없이 살아가는 생활에도 점차 익숙해져 갔다. 나는 일찍부터 물리를 포기했기 때문에 타임 패러독스라는 개념은 잘 알지 못하지만, 지금까지의 경과를 놓고 보면 첫 번째 인생과 크게 다르지 않았다. 예를 들어 초등학교 때 불리던 내 별명도 똑같았고, 시험성적은 한결같이 바닥을 쳤으며, 비 오는 날 우산이 뒤집히는 바람에 좋아하는 아이 앞에서 망신살을 뻗친 일도 그대로 벌어졌다. 예기치 못한 사고나 사건은 한 번도 일어난 적이 없었다.

딱히 미래를 바꾸거나 하고 싶진 않았다. 최고는 아니더라도 최선을 다해 살아왔던 인생이었기에 가능하면 내가 기억하는 모습대로 살아보고 싶었다. 설거지하면서 부르던 엄마의 노랫소리나 시도 때도 없이 울리는 아빠의 방귀소리, 따뜻한 할머니 냄새와 상냥했던 담임 선생님의 얼굴, 친구들과 주고받았던 유치한 농담들 모두 그대로 간직하고 싶었다.

그러다 보니 어느새 술을 찾지 않게 됐다. 저녁에는 술 대신 엄마가 잘라준 과일을 먹었고, 휴일에는 아빠 손을 잡고 뒷산에 올라가 곤충을 채집했다. 술 없이는 남들과 무슨 말을 해야 할지 몰랐던 과거와 달리, 지금은 떡볶이 하나만 앞에 두고도 몇 시간을 넘게 떠들 수 있었다. 아, 그래. 이랬던 적도 있었지, 하며 행복해했다.

지난 세월 동안 참 많은 걸 잊고 살았다는 생각이 들었다. 술이 기억력에 영향을 미친 탓인지, 아니면 타지에서의 생활이 내 마음에서 소박한 추억들을 모조리 앗아가버린 건지는 모르겠지만, 하루하루가 그저 새로운 발견이었다. 전에는 한 번도 이런 생각을 해본 적 없었다. 지루하고 반복되는 일상에 하품을 참아가며 어서 빨리 내일이 왔으면 하고 바랐던 적이 더 많았다.

느리게만 흘러가던 시간이 어느 틈에 속도를 높여갔다. 나는 눈 깜짝할 사이에 초등학교를 졸업하고, 사춘기를 지나 수능을 앞두었다. 친구들은 다들 곧 마주하게 될 어른의 세계에 부푼 기대를 안고 있었다. 하지만 나는 걱정이 앞섰다. 어른이 됐을 때 얻는 것보다 잃는 게 더 많다는 사실을 이미 잘 알고 있었기 때문이다. 하루가 다르게 늙어갈 부모님과 점점 소원해질 친구들, 감사함과 소박함, 기대와 만족, 하고 싶은 일과 포기해야 할 일, 모든 게 걱정이었다.

이대로 나이가 들면 나는 또다시 예전처럼 살아가게 될까. 술에 취해 웃고, 술에 취해 울고, 술에 취해 비틀대다가 술에 취해 자빠지고, 그러다 기억을 잃고…….

싫다. 그러기 싫다. 이제는 시간이 얼마나 소중한지 안다. 술기운에 물들지 않은, 있는 그대로의 내 모습이 얼마나 매력적인지 안다. 술독에 빠져 지내는 동안 얼마나 많은 시간들을 잊어갔나. 지난 과오를 반복하고 싶지 않았다. 바뀌어야 한다. 내 미래는 바뀌어야 한다.

어쩌면 이건 신이 주신 마지막 기회가 아닐까? 술을 끊을 수 있는, 진짜 나로 살아갈 수 있는 일생일대의 찬스.

졸업과 함께 나는 대학 진학을 위해 홀로 서울행 버스에 올라탔다. 그때 그 시절처럼 엄마 아빠가 터미널까지 배웅을 와줬다. 먼젓번 경험이 있으면서도 나는 근심 가득한 부모님의 얼굴을 보고 또다시 슬퍼졌다. 엄마도 덩달아 눈시울을 붉히면서 밥 잘 챙겨 먹고 자주 연락하라는 말을 덧붙였다.

대학 기숙사에서 만난 룸메이트 역시 똑같았다. 첫 만남 때 룸메이트가 내 이름을 틀리게 발음한 것도, 앞으로 잘 지내보자며 배달시킨 치킨 브랜드도 전과 동일했다. 하지만 딱 한 가지, 그날 마신 음료의 종류만은 달랐다.

그날은 원래 내 인생 최초의 음주 경험이 있는 날이었다. 기숙사 내에서는 음주 행위를 금지하고 있었지만, 다들 쉬쉬하며 공공연하게 즐기던 하나의 소박한 문화 중의 하나로, 내게는 대학에서 맞는 첫 번째 일탈이었다. 하지만 나는 음주를 하지 않았다. 체질상의 이유를 핑계 삼아 정중히 술잔을 거절한 뒤, 받아 든 컵에다 콜라를 따라 마셨다. 룸메이트는 그런 내 모습을 마치 처음 보는 생물처럼 신기하게 쳐다봤다.

신입생 환영회나 MT를 갔을 때도 나는 술을 마시지 않았다. 거절하는 멘트는 그때그때 달랐지만, 결과적으로 나는 선배나 친구들 사이에서 바른 이미지로 통하게 됐다. 술자리를 피하면 혹시 친구들과 멀어지지 않을까 걱정했는데 다행히 그런 일은 없었다. 술을 마시지 않아도 통하는 친구끼리는 얼마든지 통할 수 있었다. 전처럼 수업도 같이 듣고, 공강 때마다 대학가를 어슬렁거리며 재미난 놀거리를 찾아다녔다.

인생을 두 번 살아보면서 나는 삶에 무엇이 중요한지 깨닫게 됐다. 그것은 유희나 쾌락이 아닌 시간이었다. 오롯이 나로 살아갈 수 있는 시간. 내가 판단하고, 내가 결정하고, 내 의지대로 살아갈 수 있는 시간. 술을 멀리하면서 그 시간을 얻게 됐다.

이제는 술의 힘을 빌리지 않더라도 불안하지 않았다. 시험을 망쳤을 때나 사랑에 실패했을 때, 또는 창밖에 비가 내려 갑자기 기분이 센티해질 때도 술을 찾기보단 경험을 찾았다. 더 이상 술에 의지하고 싶지 않았다.

시간은 흘러 어느새 첫 번째 인생의 마지막 시점과 같은 나이가 되었다. 지금부터는 내가 모르는 인생이었다. 예전 같았으면 술에 취해 있을 시간이었지만 이제는 다르다. 퇴근하면 헬스를 하고, 온라인으로 영어를 배우기도 한다. 밤마다 집에 안부 전화하는 것도 잊지 않는다. 엄마는 여동생에게 남자친구가 생긴 것 같다며, 너도 얼른 좋은 짝을 찾아 결혼부터 하라고 잔소리를 늘어놓았다.

조금 이른 시간이지만 침대에 몸을 누였다. 잠이 부족하면 내일이 힘들어진다. 전에는 술 없이 잠도 못 잤었는데 이제는 잘만 잔다. 사실 술은 수면에 좋지 않다고 한다. 알코올이 심박수를 증가시켜 숙면을 방해하는 것이다. 어쩐지 술 마신 다음 날엔 항상 몸이 찌뿌둥하곤 했었다. 찌뿌둥하다고 또 마시고, 찌뿌둥하다고 또 마시고, 또 마시고, 또 마시고, 또 마시고 했었다. 그 모든 게 이제는 아득히 먼 옛날처럼 느껴진다.

내일은 어떤 일이 벌어질까. 내가 모르는 미래에는 또 어떤 재미난 일들이 숨어 있을까. 기대하며 나는 눈을 감았다.

5

첫째의 사고 소식을 들은 건 이틀 전 아침이었다. 아침에 전화가 와서 첫째가 모 대학병원 중환자실에 입원해 있다는 말을 들었다. 머리를 다쳤고, 수술은 무사히 마쳤지만 회복 가능성이 희박하다며 아무래도 마음의 준비를 해야 할 것 같다고 말했다. 그야말로 청천벽력 같은 소리였다.

그길로 차를 몰아 서울로 올라갔다. 조수석에 앉은 아내는 가는 내내 한시도 가만히 있지 못하고 몸을 떨었다. 불과 며칠 전까지만 해도 웃는 목소리로 통화했었는데. 아내는 믿기지 않는다는 듯 중얼거렸다.

첫째는 병실 침대에 바로 누워 있었다. 머리에 붕대를 감고, 산소마스크를 통해 잔잔히 호흡하고 있었다. 모습만 보면 '어? 언제 왔어?' 하고 금방이라도 일어날 것 같았다. 아아, 이거? 별거 아니야. 그냥 넘어진 거야. 내가 좀 덜렁대잖아. 그렇게 말해줄 것만 같았다.

그러나 첫째는 눈을 뜨지 못했다. 피로에 전 사람처럼 몸 한 번 뒤척이지 않고 내내 잠만 잤다. 이따금 눈꺼풀 안쪽이 스르륵 움직이기는 했지만, 그게 꼭 의식 회복을 의미하지는 않는다고 의사가 설명해주었다. 어쩌면 지금 깊은 꿈을 꾸고 있을지도 모른다고…….

첫째는 자취하던 사 층 건물 옥상에서 떨어졌다고 한다. 발견 당시 옥상 문은 잠겨 있었고, 혼자 술을 마신 흔적이 있었다. 첫째 이외에 다른 인물의 출입은 없었던 것으로 보아 음주에 의한 실족이 아니겠냐고 경찰은 추측했다. 부모로선 이해하기 힘든 말이었다. 오래된 건물이라고 해도 옥상에는 낙상 방지를 위한 난간이 따로 설치돼 있었다. 첫째 키가 170cm니까 난간은 딱 자기 가슴 높이 정도 됐으리라. 아무리 술에 취했다고 해도 일부로 난간을 넘을 이유는 없어 보였다.

정황은 금방 밝혀졌다. 사고 당일, 첫째가 친구들에게 보낸 메시지가 있었다. 메시지에는 그간 자신이 술을 끊기 위해 했던 노력과 방법, 그리고 현재 자신이 놓여 있는 상황을 설명하는 내용이 담겨 있었다. 자신은 지금 스스로 감금한 상태로 술을 마시고 있으며, 먹다 보니 술이 모자라 난처해하고 있다는 내용이었다. 괜찮다면 이곳에서 같이 술을 마시지 않겠냐고, 그게 아니면 와서 옥상 문이라도 좀 열어달라고 부탁했다. 술을 사러 가고 싶다는 이유에서였다. 그러나 친구들은 첫째의 말을 그저 가벼운 농담으로 치부하고 말았다.

어떻게든 술을 마시고 싶었던 첫째는 배관을 타고 스스로 내려가기로 했다. 위험천만하고 말도 안 되는 일이지만 취기가 충동을 북돋웠다. 마치 파쿠르라도 하듯 아무런 장비도 없이 용감하게 매달렸지만, 술에 취한 데다 전문적인 훈련도 받지 않은 몸으로 그게 가능할 리 없었다. 결국 첫째는 발을 헛디뎌 사 층 높이에서 추락하고 말았다.

실제로 첫째는 꽤 오랜 기간 술을 마셔왔던 것 같다. 알코올 중독 치료를 위해 병원 상담까지 받은 기록도 있었다. 첫째가 머물던 방에서 수십 병이 넘는 소주병들이 나왔다. 성인이 된 이후로 집에 올 때마다 간간이 아빠랑 술친구를 해주긴 했지만 설마 이 정도일 줄이야, 상상도 못 한 일이었다. 타지에서의 생활이 이토록 외로웠던 걸까. 아내는 첫째 방에 쌓여 있던 빈 병들을 끌어안으며 모두 제 탓인 것처럼 목 놓아 울었다.

사고 일주일 만에 첫째는 우리 곁을 떠났다. 머리맡에 놓여 있던 환자감시장치가 삐, 하는 소리와 함께 그래프를 멈추었다. 그러나 마지막 순간까지 청각은 살아 있을지도 모른다는 의사의 조언에 따라 나는 첫째의 귀에다 사랑한다고 말해주었다. 그간 고생했다고. 가서는 아프지 말라고. 나중에 꼭 다시 만나자고.

딸아이의 평온한 얼굴에는 그 어떤 고통도, 아쉬움도 느껴지지 않았다.

검은 짐승들

1

이 글을 읽는다면 당신은 살아남으셨다는 거겠지요. 산 사람은, 또 죽은 사람은 몇이나 됩니까. 설마 탐관오리貪官汚吏 놈들만 살아남진 않았겠지요. 그건 아닐 거라고 믿습니다. **그것**이 사람을 가려가며 옮겨 다니진 않을 테니까 말입니다.

제가 이 글을 남긴 건 **그것**이 창궐한 이유를 가장 잘 아는 사람이기 때문입니다. 또 무시무시한 재앙을 초래한 원인이기도 하지요. 비록 저는 죽어가고 있으나, 죽어서도 그 죄는 용서받지 못할 겁니다. 그러니까 이건 제 죄를 고하는 글이라고 하겠습니다. 부디 끝까지 읽어주시기 바랍니다.

어디서부터 말을 해야 할까요. 우선 제 소개부터 해야겠지요.

저는 저잣거리를 돌며 허접한 책들을 팔아먹고 살던 놈입니다. 『명차람기名茶覽記』나 『천로수무록天路修無錄』과 같은 책은 몇몇 마을에서 꽤 유명세를 떨쳤습니다. 저자명은 '유승'이라고 돼 있지만, 실제 제 이름은 '허순복'이라고 합니다. 만약 이 글에 의구심이 들거나 진위를 확인하고 싶으시면 찾아보시기 바랍니다. 이래 봬도 이름 없는 놈은 아니었으니까요.

무엇에 대한 책을 썼냐 하면, 바로 차茶입니다. 저는 차를 연구하는 사람이었습니다. 전국 팔도를 돌며 안 마셔본 차가 없을 정도지요. 차는 지방마다 만드는 재료도, 물을 우리는 방법도 가지각색입니다. 저마다 효능도 다르지요. 어떤 차는 마시면 앓던 피부병이 낫는다 하고, 어떤 차는 농아聾啞의 말문도 트게 합니다. 술에 취한 것처럼 허깨비가 보이게 만드는 차도 있습니다. 저는 그것들을 직접 마셔보고 그 특징을 글로 써 기록했습니다. 마침 가도街道 정비가 활발히 이루어지던 때라 사람들은 차에 대한 관심이 많았습니다. 책은 불티나게 팔려나갔지요.

그날은 서쪽 지방으로 가던 길이었습니다. 들리는 소문으로 생선을 우려 마신다는 마을이 있다 하여 내려가는 길이었습니다. 그것만으로도 '놀랄 노 자字'인데, 잡힌 생선이 꼭 계집아이처럼 생겼다지 않습니까. 호기심이 일어 도저히 확인해보지 않을 수 없었습니다.

그렇게 산을 넘던 도중 짐꾼이 소변이 마렵다 하여 잠시 몸을 쉬다 간 적이 있습니다. 해가 저물 무렵이었지요. 서서 기다리고 있자니 갑자기 수풀 너머로 찢어질 듯한 비명이 들려왔습니다. 짐꾼의 목소리였어요. 녀석은 바지도 추스르지 않은 채 허둥지둥 뛰어왔습니다.

"무슨 일이냐?"

"소, 소변을 누고 있는데 산짐승이 달려들어서요……."

짐꾼은 놀란 듯 말을 더듬었습니다. 다친 데는 없냐고 물어보자 짐꾼은 소매를 걷어 올린 왼팔을 앞으로 내밀었습니다. 손날 부분이 꼭 괭이로 찍어낸 것처럼 움푹 들어가 있었습니다. 터진 피부 표면으로 검붉은 피가 줄줄 배어 나왔습니다.

지혈부터 하자고 하니 녀석은 괜찮다며, 하루나 이틀이면 아물 거라고 허세를 부렸습니다. 길거리에 나앉은 생활을 하다 보니 어지간한 흉에는 면역이 돼 있던 것이겠지요. 그런데 녀석이 아주 묘한 이야기를 하였습니다.

"그 짐승 말입니다요……. 시꺼메서 잘 보지는 못했지만은 분명 처음 보는 짐승이었습니다요. 눈알이 시뻘건 것이, 꼭 도깨비 같았는데……."

"당연히 너를 물려고 달려드는데 곱게 보일 턱이 없지. 이 산에 여우가 많다고 들었다. 조심해서 올라가자꾸나."

저는 대수롭잖게 생각하고 그렇게 말했습니다. 그때 녀석의 말을 귀담아들었더라면 일은 달라졌을까요. 지금도 그런 생각이 듭니다.

짐꾼의 이름은 웅복이라고 합니다. 가난한 농가 집 자식인데, 화마火魔로 아내와 아들을 잃었습니다. 가만히 내버려 뒀다가는 노름이나 하며 살 팔자였기에 짐꾼으로 부리기로 한 것입니다. 어렸을 적에 곧잘 어울리던 녀석이었거든요. 쫄쫄 굶어온 탓에 키는 통발만 하고 덩치도 왜소한 사내였습니다만, 손아귀 힘이 대단하여 데리고 다니면 썩 쓸만한 데가 많았습니다. 언젠가 제가 물을 잘못 먹고 사경을 헤맨 때에도 이놈이 저를 들쳐 업고 산을 넘어준 덕분에 겨우 목숨을 부지한 적도 있었지요.

여하간 우리는 짐을 다시 정비하여 산길을 올랐습니다. 그러다 얼마 지나지 않아 지독한 소나기를 만났습니다. 밤도 깊었고, 발에 밟히는 진흙의 무게도 점점 더해져 계속 오르기는 불가능할 것 같았습니다. 산 중턱에서 비를 피할 곳이 어디 있겠습니까. 일단 급한 대로 덩치 큰 나무둥치를 찾아 두리번거렸지요. 그때 웅복이가 소리쳤습니다.

"저기 불빛이 보입니다요!"

돌아보자 정말 뭔가가 보였습니다. 비로 흐릿한 풍경 저편으로 감색 불빛이 점점이 박혀 있었습니다. 우리는 누가 먼저랄 것도 없이 불빛을 향해 뜀박질했습니다. 오늘은 급한 대로 저 마을에서 신세를 지자. 그렇게 생각하면서 말입니다.

그것이 모든 일의 발단이 되었습니다.

***

당신을 어떻게 부르면 좋을까요. 우선 편의대로 '아무개 님'이라고 부르겠습니다. 너그러이 이해해주십시오.

아무개 님은 열여섯의 여주인을 본 적이 있습니까. 고작해야 시집이나 갈 나이의 계집아이가 집주인이라니, 소설에나 나올 법한 이야기지요. 그 여주인이 그랬습니다. 생김새는 차치하고, 피부나 머리칼의 윤기만 봐도 아주 어리다는 걸 알 수 있었습니다.

"누추하지만 편히 쉬다 가십시오."

그렇게 말하는 계집의 미모가 예사롭지 않았다는 말입니다. 정갈한 눈썹 하며, 색이 진하고 도톰한 입술하며, 작은 체구에 어깨도 둥근 것이 귀염상이 짙은 외모였습니다. 빤히 쳐다보기 부끄러워 목을 긁는 척하며 슬쩍 훔쳐봤는데, 계집의 손은 마치 백분을 바른 듯 희고 깨끗했습니다. 저는 그만 넋을 잃고 계집을 쳐다보았습니다. 말을 낮춰야 할지, 말아야 할지조차 알 수 없을 지경이었지요. 그런데 몸종을 부리는 솜씨가 보통이 넘는 것 같아 일단 존대를 해야겠다고 생각했습니다.

"책을 쓰시는 분이라고요."

그렇게 묻기에 제가 쓰고 있는 책에 관해 들려줬습니다. 그랬더니 여주인은 '차라…….' 하고 길게 여운을 남기더니 어중간하게 대화를 끝맺고 안채로 돌아갔습니다. 어쩐지 급하게 말을 끊는 분위기였는데, 그때의 저는 깊이 생각하지 않았습니다.

여주인의 모습이 사라지자마자 저는 그 집 몸종에게 물어봤습니다.

"어르신은 멀리 나가신 게냐? 이렇게 신세를 지는데 내 인사라도 드려야겠다."

"어르신은 벌써 몇 해 전에 타계하셨습니다."

"이거 실수했구나. 그렇다면 안주인은 계시느냐?"

그랬더니 몸종은 몹시 어려운 한자를 들은 것처럼 고개를 갸웃거렸습니다.

"방금 계셨던 분이 주인마님이십니다."

그때 제가 무슨 표정을 지었을지, 쉽게 짐작이 가실 겁니다.

욕심 많은 노인이 거두어들인 계집이었을까요. 어린 나이에 벌써 과부가 된 것일까요. 확실히 말하는 투에 어린 태가 나지는 않았습니다. 외형만 어려 보인 것이지요. 대낮에 도깨비를 맞닥뜨린 기분이랄까요. 어쩐지 꺼림칙한 구석이 있었으나 몸도 무겁고 하여 일단 방에 들기로 했습니다.

비는 밤늦도록 지붕을 때렸습니다. 가만히 귀를 기울이면 마당 흙이 툭툭 튀기는 소리마저 들려올 정도였습니다. 사이사이로 웅복이의 숨소리가 섞였습니다.

이상하게 잠이 오지 않는 밤이었습니다. 저는 하염없이 어둑한 천장만 노려보다, 문밖으로 새벽빛이 비칠 때쯤 훌쩍 몸을 일으켰습니다. 산책이라도 할 생각이었습니다.

비가 그친 마을은 안개 속에 조용히 파묻혀 있었습니다. 물기를 머금은 땅은 소금을 뿌려놓은 듯 반짝거렸고, 어디선가 바지런히 나뭇가지를 옮겨 다니는 새소리가 들려왔습니다.

이른 시간인데도 집집마다 깨어있는 사람들이 많았습니다. 비에 젖은 마당을 정비하는 사내와 부엌일을 준비하는 여인들. 장사 채비를 하는지 수레에 짐을 싣는 사람도 보였습니다. 낯선 사람에 대한 경계가 없는지 사람들은 저와 눈이 마주칠 때마다 쾌활하게 인사해주었습니다. 목소리와 표정에서 활기가 느껴졌습니다. 그 힘이 저에게까지 전해지는 것 같아 저절로 기분이 좋아지는, 그런 인사였습니다.

저는 차를 연구하기 위해 수많은 마을을 돌아다녀 보았습니다. 대부분의 마을에서는 아침이 가장 어두운 분위기를 풍깁니다. 지독한 노동의 시작, 굶주림과의 사투 등이 그 이유였지요. 산의 정기를 받는 마을이라서 그런 걸까요. 누구 하나 인상을 쓰고 있는 사람이 없었습니다.

천천히 마을을 한 바퀴 돌아보니 어느새 사람들의 모습이 보이지 않았습니다. 모두 일찍이 일터를 향해 산을 내려간 것 같았습니다. 말소리가 사라진 마을을 얼마간 걸었습니다. 그러다 뭔가 이상한 생각이 들기 시작했습니다. 마땅히 있어야 할 게 빠진 기분이랄까. 묘한 찝찝함이 가슴에 들러붙었습니다.

낮은 담장 너머로 시선을 던지며 걷고 있는데 저 멀리 정자에 누군가 보였습니다. 저와 비슷한 또래의 사내였습니다. 한쪽 무릎을 세우고 앉아 담배를 뻐끔뻐끔 피워대는 모습이 귀한 집 자식 같아 보였습니다.

그에게 꾸벅 인사를 하고 돌아설 때 아, 하고 무릎을 쳤습니다. 물론 그것은 실제 무릎을 쳤다는 말이 아니고 제 마음속에서 그랬다는 겁니다. 뭔가가 허전했던 이유. 그것은 바로 마을 어디서도 **노인이 보이지 않는다는 것이었습니다.** 허리가 굽거나 머리가 희끗한 사람을 보지 못한 거지요. 어느 마을에서나 아침이 이를수록 노인이 더 잘 보입니다. 허리가 아파 밤잠을 설쳤거나, 아침잠이 없어진 탓이겠지요. 그런데 이 마을은 어쩐 이유에서인지 노인의 모습이 전혀 보이지 않는 겁니다. 아니, 정확히 말하면 노인 행세를 하는 자들은 몇몇 있었습니다. 담배를 태우던 사내나 어린 계집이 장을 펴 담는 모습을 옆에서 가만히 지켜보던 여인. 상황만 놓고 본다면 그것은 늘그막에 어울리는 행동이라고 할 수 있습니다.

그리고 한 가지 더.

어째서 이 마을에서는 **아이의 울음소리가 들리지 않는 걸까.**

아이를 업고 있는 여인도, 부엌일 하는 어미 곁을 졸졸 따라다니는 아이도 전혀 보이지 않았습니다. 이른 아침이어서 그런 걸까요. 아니면 새벽 일찍 나물을 캐기 위해 산을 내려간 탓일까요. 아무리 그래도 우는 소리 하나 들리지 않는 게 가능한 일일까요.

솔직히 말해 그때의 저는 그런가 보다, 하고 여길 뿐이었습니다. 어차피 하루만 신세 지다 갈 거, 깊이 파고들 필요가 없던 것이지요.

산책을 하여 가벼워진 마음으로 방에 돌아오니 웅복이 놈은 여전히 퍼질러 자고 있었습니다. 비도 그쳤겠다, 서둘러 길을 나설 채비를 해야 했기에 순간 화가 치밀었습니다.

발로 등을 툭툭 걷어차며 깨웠습니다. 그런데 깡마른 몸이 발길질에 흔들거리기만 할 뿐 아무 반응이 없는 겁니다. 자세히 살펴보니 뺨과 이마에 더벅머리가 아무렇게나 들러붙어 있었습니다. 똥독이 오른 것처럼 얼굴이 누렇게 뜨고, 입술과 콧구멍은 허옇게 말랐습니다. 저는 그제야 웅복이의 상태가 이상하다는 것을 알았습니다.

"죄송합니다요, 나……, 으리. 아무래도 고뿔에 걸린 것 같습니다요……."

묽게 죽을 끓이는 듯한 목소리였습니다.

"이런 아둔한 놈아, 고작 비 좀 맞았다고 짐꾼이 앓아누우면 어쩌잔 말이냐!"

이런저런 말로 웅복을 다그치고 있는데 문밖에서 인기척이 났습니다.

"나으리, 조반상을 들여도 되겠습니까?"

문을 열자 몸종이 작은 상을 두 손으로 받치고 있었습니다. 저는 일단 상을 받아 든 뒤 몸을 뒤로 슬쩍 물렸습니다. 끙끙 앓고 있는 웅복이를 몸종에게 보여주기 위함이었지요.

"보다시피 이놈이 저승을 오가고 있다. 내 면목 없지만 이곳에서 며칠 더 머물렀으면 싶은데, 여주인은 안에 계시느냐?"

제 물음에 몸종은 바로 모셔오겠다고 말했습니다.

"혹시 물을 좀 내올 수 있겠느냐. 이놈 입술이 허옇게 말라붙었다."

"예, 그렇게 하겠습니다."

"기왕이면……."

저는 몸종이 몸을 돌리는 순간에 재빨리 말을 덧붙였습니다.

"차가 좋을 듯싶구나. 이 마을에서 즐겨 마시는 차가 있겠지? 차를 내와라. 따뜻한 걸 먹이는 게 좋겠어."

제 말에 몸종은 당혹스러운 얼굴을 하더니 선뜻 대답을 내놓지 않았습니다. 마치 제가 세상에 존재하지 않는 것을 원한 것처럼 말입니다.

"못 들었느냐? 차를 부탁한다 하였다."

몸종은 할 말이 있는 듯 작은 입술을 우물거리다가 느릿하게 몸을 돌려 부엌으로 걸어갔습니다.

"나으리……, 저를 볼모로 차를 조사하시려는 거지요?"

웅복이 눈썹을 오므리며 서운하다는 듯 말했습니다.

"그래, 네 놈이 골병이 들어 좋은 핑곗거리가 생겼다. 네

놈도 가끔은 도움이 될 때가 있구나."

그도 그럴 것이 낯선 마을에서 차를 얻어 마시기란 여간 어려운 일이 아닙니다. 책을 쓴다 하면 사기꾼으로 보고, 음식을 부탁하면 내쫓기 바쁜 게 현실입니다. 더구나 그 마을은 차를 조사하기 위해 들른 장소도 아니었습니다. 하룻밤 묵게 해준 것만으로도 감지덕지한데 귀한 차까지 내놓으라니, 보통 얌체가 아니지요. 하지만 웅복이를 핑계 삼아 부탁하면 괜찮으리라 생각했던 겁니다.

몸종이 내온 밥상에는 데친 고사리와 뭇국, 간장이 올라와 있었습니다. 부실하다면 부실한 찬이지만 잠시 머물다 가는 손님에게는 그 정도 찬도 괜찮은 편에 속합니다. 내온 찬을 남기는 것도 예의가 아닌지라 웅복이를 독촉하여 숟가락을 들게 하였습니다. 그런데 이놈이 숟가락을 들자마자 아얏, 하고 엄살을 피우는 게 아닙니까.

"이놈아, 먹어야 낫는다. 한 숟갈이라도 들거라."

웅복이는 추위에 손을 녹이듯 왼손바닥을 지그시 누르고 있었습니다. 아무래도 짐승에게 물린 부위가 말썽인 모양이었습니다. 어디 보자, 하고 문가로 데려가 아침 해에 비춰보니 흉이 검게 곪아 있었습니다. 뚫린 이빨 자국에서는 썩은 내가 났습니다.

"그러게 왜 미련을 피워서 일을 이 지경으로 만드는 것이냐."

저는 일찍이 지혈을 하지 않은 것을 꾸짖었습니다. 웅복이는 그때까지도 가벼운 고뿔일 뿐이라며 대수롭잖게 여겼습니다만 그건 무책임한 말입니다. 웅복이는 제가 부리는 사람이었으니까요. 몸을 잘 간수하는 것도 짐꾼의 책무 중 하나입니다. 상처의 깊이를 보아하니 얼마 안 있어 구더기가 들끓을 게 분명했습니다.

그때 문밖에서 여주인의 목소리가 들렸습니다. 나가보니 목재 쟁반을 든 모습으로 여주인이 서 있었습니다.

"일행분의 몸 상태가 좋지 못하다고 들었습니다. 염려치 마시고 얼마든지 쉬다 가십시오."

그렇게 말하는 여주인의 얼굴은 투명하리만치 하얬습니다. 가늘게 뜬 눈과 살짝 낮은 듯한 코, 반듯하게 빗어 넘긴 머리칼. 살짝 붉은 기가 도는 뺨은 몇 번이고 다시 바른 기름종이처럼 반들반들 빛이 났습니다. 어느 모로 보나 계집아이가 틀림없었습니다.

"차를 부탁하셨다고요."

저도 모르게 멀거니 넋을 놓고 있다가 화들짝 놀라 고개를 들었습니다.

"예? 아아, 예. 염치 불고하고……."

목재 쟁반 위에는 금이 간 흔적이 있는 옥색 찻잔이 하나 담겨 있었습니다. 찻잔 위로 따뜻한 김이 살랑살랑 올라왔습니다.

"일단 내오기는 했습니다만, 이번이 마지막입니다. 물 귀하지 않은 마을이 어딨겠냐만 저희 마을은 특히 물이 귀해서요. 마을 사람들 눈도 있고 하니, 너그러이 이해해주시지요."

아무래도 높은 곳에 위치한 마을이다 보니 물이 귀했겠지요. 제가 놀란 것은 그런 게 아니었습니다. 어린 티가 벗겨지지 않은, 곱게 자란 듯한 계집이 너무나도 당찬 목소리를 내는 게 놀라웠습니다. 물론 마을 사람들의 도움을 받기도 하겠지만, 낯선 사내를 앞에 두고 이렇게 의연한 모습을 보일 수 있는 여성은 그리 많지 않습니다.

"물은 어디서 길러오십니까."

주인에게서 쟁반을 받아들며 그렇게 물어보았습니다. 딱히 궁금했다기보단 이런저런 질문을 하며 제 속마음을 감추려고 했던 것입니다. 그런 미인을 앞에 두고 다른 마음을 품지 않는다면 사내가 아니겠지요.

"마을 아래에 작은 연못이 있습니다. 물은 전부 그곳에서 길러옵니다."

"그렇군요. 이놈아, 귀가 있으면 들었겠지. 매우 귀한 차이니 감사히 마시고 퍼뜩 회복하거라."

저는 괜히 민망한 기분이 들어 애꿎은 웅복이만 나무랐습니다. 그러면서 찻잔을 바라보다 깜짝 놀라고 말았습니다. 차의 색깔이 몹시 기묘했기 때문입니다. 그냥 보기엔 진한 검정으로 보였지만 빛의 각도에 따라 보라색으로도, 적색으로도 보였습니다. 거기다 풍기는 냄새가 강했습니다. 시큼하고 쌉싸름한, 아무튼 저로서는 처음 맡아보는 냄새였습니다.

아니나 다를까, 웅복이는 찻잔에 입을 대자마자 욱, 하고 구역질을 했습니다.

"이놈아, 버르장머리 없이 뭣 하는 게야."

"내, 냄새가 너무 고약합니다요……."

"어허, 이놈이 그래도! 귀한 물을 네놈 때문에 내주셨다. 머리를 조아리고 얼른 비워내라."

"하지만……."

"부인, 외람되지만 이 차의 원료를 물어봐도 되겠습니까. 이놈이 이래 봬도 먹는 것을 곧잘 가려서 말입니다."

저잣거리에서 책을 팔다 보니 저에게도 꽤 요령이 붙은 모양이었습니다. 자연스럽게 궁금한 요점을 스리슬쩍 캐물어 보았습니다. 순간 웅복이는 제 마음을 눈치챈 듯 눈썹을 오므렸지만, 여주인은 알아채지 못한 것 같았습니다.

"가난한 마을이다 보니 귀한 것은 넣지 못합니다. 물봉선과 쥐똥나무 열매를 조금씩 따다 오랫동안 우려낸 것이지요. 맛과 효능은 잘 모르나 쉽게 구할 수 있어 마을 사람들이 즐겨 마십니다."

저는 음음, 하고 경청하는 척하며 슬쩍 찻잔을 입으로 가져가 보았습니다. 텁텁하고 뜨거운 물이 혀끝에 닿자마자 곧바로 역함이 몰려왔습니다. 차에서 쌀 썩는 냄새가 났습니다.

"과연, 쌉싸름한 맛이 강하군요. 쥐똥나무 열매 때문이겠지요. 자, 마셔라. 쥐똥나무 열매는 몸에 유익하니 귀한 것이다."

그렇게 말하며 남은 차를 전부 웅복이에게 떠넘겼습니다. 웅복이의 얼굴은 금방이라도 울 것처럼 일그러졌습니다.

여주인이 가고 나서 우리 둘은 한동안 입을 다물었습니다. 웅복이는 아마 혀에 남은 역한 냄새 때문인 것 같았고, 저는 어떤 것을 골똘히 생각하느라 침묵했습니다.

이윽고 머릿속에서 뒤죽박죽 엉켜있던 것이 스르르 풀려나왔습니다.

"네놈이 고뿔에 걸린 건 천행天幸일지도 모르겠다."

제 말에 웅복이는 분하다는 듯 콧김을 뿜었습니다.

하지만 저는 진심으로 그렇게 생각했습니다. 저는 지금까지 수백, 수천 가지의 차를 마셔봤습니다. 쥐똥나무 열매를 어찌 분간하지 못하겠습니까. 그것은 쥐똥나무 열매 맛이 아니었습니다. 여주인은 대체 왜 그런 거짓말을 했던 걸까요. 어찌 됐든 저는 그 거짓말을 계기로 그 마을에 관심이 생기기 시작했습니다.

2

다음 날, 저는 아침 일찍부터 여주인이 말한 연못을 찾아가 보기로 했습니다. 만약 여주인의 말이 사실이라 치면, 차에서 느껴지던 썩는 냄새는 원료 문제가 아니라 물의 문제일 수 있기 때문입니다.

마을을 벗어나 얼마쯤 내려가자 여주인의 말대로 쥐똥나무가 줄지어 군락을 이루고 있었습니다. 검은 열매들이 바닥에 아무렇게나 떨어져 있었지요. 저는 그 열매를 주워 앞니로 오독오독 씹어 먹으며 걸었습니다. 그러다 갑자기 시야가 확 트였습니다. 군락이 끝나는 지점에 거대한 연못이 모습을 드러낸 것입니다.

물은 몹시도 깨끗했습니다. 둘레에 피어난 풀들이 수면 위로 선명하게 반사되고, 햇빛을 머금은 수면은 보석처럼 반짝였습니다. 깊이는 가슴께 높이 정도 됐을까요. 여주인은 물이 귀하다고 하였는데, 척 보기에도 연못물은 여유가 있어 보였습니다.

연못가에 무릎을 꿇고 조심히 물을 떠서 마셔보았습니다. 시원했습니다. 시원하다고밖에 표현하지 못할 만큼 딱히 다른 맛이 느껴지지 않았습니다. 아직도 우물을 길러 마시는 마을이 있지요. 그런 물에서는 반드시 비릿한 맛이 느껴집니다. 그런데 그 연못물은 필시 건강한 맛이었습니다. 차에서 느껴지던 쌉싸름함은 아무래도 물 때문은 아닌 것 같았습니다.

사람들이 빠져나간 마을은 변함없이 고요했습니다. 저는 어쩐지 애가 타는 듯한 기분으로 힐끗힐끗 담 너머를 훔쳐보았습니다. 무엇이 애가 탔느냐 하면, 바로 그 궁금증이었어요. 어째서 이 마을엔 아이의 울음소리가 들리지 않는 걸까. 노인의 모습이 보이지 않는 걸까. 어른들은 그렇다 쳐도, 어린아이와 노인도 산을 따라 내려간 것일까.

가슴 속에 흙 벌레들이 우글거리는 듯한 찝찝함을 느끼며 저는 집으로 돌아왔습니다. 그대로 방으로 향하려는 순간, 문득 걸음을 멈췄습니다. 슬그머니 고개를 돌려 부엌문을 바라봤습니다. 차는 부엌에서 만듭니다. 혹시 끓이고 남은 것이 조금은 남아있지 않을까. 그런 생각을 하는데 제 발은 벌써 부엌 쪽으로 걸어가고 있었습니다.

다가갈 때마다 어둠에 잠겨 있던 부엌 안이 조금씩 윤

곽을 띄기 시작했습니다. 한쪽 벽에 세워둔 소쿠리와 키가 보였습니다. 문을 젖히기 위해 손을 뻗는 순간 뒤에서 나리, 하고 부르는 소리가 났습니다. 돌아보자 녹두색 저고리를 입은 여주인이 툇마루에 서 있었습니다. 저를 똑바로 노려보는 두 눈은 유리 거울처럼 찼습니다.

"필요한 게 있으면 말씀하시지요."

억양이 없는 목소리로 여주인은 그렇게 말했습니다. 저는 아무것도 아니라는 듯 허허, 하고 마른 웃음을 지었습니다.

"산책을 하고 오니 목이 텁텁해서……."

말소리를 들었는지 부엌 안쪽에서 몸종이 부리나케 뛰어나왔습니다. 손등이 붉은 것이 아무래도 아침상을 준비하고 있던 모양이었습니다.

"너는 나리께서 목이 마르시다는데 뭣 하고 있었느냐."

"소, 송구하옵니다."

몸종은 얼굴이 창백해져선 여주인을 향해 고개를 몇 번이나 조아렸습니다.

"어서 물을 내오지 않고 뭘 해!"

"아닙니다. 제가 가서 목을 축이고 오겠습니다."

그렇게 말하는 순간, 여주인의 얼굴에서 표정이 사라졌습니다.

"나리, 부엌은 여인들의 공간입니다. 어찌 함부로 들려고 하십니까."

"아아, 그건 알지만 저기……."

"뭣하고 섰어! 어서 물을 내오지 않고!"

여주인이 다시 한번 호통을 쳤습니다. 그 소리가 얼마나 우렁찬지 조용한 마을에 쩌렁쩌렁 울려 퍼질 정도였습니다.

저는 뺨이라도 얻어맞은 기분으로 마당에 서 있었습니다. 몸종은 부리나케 부엌 안으로 뛰어 들어가더니 잠시 후 생각났다는 듯 다시 나와 쾅, 하고 부엌문을 닫았습니다. 고개를 돌려 툇마루를 바라봤을 땐 이미 여주인의 모습은 보이지 않았습니다.

***

방에 돌아오니 웅복이가 이부자리를 정리한 바닥에 정좌를 하고 있었습니다. 하루 종일 앓는 소리를 내던 터라 저는 적잖게 놀랐습니다.

"뭐 하고 있느냐?"

웅복이는 제 얼굴과 자신의 손을 신기하다는 듯 번갈아 보더니 '흉이 아물었습니다요!' 하고 말했습니다.

아무개 님은 짐승에게 물려본 일이 있는지요. 짐승에게

물린 상처는 적어도 보름은 고생합니다. 특히 이번에 웅복이를 덮친 짐승은 질이 몹시 나빠 보였습니다. 그런데 하루아침에 나았다니, 저는 잽싸게 웅복이의 손을 낚아채 확인해보았습니다. 그랬더니 놀랍게도 정말 변화가 있는 겁니다.

살갗이 뚫려 있던 이빨 구멍 위로 얇은 피부 막이 돋아나 있었습니다. 생선의 비늘처럼 말이지요. 검붉은 기와 악취는 여전했지만, 어제와 비교해보면 상당히 호전돼 있었습니다. 나무처럼 보였던 얼굴색도 훨씬 활기를 띠었습니다. 믿기 힘든 광경에 말을 잇지 못하고 있으니 웅복이 놈이 아주 기묘한 말을 해왔습니다.

"차입니다요."

말뜻을 이해하지 못해 고개를 갸웃거리자 녀석은 다시 한번 '그 차에 뭔가가 있습니다요.' 하고 목에 힘을 주었습니다. 확신에 찬 듯, 웅복이의 눈은 어둑한 방 안에서도 희미하게 빛을 품고 있었습니다.

"그 차를 마신 다음 뭔가 기분이 묘해지는가 싶더니만 역시……."

웅복이는 신기한 듯 제 손바닥을 쥐락펴락했습니다. 저는 이해가 가지 않았습니다.

"네 흉이 나은 것을 어찌 차 덕분이라고 단정 짓느냐."

"그도 그럴 것이 저는 어제 그 차 외에는 아무것도 입에 대지 않지 않았습니까요."

생각해보니 과연 그랬습니다. 입에서 썩은 맛이 난다며 웅복이는 상에 손도 대지 않았습니다. 웅복이는 정말 그 차를 마신 다음 활력을 찾은 것일까요. 아니면 그저 하루 푹 쉰 덕분에 자연히 치료가 된 것일까요.

어쨌거나 저는 차를 연구하는 사람입니다. 실제 이유야 어찌 됐건 일단 차를 먼저 의심해 보는 입장이지요. 거기에 보태 저는 마을에서 느꼈던 수상한 풍경을 모조리 차와 연관시켜보았습니다. 병든 닭처럼 골골거리던 놈을 하루아침에 낫게 한 것과 마을에 노인과 아이의 모습이 보이지 않는 것, 이것 전부가 그 요상한 차 때문은 아닐까. 그런 식으로 생각해본 것입니다.

저는 제가 품은 의혹들을 웅복이에게 말해보았습니다. 고개를 끄덕끄덕하며 듣던 웅복이가 별안간 소리를 질렀습니다.

"뭐냐? 짐작 가는 곳이 있느냐!"

제 물음에 대답도 없이 웅복이는 멍한 눈으로 어느 한 지점을 가만히 응시했습니다. 그 시선을 따라 뒤를 돌아보는 순간, 저는 온몸에 털이 곤두서는 느낌을 받았습니다. 창호지 문 저편으로 사람의 그림자로 보이는 것이 휙 멀어졌기 때문입니다.

“바, 밖에 누가 있느냐!”

소리치자 바로 몸종의 목소리가 날아왔습니다.

“예, 나리. 조반상을 내왔습니다.”

몸종이 어디까지 엿들었는지는 알 수 없었습니다. 그렇다고 무턱대고 물어보기에도 뒤가 켕겼지요. 하는 수 없이 저는 몸종에게서 상을 받아 들며 슬쩍 떠보기로 했습니다.

“혹시 어제 내준 차를 다시 한번 맛볼 수 있겠느냐. 내 짐꾼이 그 차를 마신 뒤 활력을 찾았다. 필시 효과가 있는 모양이다.”

하지만 몸종은 이렇다 할 표정도 짓지 않은 채 천천히 고개만 내저을 뿐이었습니다.

“그것은 반가운 소리오나, 재료가 모두 동이 나 차를 우려낼 수가 없습니다. 부디 너그럽게 헤아려주시지요.”

이해하기 힘든 말이었습니다. 여주인은 분명 물봉선과 쥐똥나무 열매를 우려낸다 하지 않았습니까. 산길을 조금만 돌아보면 널리고 널린 것이 물봉선이요, 쥐똥나무입니다.

저는 그렇게 따져 물었습니다만, 어린 몸종은 그저 아는 것이 없다는 말만 반복할 뿐이었습니다.

저는 밥상 앞에 앉아 골똘히 생각에 잠겼습니다. 몸종의 수상한 태도에 점점 확신이 생기는 겁니다. 뭔가 켕기는 구석이 있다. 숨기는 것이 있다. 그 검은 차에 뭔가가 있다. 그러지 않고서야 어찌 이렇게까지 경계를 한단 말입니까.

"저렇게 학을 떼고 감추려 하는데 어찌 확인해볼 수 있겠습니까요."

웅복이는 그렇게 말을 했지만 제 생각은 조금 달랐습니다. 이런 일이 한두 번이 아니었던 것입니다. 물론 무작정 부엌을 급습할 수는 없겠지만, 경계가 느슨해지는 시간, 예를 들어 모두가 잠든 새벽이라면 그리 어려운 일도 아닌 것입니다.

3

운이 좋은 건지 어떤지는 몰라도 저녁 무렵부터 다시 비가 내리기 시작했습니다. 고요하게 가라앉은 방 안에서 저는 가만히 때를 기다렸습니다. 자시子時쯤 되었을까요. 좀 전까지 캉캉 짖어대던 개마저도 입을 다문 시간이었습니다.

코골이가 들리지 않아 웅복이도 깨어있는 줄 알았는데 아니었습니다. 새된 숨소리가 규칙적으로 들려오더군요. 웅복이는 짐꾼일 뿐, 이런 일은 전부 제가 도맡아 해왔기에 불만은 없었습니다. 저는 조용히 몸을 일으켰습니다.

문을 열자마자 빗소리가 확 커졌습니다. 푸르스름한 마당 풍경 너머로 생선 가시 같은 빗줄기가 솨솨 퍼부었습니다. 이 정도 비라면 발소리도 들리지 않을 거라 생각했지만 확실히 해두기 위해 저는 안채에서 멀찌감치 떨어져서 걸었습니다.

어둠에 잠긴 부엌은 마치 거대한 동굴 같았습니다. 노심초사하며 손잡이를 당겼는데 끼익, 하고 소리가 찢어졌습니다. 깜짝 놀라 움직임을 멈추고 기척을 살폈습니다. 말소리나 바닥을 걷는 소리는 들리지 않았습니다. 빗소리가 문소리마저도 지워준 것일까요. 저는 푸슈슈, 한숨을 내쉬었습니다.

문틈으로 얼굴을 들이민 순간, 뺨을 얻어맞은 것처럼 고개가 홱 돌아갔습니다. 말로 다 못 할 정도의 악취가 부엌에서 흘러나왔기 때문입니다. 한참 역병이 돌았을 때 겹겹이 쌓여 있던 시체를 본 적이 있으신지요. 그때 맡았던 냄새와 유사한 냄새였습니다.

저는 소매로 얼굴을 감싸 쥐고 안으로 발을 들였습니다. 눅눅하고 끈적한 것이 온몸에 달라붙는 듯했습니다. 문을 닫자 부엌 안은 금세 어둠에 잠겼습니다. 다행히 아궁이에 타다 남은 장작이 있어, 그 불씨가 주위를 벌그스름하게 밝혀주었습니다.

얼마쯤 지나자 서서히 물체의 선들이 보이기 시작했습니다. 아침에 보았던 소쿠리와 키, 그 옆에 밥그릇을 엎어놓은 선반과 말린 고추들이 보였습니다. 바닥에는 흙과 지푸라기가 흩어져 있고 용도를 알 수 없는 천들이 아무렇게나 버려져 있었습니다. 원래는 하얬을 천은 모두 흙색으로 물들어 있었습니다.

부엌 안쪽에 솥이 있었습니다. 어마어마하게 커다란 솥이었습니다. 솥이 놓인 형태가 조금 기묘했습니다. 아궁이 위에 궁둥이를 붙이듯 넣어두는 형태가 아니라, 따로 높다란 선반을 세우고 그 맨 윗자리에 솥을 둔 것입니다. 그리고 솥 바로 아래에는 작은 주전자 하나가 놓여 있었습니다. 눈에 힘을 주어 자세히 살펴보니 솥 아래에 구멍이 뚫려 있는지 작은 물방울이 길쭉하게 맺혀있는 게 보였습니다. 그것이 뚝, 하고 주전자 안으로 떨어졌습니다. 저는 비로소 그 용도를 파악했습니다. 그 솥은 바로 차를 우려내고 있던 것입니다.

선반 밑으로 원래의 아궁이가 보였습니다. 아궁이 위에는 그것보다 훨씬 작은 솥이 놓여있었습니다. 비교를 해서 작아 보이는 것이지, 아마 그게 일반적인 솥의 크기였을 겁니다. 솥 옆에 바가지가 놓여 있는 것으로 보아 아무래도 이 솥에서 덥힌 물을 선반 위의 것에 부어주는 것 같았습니다. 비슷한 방식으로 차를 우려내는 마을은 있었지만 솥을 두 개나 사용하는 것은 그때 처음 보았습니다.

아궁이 가까이 가자 냄새의 정도가 강해졌습니다. 냄새는 선반 위에서 흘러나왔습니다. 선반의 높이는 제 가슴께보다 조금 낮아서, 바로 위에서 내려다볼 수가 있었습니다. 솥뚜껑 손잡이를 잡고 저는 잠시 망설였습니다. 뭔가 좋지 못한 예감이 들었기 때문입니다. 마음을 다잡고 슬그머니 손에 힘을 주자, 뚜껑이 비스듬히 열리며 뜨거운 김이 얼굴로 확 쏟아져 나왔습니다. 손을 휘저으며 김을 내쫓은 후 뚜껑을 완전히 열어젖혔습니다. 어둠 때문에 솥 안은 볼 수 없었습니다. 저는 조금이라도 빛이 들어올 수 있도록 몸을 살짝 물렸습니다. 그러자 뭔가가 조금씩 보이기 시작했습니다.

그것은 누런 천으로 감싼 덩어리였습니다. 고사리 뭉텅이를 데치고 있는 걸까. 처음에는 그렇게 생각했습니다. 솥뚜껑을 옮겨 잡은 다음 저는 멈칫멈칫 솥 안으로 손을 넣어봤습니다. 뜨뜻한 기운이 손가락 끝에서 느껴졌습니다. 천을 잡고 천천히 당겨봤습니다. 조금씩, 조금씩, 덩어리의 윤곽이 눈에 들어왔습니다. 그리고 저는 신음을 흘렸습니다. 그것이 고사리가 아니었기 때문입니다. 개 아니면 닭, 그런 짐승도 아니었습니다. 그것은 분명 **푹 삶아진 인간이**

었습니다.

"으아아아악!"

비명을 내지르며 부엌을 뛰쳐나왔습니다. 솥뚜껑을 내팽개치면서 요란한 소리가 울렸지만 개의치 않았습니다. 허겁지겁 마당을 통과하여 때려 부술 기세로 문을 열어젖혔습니다. 곧바로 웅복이를 깨웠습니다.

"웅복아, 이놈아, 어서 일어나거라, 어서!"

말을 하면서 저는 서둘러 짐을 챙겼습니다. 초를 피울 시간도 아까워 어둑한 바닥을 손으로 더듬으며 짐을 챙겼습니다. 바닥에는 시간을 때우기 위해 글을 썼던 종이들이 아무렇게나 어질러져 있었습니다.

"이놈아, 뭘 꾸물거리는 게야! 서둘러야 한다. 어서 이 마을을 벗어나야 해."

계속해서 다그쳤지만 이놈이 어쩐 일인지 좀처럼 일어날 기미를 보이지 않는 겁니다. 점점 조바심을 느낀 저는 제가 본 것을 두서없이 늘어놓았습니다.

"잘 듣거라. 네놈이 마신 그 차는 바로 인간을 우려낸 것이었다. 막 태어난 생아生兒를 삶아낸 것이었어! 솥 안에 아이가 있었다. 이 두 눈으로 똑똑히 확인하고 오는 길이다. 이제 정신이 좀 드느냐. 그렇게 굼뜨……."

그 순간, 갑자기 주변이 확 밝아졌습니다. 금이 간 벽면으로 시커먼 그림자가 생겼습니다. 바로 제 그림자였습니다. 돌아보니 이미 문밖으로 감색 불빛 여러 개가 넓게 포위하고 있었습니다.

"어디를 그리 바삐 가시는지요. 보시다시피 비가 내립니다만."

문을 열자 지우산紙雨傘을 받쳐 쓴 여주인의 얼굴이 보였습니다. 여주인을 중심에 두고 화살촉 모양으로 수십 명의 사람이 마당에 서 있었습니다. 날카로워 보이는 인상의 여인들이 문지방 앞에서 초롱불을 들고 있었습니다. 도롱이를 두른 사내들도 무언가를 하나씩 챙겨 들고 있었습니다. 한눈에 봐도 사람을 해칠 물건으로 보였습니다.

"그, 그게……. 갑자기 급한 약조가 생각나서……."

"갑자기요? 그런데 짐꾼은 저대로 두고 갈 생각이십니까?"

여주인의 말에 저는 뒤를 돌아봤습니다. 웅복이는 여전히 콩벌레처럼 몸을 둥글게 말고 있었습니다. 불빛을 비춰보고 나서야 상태가 심상치 않다는 것을 깨달았습니다. 드러난 살결은 모두 썩은 나무 색인 데다, 누렇게 딱지가 낀 입술 사이로 즈, 즈, 하는 숨소리만 겨우 내뱉을 뿐이었습니다. 온몸이 땀범벅이었습니다.

"나리께서는 아낙들의 공간에 몰래 숨어드셨지요."

마른 나뭇가지를 톡, 톡 꺾어내는 듯한 목소리로 여주인이 말했습니다.

"이, 일부러 그런 것이 아니고……."

"일부러가 아니면 어찌하여 야밤이 될 때까지 기다렸단 말씀이십니까."

여주인은 입술 끝을 끌어올리며 씨익 웃었습니다. 소름이 끼칠 정도로 오싹한 웃음이었습니다.

저는 곧바로 아침 일을 떠올렸습니다. 창호지 너머로 사라지던 사람의 그림자. 어린 몸종이 곧바로 여주인에게 일러바쳤음이 틀림없었습니다. 그때 입막음을 해둘걸. 후회가 밀려왔지만 이미 때는 늦었습니다.

"안에서 무엇을 보셨습니까?"

모두 틀렸다고 생각하고 저는 솔직하게 말하기로 했습니다.

"사람을 봤습니다."

"사람이요?"

"어두워서 잘은 보지 못했지만 그건 필시 사람이었습니다. 채 성장하지도 않은, 생아의 형태를 갖추고 있었습니다……."

"그 아이가, 무엇을 하고 있던가요?"

길을 가다 발견한 들개에 관해 물어보듯 여주인의 목소리는 몹시 차분했습니다.

"소, 솥 안에서……."

"나리께서는 차를 연구하신다고 하셨지요."

여주인의 말에 저는 고개를 끄덕였습니다.

"부디 부탁드리오니, 부엌에서 본 것은 쓰지 말아주세요."

"자, 잠깐! 당신들은 정말 사람의 아이를 우려내어 차를 마신단 말입니까?"

차라리 제가 잘못 본 것이었으면, 하고 바랐습니다. 여주인의 입에서 사실은 산짐승을 잡아 차를 만들고 있다는 말이 나왔으면, 저는 진심으로 그렇게 바랐습니다. 제 기대는 그렇게 허망하게 무너진 겁니다.

"쓰지 말아 달라고 하였습니다."

제 말을 딱 잘라먹으며 여주인은 다시금 제게 답을 요구하였습니다. 그때 제가 뭐라 항변할 수 있었겠습니까. 온전히 그곳을 벗어나는 것만으로도 감사해야 할 따름이었지요.

"……알겠습니다. 그리하지요."

"나리를 믿겠습니다. 그리고……."

여주인의 넓적한 눈이 스르륵 움직여 제 등 뒤를 향했습니다.

"지금 당장 이 마을을 떠나주십시오."

그 말과 함께 수십 개의 눈동자가 일제히 저를 올려다봤습니다. 초롱불 그늘에 비친 그들의 얼굴은 마치 산도깨비와 같았습니다.

비가 억수같이 내리는 새벽에 병자를 짊어지고 어찌 길을 나선단 말입니까. 저는 비로소 여주인의 의도를 간파해내고 말았습니다. 그것은 어둑한 산 어딘가에서 아무도 모르게 조용히 죽어달란 말과 같았습니다.

저는 주먹을 꽉 말아 쥐고 한숨처럼 말을 내뱉었습니다.

"알겠습니다. 당장 길을 나서도록 하지요."

4

말은 그렇게 했지만 도저히 엄두가 나지 않는 상황이었습니다. 웅복이는 다리를 팔八 자로 뻗은 채 사경을 헤매고 있고, 동이 틀 기미가 보이지 않는 바깥은 하염없이 장대비가 내리고 있었으니까요.

게다가 웅복이의 손은 말이 아니었습니다. 겨우 낫는가 싶더니 다시 흉이 진 모양이었습니다. 노란 지방 같은 진물이 줄줄 흘러내렸고, 살이 문드러지며 썩은 내가 났습니다. 저희가 나가길 기다리고 있던 몸종에게 의원을 만나게 해달라고 부탁했지만, 무작정 산을 내려가야 한단 대답만

이 돌아왔습니다.

그즈음에는 일이 끝났다 싶었는지 몽종은 예의로라도 지을 법한 표정조차 짓지 않았습니다. 경멸과 혐오가 담긴 눈으로 흘겨볼 뿐이었죠. 그런 사람에게 부탁해본들 더 나아질 기미도 보이지 않을 것 같았습니다. 저는 웅복이를 부축하여 일어섰습니다. 웅복이는 보통의 여인들보다도 왜소한 몸이지만 힘없이 축 늘어져서인지 마치 시체처럼 무거웠습니다.

저는 마지막이라고 생각하며 몽종에게 물어봤습니다.

"부엌에 있던……. 그러니까, 그…… 차는 어찌 만들게 됐느냐."

몽종은 얼마 동안 생각에 잠기더니 천천히 입을 열었습니다. 분명 이 빗길 속에서 제가 살아남지 못할 거라 판단했던 거겠지요.

"내려가는 길에 조그마한 연못이 하나 있습니다."

"나도 보았다."

"마을 사람들은 전부 그곳에서 물을 길어 옵니다. 배운 것이 없어 잘은 모르나 사람들은 그 물에 신기한 효능이 있다고 믿어왔습니다. 그러던 어느 날부터……."

그 물을 길어 마신 사람들이 갑자기 젊어졌다고 합니다.

"몇 해가 지나도 똑같았습니다. 요통이 사라지고, 새치도 어느 틈엔가 검게 바뀌었지요."

굽었던 허리가 갑자기 수월하게 펴지고, 주름도 사라졌다고 했습니다. 믿기 힘든 이야기였지만, 믿지 않을 수가 없었습니다. 그 마을에 노인이 없다는 걸 제 눈으로 똑똑히 확인했으니까요.

"그럼 여주인도……."

"올해로 칠순을 맞습니다."

북채로 머리통을 얻어맞은 기분이었습니다. 그 여인이, 겨우 열여섯 정도로밖에 보이지 않던 여인이 칠순 노인이라니, 자칫 웃음이 터져 나올 뻔했습니다. 저는 문득 눈앞의 몸종을 빤히 쳐다봤습니다. 어쩌면 이 아이도 노인이 아닐까, 그런 의심이 든 것입니다.

몸종은 이야기를 계속했습니다.

"처음에는 연못물에 무언가 깃들었다고 믿었습니다. 신통한 효능에 놀라기도 했지만 한 편으로는 무서운 마음이 든 것도 사실입니다. 그래서 마을 사람들은 그 연못을 자세히 조사해보기로 했습니다."

한 노인이 자처하고 나섰다고 합니다. 물론 그 노인은 연못물을 마신 뒤로 젊은이 못지않은 신체를 가지게 된 사람이었지요. 연못에 머리를 박고 더듬더듬 걸어가던 노인은 마침내 뭔가를 발견하고 두 손으로 건져 올렸습니다.

"그것은 오래된 이불 보자기였습니다. 그냥 보기에도 묵직해 보였지요. 어르신은 사람들이 보는 앞에서 그것을 펼쳤습니다. 보자기 안에는 물에 팅팅 불은 갓난아기가 들어 있었습니다."

아무개 님도 아시다시피 요즘 세상에 아이를 내다 버리는 일은 흔히 볼 수 있는 일입니다. 입을 하나라도 더 줄이기 위해 그러는 것이지요. 놀랄 일은 그것이 아니라 마을 사람들이 그때부터 생아를 우려먹었다는 겁니다.

"사람의 시체가 깃든 물을 어찌 마음 놓고 마실 수 있겠습니까. 마을 사람들 역시 그 일이 있은 뒤부터 연못물을 긷지 않았습니다. 하지만 결국엔 다시 찾게 되었지요. 연못물을 마시지 않고부터 다시금 늙기 시작했으니까요. 허리가 굽고 귀가 멀게 된 겁니다. 물론 알고 있습니다. 천벌을 받아 마땅한 일이지요. 그렇다고는 하나 젊음을 얻을 수 있다면 무슨 일이든 못하겠습니까. 나리께서도 요통에 시달리다 병들어 죽고 싶진 않으시겠지요."

단지 연못물에 아이의 시체가 나왔다는 것 하나만으로 그런 패악스러운 일을 저지를 수 있다니, 저는 이해가 가지 않았습니다. 연못물 자체에 그러한 효능이 있을지도 모르는 일 아닙니까. 그러나 몸종은 고개를 흔들었습니다.

"반드시 아이를 우려내야 했습니다. 연못물의 정체는 그것이었어요. 처음에는 사람이면 다 괜찮다고 생각하여 마을 청년 중 몇몇은 자신의 늙은 부모를 솥에 넣어 끓이기도 했습니다. 덩치 좋고 힘도 꽤나 쓴다는 사내였는데, 나흘이 채 지나지 않아 제 부모처럼 폭삭 늙은 모습으로 발견되었습니다. 그제야 우리는 연못물의 효능을 확실히 알게 되었지요. 물에 우려내는 것에 따라 그 성질이 달라지는 것을 말입니다."

그러한 이유였습니다. 젊음을 얻기 위해, 영원한 생명을 얻기 위해, 그들은 갓 태어난 아이를 달여 먹기 시작한 겁니다.

저는 할 말을 잃고 그 자리에 오랫동안 서 있었습니다. 전국을 돌아다니며 온갖 차를 다 마셔보았지만, 저를 그토록 아연하게 만든 차는 그 '생아차生兒茶'가 처음이었습니다.

***

저는 웅복이를 부축하여 길을 나섰습니다. 상투가 벗겨져 머리칼이 미역 줄기처럼 얼굴에 달라붙었습니다. 앞이 안 보여 몇 번을 넘어졌는지 모릅니다. 한 걸음을 내디딜 때마다 웅복이를 다시 들쳐 업었고, 그때마다 풀어진 짐보따리에서 뭔가가 툭툭 떨어지는 소리가 났습니다. 산을 넘기도 전에 졸도할 지경이었습니다.

힘에 부친 저는 소나무 밑동에 웅복이를 내려놓았습니다. 녀석은 오래 만져 너덜너덜해진 노리개 끈처럼 힘없이 흙바닥을 굴렀습니다. 척 보기에도 생이 끊어져 가고 있음을 알 수 있었습니다.

"눈을 뜨거라!"

저는 자꾸만 꺾이는 웅복이의 얼굴을 손으로 받치고 강하게 뺨을 후렸습니다. 잠들면 끝장이라고 생각했으니까요. 그러나 웅복이는 저가 얻어맞고 있는 줄도 모르는 낌새였습니다.

"눈을 좀 떠보래도!"

점점 애가 탔습니다. 붉은 침 한 가닥이 웅복이의 입술을 타고 목 아래까지 쭉 늘어졌습니다. 어느 틈에 피를 토한 것일까요. 저는 그제야 제 왼쪽 어깻죽지가 벌겋게 물들어 있다는 사실을 깨달았습니다. 천으로 칭칭 봉해둔 상처 부위는 이미 풀어져서 안이 훤히 들여다보였습니다. 벌어진 살 틈에서 검은 물이 벌컥벌컥 배어 나오고 있었습니다.

쿠구궁, 하늘이 흔들렸습니다. 다음 순간, 번쩍하고 풍경이 환해지는가 싶더니 웅복이의 얼굴이 확 밝아졌습니다. 저는 깜짝 놀랐습니다. 웅복이의 몰골이 원형을 알아보기 힘들 정도로 문드러졌기 때문입니다. 피부가 검고 눈은 새

빨갰습니다. 목덜미에 지렁이 같은 정맥이 툭툭 올라와 꿈틀거렸어요. 공수병恐水病에라도 걸린 사람 같았습니다.

"노, 놀랄 것 없다. 벼락이 친 것뿐이다."

저는 괜히 그런 말로 웅복이를 타이른 다음, 슬금슬금 뒤로 물러났습니다. 널찍이 뻗은 나뭇가지와 나뭇잎이 얼마간 비를 막아줬습니다. 저는 어둠 속에서 죽어가고 있는 웅복이를 내려다봤습니다. 결심이 서기까지 꽤 오랜 시간이 걸렸던 것 같습니다.

저는 도롱이를 어깨에 두르고 짐 보따리를 뒤져 호리병을 찾아 꺼냈습니다.

"여기서 조금만 기다리거라. 내 얼른 다녀오마."

저는 그 말만 하고 어둠 속을 달렸습니다. 아낙네의 머리카락을 밟은 것처럼 발이 미끄덩해서 몇 번이나 휘청거렸던 기억이 납니다. 뾰족한 가지에 뺨이 찔리고 젖은 흙이 입으로 들어왔지만 개의치 않고 달렸습니다. 달리는 중에도 머릿속은 솥 안에 웅크리고 있던 아이의 모습으로 가득했습니다. 마르다 못해 뼈까지 보일 만큼 앙상해진 아이. 원래의 형체를 알아볼 수 없을 정도로 시꺼메진 아이. 어미젖을 물어보기도 전에 좁고 어두운 솥 안에 갇혀버린 아이. 저는 머리를 흔들어 형상을 떨쳐냈습니다. 그리고 저를 빤히 올려다보던 웅복이의 붉은 눈을 떠올렸습니다.

살려야 한다. 그렇게 생각했습니다. 능지처참에 처해야 마땅한 일이기는 하나 저에게는 웅복이를 살려야 할 의무가 있습니다. 괜히 저를 따라나섰다가 저렇게 개죽음당하게 할 수는 없는 노릇 아닙니까. 살려야 한다. 살려야 한다. 살려야 한다.

그렇게 중얼거리며 여주인의 집에 도착했습니다. 두 번이나 함정을 파고 기다리지는 않을 것 같았습니다. 정신없이 퍼붓던 빗소리도 제가 마음 놓고 숨어들 수 있었던 이유 중 하나였습니다.

저는 발소리를 죽인 채 부엌으로 갔습니다. 뺨으로 흘러내리는 것이 땀인지 빗물인지도 모를 만큼 긴장됐습니다. 시간을 들여 조심히 문을 연 다음, 안으로 들어갔습니다.

솥 앞에 서자 뜨끈한 공기가 얼굴로 달려들었습니다. 아궁이에서 따닥, 따닥, 하고 재가 튀는 소리가 들렸습니다. 장작을 새로 땐 모양이었습니다. 선반 위에 보이는 거대한 아궁이 안에는 필시 아이가 들어있을 겁니다. 그리고 자박하게 물이 담겨 있겠지요. 손이 덜덜 떨려왔습니다. 그때까지 죽은 사람은 몇 번이나 봤지만, 그간의 경험을 아득히 뛰어넘는 공포를 느꼈습니다.

조심히 솥뚜껑을 열었습니다. 뜨거운 김이 눈을 찌르고, 역한 냄새가 코를 파고들었습니다. 솥뚜껑은 아궁이 곁에 세워두고 안을 확인해봤습니다. 큰 덩어리가 솥 안에 보였습니다. 슬쩍 손을 뻗어 솥 아래 놓여 있는 주전자를 흔들어보니 꽤 양이 차 있었습니다. 시간이 없으니 이거라도 가져가자고 생각한 순간, 멀리서 개 짖는 소리가 들려왔습니다. 한 마리가 아닌, 여러 마리의 개가 컹컹 짖어대는 소리였습니다. 그 소리는 빗소리에 묻혀 아주 먼 곳에서 들려오는 듯했지만, 저는 어쩐지 애가 닳기 시작했습니다. 여주인이나 몸종이 깨어나면 큰일이기 때문입니다.

서둘러 주전자를 들었습니다. 한 방울이라도 아껴야 하므로 신중해야 했습니다. 덜덜 떨리는 손을 다른 손으로 꽉 부여잡은 다음, 호리병을 향해 주전자를 슬그머니 기울였습니다.

얼마간 그렇게 따르고 있는데 갑자기 뒤에서 저벅저벅 다가오는 소리가 들렸습니다. 깜짝 놀라 움직임을 멈추고 귀를 쫑긋 세웠습니다. 물웅덩이를 밟는 소리가 분명하게 들렸습니다. 누군가가 이쪽으로 걸어오는 소리였습니다.

들킨 걸까. 그렇게 생각한 순간 발소리가 뚝 끊겼습니다. 등줄기가 서늘해지더군요.

열린 부엌문 사이에 꼿꼿이 서 있는 사람이 있었습니다. 두 팔을 길게 늘어뜨리고 서 있는 모습이 꼭 지푸라기 인형 같아 보였습니다. 젖은 머리칼이 얼굴에 아무렇게나 들러붙어 있다는 것을 그림자만으로도 알 수 있었습니다.

"……기다리라고 하였는데 어찌 예까지 왔느냐, 웅복아."

여주인이나 몸종이 아니라는 사실에 놀란 가슴을 쓸어 내렸습니다. 그러나 다음 순간, 사경을 헤매던 녀석이 어찌 이곳까지 제 발로 걸어왔을까 하는 의문이 생겼고, 곧바로 놈의 상태가 이상하다는 것을 깨달았습니다. 새벽빛에 비친 형상으로 웅복이의 지저분한 입이 보였습니다. 침으로 짐작되는 것이 턱 밑으로 뚝뚝 떨어지는데도 녀석은 닦을 생각이 전혀 없어 보였습니다.

"어, 어이. 웅복아."

제 말에 대답도 없이, 웅복이가 다가왔습니다. 엄밀히 따지자면 그것은 걸음이라기보단 몸의 중심이 앞으로 쏠린 탓에 발이 움직이는 모양새였습니다.

"이놈아……. 부르면 대답을 해야지."

웅복이의 붉은 눈이 어둠 속에서 도드라졌습니다. 빗소리에 섞여 그르릉, 그르릉, 울리는 소리가 들렸습니다. 그것이 웅복이의 목에서 나는 소리라는 걸 조금 뒤에 깨달았습니다. 조금씩 거리가 좁혀질 때마다 비릿한 냄새가 강해졌습니다. 손이 저절로 덜덜 떨려왔습니다. 어째서 저는 제가 부리는 짐꾼에게 공포를 느꼈던 걸까요. 답은 간단했습니다. 웅복이의 얼굴이 인간이 아닌 짐승의 것으로 보였기 때문입니다.

"멈추거라, 이놈아!"

몰래 숨어들었다는 사실조차 망각한 채 저는 소리 질렀습니다. 그것이 신호라도 된 듯 웅복이가 큰소리로 울부짖으며 달려들었습니다. 저는 허리가 꺾이는 형태로 아궁이 선반까지 단숨에 밀려났습니다. 웅복이의 입에서 흘러나온 침이 얼굴로 후두둑 떨어졌습니다. 웅복이는 개처럼 이빨을 딱딱 부딪치며 무서운 속도로 입을 여닫았습니다. 제 얼굴을 물어뜯고 싶어 하는 것 같았습니다.

아프다던 놈이 어디서 그런 힘이 나오는지, 웅복이의 아귀힘은 정말 대단했습니다. 웅복이의 가슴팍을 밀고 있던 제 두 팔이 점점 안으로 굽어갔습니다. 빗소리가 마치 귀울음처럼 들려오더군요. 이대로라면 깨물리고 만다. 죽고 만다. 녀석에서 먹히고 만다. 짧은 순간에 정말 많은 생각이 들었습니다.

저는 젖 먹던 힘까지 다해 몸을 옆으로 돌렸습니다. 웅복이의 상체가 휙 꺾이는가 싶더니, 뜨거운 아궁이에 그대로 얼굴을 찧었습니다. 웅복이는 짐승 같은 소리를 내었습니다.

"괘, 괜찮느냐?"

물어볼 틈도 없이 웅복이는 다시 몸을 돌려 덤벼들었습

니다. 저는 달려드는 웅복이의 기세에 못 이겨 뒤로 벌러덩 자빠지고 말았습니다. 누렇게 핏발이 선 얼굴이 바로 앞에 보였습니다. 힘이 부쳤습니다. 긴장을 푸는 순간 당장에라도 광대가 물어뜯길 기세였습니다.

저는 웅복이의 울대를 손바닥으로 밀면서 다른 손으로는 다급하게 부엌 바닥을 더듬었습니다. 녀석을 떼어낼 뭔가가 필요했습니다. 지푸라기와 차가운 흙의 감촉이 손바닥으로 느껴졌습니다. 그리고 마침내 뭔가 딱딱한 것이 손끝에 닿았습니다. 굴곡진 형태로 그것이 호미라는 것을 알 수 있었습니다. 생각할 겨를도 없이 그것을 쥐어 잡고 아무렇게나 휘둘렀습니다. 공기를 가르듯 휭휭 팔을 내젓고 있는데 갑자기 손아귀가 확 무거워졌습니다. 호미의 날카로운 부분이 웅복이의 목덜미를 꿰뚫고 들어갔던 것입니다. 그것이 어둠 속에서도 똑똑히 보였습니다. 그런데 어찌 된 영문인지 녀석은 아파하거나 멈칫하는 낌새도 없이 계속해서 덤벼들었습니다. 달려드는 힘도 전혀 줄지 않았습니다.

얼굴과 얼굴 사이의 거리가 좁혀졌습니다. 웅복이의 미끄덩한 앞니가 얼굴 근처로 느껴질 정도였습니다. 웅복이의 목구멍에서는 산채로 튀겨진 돼지 울음 같은 소리가 흘러나오고 있었습니다.

저는 세차게 발을 굴렀습니다. 그때 무릎이 웅복이의 허벅다리를 걷어찼고, 웅복이의 상체가 기우뚱하고 흔들리는 게 보였습니다. 그 순간을 놓치지 않고 저는 웅복이의 몸을 재빨리 밀쳐냈습니다.

얼른 도망가야 하는데 몸이 말을 듣지 않았습니다. 웅복이는 아무렇지도 않게 몸을 일으키고는 다시 이쪽으로 달려들었습니다. 목에 호미를 꽂은 상태였습니다. 처음 보는 광경에 대한 공포, 짐승에 대한 공포, 빗소리와 새벽에 대한 공포가 한꺼번에 저를 덮쳤습니다.

생각보다 먼저 몸이 움직였던 걸로 기억합니다. 정신을 차려보니 어느새 저는 웅복이의 가슴을 발로 힘껏 걷어차고 있었습니다. 왜소한 웅복이의 허리가 뒤로 꺾였을 때, 재빨리 달려들어 두 손으로 목을 감싸 쥐었습니다. 몸의 중심이 흐트러져 있어서인지 웅복이는 힘을 쓰지 못하고 뒤로 슬금슬금 물러났습니다. 웅복이의 등이 열린 솥의 가장자리까지 밀려났을 때, 저는 재빨리 허리를 숙여 웅복이의 바지춤을 힘껏 들어 올렸습니다. 마치 씨름의 호미걸이를 하듯 말이지요. 웅복이는 뒤로 떠밀리는 자세로 솥 안에 빠졌습니다. 나오기 위해 허우적댔지만 겉면이 미끄러워서 쉽지 않아 보였습니다. 저는 솥뚜껑으로 웅복이의 머리를 필사적으로 찍어 눌렀습니다.

얼마나 그러고 있었을까요. 어느새 부엌은 고요하게 가라앉았고 밖에서는 경박한 빗소리만이 들려왔습니다.

저는 뭔가에 홀린 것처럼 부엌을 정리한 뒤, 도망치듯 그곳을 빠져나왔습니다. 그러고는 한 번도 뒤돌아보는 일 없이 비 오는 산을 넘었습니다. 정신은 없는데 몸이 멋대로 움직이는 듯한 감각이었습니다. 걸어가면서 몇 번을 토했는지 모릅니다. 날이 밝아올 때까지 비는 언제까지고 퍼부어댔습니다.

5

여주인의 집에서 도망쳐 나온 지 엿새쯤 되는 날로 기억합니다. 저는 마을과 마을 사이를 연결하는 석재교량 가운데서 누군가를 기다리고 있었습니다. 제 책을 사겠다는 마지막 손님이었습니다.

그 일이 있은 뒤로 저는 더는 여행길에 오르지 않기로 다짐했습니다. 붓도 들지 않겠다고 결심했습니다. 모든 것을 정리하고 지방으로 내려갈 생각이었습니다. 농사일은 잘 모르지만, 목수 일이라면 잠깐 배워본 적이 있어 그 방면으로 먹고살 계획이었습니다. 망치질이나 하면서 머릿속에 끈적끈적하게 붙어 있는 것들을 떼어내고 싶었던 것입니다. 그날의 빗소리. 여주인의 눈빛. 김이 모락모락 나던 검은 차. 부엌에서 느껴지던 냄새. 거대한 가마솥. 그 안에 든 것. 내가 그 안에 넣은 것.

아마 죽어서도 이 죄악감을 떨쳐낼 순 없겠지요. 제 손으로 사람을 죽였습니다. 그것도 끓는 물에 빠뜨려 죽였습니다. 다른 사람도 아닌, 제가 부리던 짐꾼을 말입니다. 길을 걷다 요절을 해도 할 말 없겠지요. 문둥병에 걸려 사지가 떨어져 나가도 할 말이 없겠지요. 저뿐만 아니라 그 일에 관련된, 도저히 인간이라고 부를 수 없는 인면수심人面獸心의 마을 사람들 모두 천벌을 받아야 마땅하겠지요. 하지만 저는 그 누구에게도 이 사실을 알릴 수 없었습니다. 스스로에 대한 부끄러움, 그것 하나가 발목을 잡고 있던 탓입니다.

얼마쯤 기다리자 마을 저편에서 푸른 저고리를 입은 사내가 걸어왔습니다. 저와 거래를 하기로 했던 사내였습니다. 그런데 둘이 아닌 혼자였습니다. 제 책을 마을 이곳저곳에 소개해주던 세책가貰冊家 주인이 보이지 않았습니다. 하루빨리 책을 처분하고 싶어서 웃돈을 얹어주면서까지 부탁했었습니다. 값을 받아야 할 사람이 같이 오지 않다니, 의아한 일이었습니다.

사내에게 세책가 주인에 대해 물어봤습니다.

"마을을 지나다 뭔가 소란스러운 일을 발견하신 모양입니다. 일단 저더러 먼저 가 있거라 하시고 어르신은 잠시 동태를 살핀 다음 오시겠다고 하셨습니다."

그러면서 사내는 자신의 등 뒤를 슬쩍 돌아봤습니다. 과연, 뭔가 일이 생겼는지 모두 길거리로 나와 웅성거리고 있는 게 보였습니다.

대수롭잖게 생각하고 얼른 책을 보여줬습니다. 종이를 팔랑팔랑 넘겨보면서 사내가 이런 말을 했습니다.

"그러고 보니 어느 마을에서는 사람의 얼굴을 한 생선이 잡혔다고 하던데요."

그 말을 듣는 순간, 괜히 가슴이 쿡 찔리는 듯한 기분이 들었습니다. 웅복이와 함께 가기로 했던, 하지만 갈 수 없었던 그 마을이었기 때문입니다.

"그 생선을 잡아다 우려먹으면 아이가 들어선다고 합니다. 들어본 적 있으십니까."

"아니요. 처음 듣는 이야깁니다."

저는 능청스럽게 거짓말을 했습니다. 그것에 대해 얘기하면 자꾸만 웅복이가 생각날 것 같았기 때문입니다.

"저희 집사람이 벌써 셋이나 사산을 했습니다. 몸에 좋다는 걸 달여 먹여 봐도 소용이 없는데, 그 차를 구해다 먹이면 어떨까 싶어서……."

"약도 소용이 없는데 어찌 차의 효능을 믿으십니까. 그저 미신일 뿐이니 너무 맹신하시지 마십시오."

"허허허. 그렇긴 합니다만, 차에 대한 글을 쓰시는 분이 그런 말을 하니 뭔가 우습군요."

그때 마을 저편에서 찢어질 듯한 비명이 들려왔습니다. 그쪽으로 시선을 던진 순간 세책가 주인이 엉성한 걸음으로 뛰어오는 것이 보였습니다.

"이, 이거 큰일이 나버렸구먼."

주인은 넘어갈 듯이 숨을 몰아쉬더니 대뜸 그런 말을 하였습니다.

"산에서 짐승이 내려온 모양이야. 그것이 사람을 물어버렸어."

저는 곧바로 웅복이를 덮쳤다던 검은 짐승을 떠올렸습니다. 그 순간, 다시 한번 비명이 들려왔습니다. 자잘한 것들이 길바닥에 쏟아지는 소리, 아이의 울음소리, 둔탁한 뭔가가 우지끈 부서지는 소리가 한데 섞여 울렸습니다.

"어, 이쪽으로 오는데요."

남자가 우습다는 듯이 말했습니다. 돌아보자 정말 사람들이 이쪽으로 달려오고 있었습니다. 사람들 뒤로 누런 모래바람이 메뚜기 떼처럼 하늘을 뒤덮고 있는 것이 보였습니다.

"범입니까?"

"아닐세. 범은 아닌 것 같어. 이, 일단 우리도 자리를 뜹세."

주인은 하얗게 질린 얼굴로 교량을 뛰었습니다. 저는 재빨리 주인을 불러 세웠습니다.

"어르신! 값은 받아 가셔야지요!"

"나중에 치룹세! 자네도 일단 여기에서 도망쳐!"

저는 혀를 찼습니다. 하루라도 빨리 이곳을 떠나고 싶었기 때문입니다. 값을 치루지 못하면 저는 또 얼마간 마을에 잡혀있어야 하니까요.

"어, 우리도 뛰어야……."

사내의 말은 사람들의 비명소리에 지워졌습니다. 그야말로 물살에 떠밀린 물고기 떼처럼 수십의 사람들이 교량을 달렸습니다. 모래와 먼지 때문에 앞이 잘 보이지 않았습니다. 누군가와 부딪치며 난간으로 밀려났는데, 앞이 보이지 않아 누구와 부딪혔는지조차 알 수가 없었습니다.

실눈을 뜨고 앞을 바라봤습니다. 아주 가까운 곳에서 뭔가 울부짖는 소리가 났습니다. 누런 모래 먼지 저편에서 푸른 색채가 슬쩍 보였습니다. 들고 있는 책으로 그것이 아까 그 사내의 저고리라는 것을 알 수 있었습니다. 누군가와 이야기를 주고받고 있는 듯 보였습니다. 아니, 몸싸움을 벌이고 있었습니다. 다음 순간, 사내의 얼굴 주변으로 붉은 색채가 확 섞여들더니 따뜻한 물이 제 뺨으로 우수수 날아들었습니다. 그것은 피였습니다. 어마어마한 양의 피가 먼지를 뚫고 사방팔방으로 흩뿌려지고 있던 것입니다.

머릿속에 벌떼가 들이찬 것처럼 윙윙 울려댔습니다. 바로 눈앞에서 뭔가 일이 터졌는데, 그것이 무엇인지 곧바로 이해되지 않았습니다. 저는 석재난간에 몸을 기대고 그저 눈만 끔뻑끔뻑 여닫을 뿐이었습니다.

서서히 먼지가 걷히고 상황이 눈에 들어왔습니다. 사내의 얼굴은 절반쯤 뜯겨나가 있었습니다. 귀신같이 머리를 풀어헤친 여인이 사내를 뜯어 먹고 있더군요. 입고 있는 녹두색 저고리가 눈에 익었습니다. 한참을 생각한 뒤에 저는 그것이 바로 여주인이 입었던 옷과 같음을 떠올렸습니다. 아름답고 고아한 얼굴은 온데간데없이, 반쯤 썩어 문드러진 짐승 같은 얼굴이 저고리 위로 보였습니다.

물에 우려낸 재료에 따라 효능이 달라지는 겁니다.

저는 천천히 고개를 돌려 다리 저편을 바라봤습니다. 검은 얼굴을 한 사람들, 아니, 짐승들이 이쪽으로 달려오고 있었습니다. 입 주변을 피로 칠갑한 모습으로 말이지요. 그들은 도저히 음성이라고 할 수 없는 소리를 내지르며 저를 향해 달려왔습니다. 낯선 사람에 대한 경계 없이 반갑게 인사해주던, 바로 그 마을주민들이었습니다.

문득 시선이 느껴져 얼굴을 바로 했습니다. 턱 밑에 기다란 살덩어리를 붙인 여주인이 저를 빤히 쳐다보고 있더군요. 여주인의 붉은 눈은 꼭 웅복이를 떠올리게 했습니다. 저를 알아보는 것 같기도, 아닌 것 같기도 한, 바로 그 눈을 말입니다.

***

여주인에게 물린 곳은 이제 어느 정도 지혈이 된 모양입니다. 피가 언제까지고 흐르더니 이제는 좀 잠잠해졌습니다. 여주인은 제 왼쪽 눈과 어깻죽지, 그리고 허벅다리 뒤쪽을 뜯어먹었습니다. 뜯어먹힌 부위에서는 구더기가 득실거리는 듯한 이물감이 느껴지고, 온몸의 피가 점점 덩어리가 돼가는 기분입니다. 어쩌면 그것으로 변하고 있는지도 모르겠습니다.

저는 지금 겨우겨우 헛간에 숨어들어 이 글을 쓰고 있습니다. 아무리 귀를 기울여도 사람의 말소리는 들려오지 않습니다. 모두 변을 당한 것 같습니다.

이 정체 모를 역병이 돌게 된 것은 전부 저의 탓일까요.

제가 웅복이를 그 솥에 넣지 않았더라면 역병은 창궐하지 않았을까요. 아니면 인간의 도리를 저버린 채 아무런 의심도 없이 차를 나눠마셨던, 그 마을 사람들의 잘못인 걸까요. 모르겠습니다. 하나 확실한 건 그들은 죽지 않는다는 겁니다. 아니, 시체가 살아 움직인다고 해야 할까요. 의식이랄 게 없이 닥치는 대로 물어뜯는, 하나의 시커먼 덩어리로 보이는 짐승입니다.

아무개 님, 부디 그 짐승을 보시거든 도망가십시오. 절대 맞서지 마십시오.

그러고 보니 그들은 저들의 바람대로 영원한 삶을 얻게 된 셈이로군요. 그렇다면 이것은 천행天幸이라고 해야 할까요, 아니면 천행天行이라고 해야 할까요.

하루빨리 이 역병이 지나가기를 간절히 바라봅니다.

제3의 종

1

열차 통로에 서서 승차권과 좌석번호를 번갈아 봤다. 몇 번이나 대조해봤지만 역시 내 자리가 맞았다. 그런데 누군가 앉아 있었다.

초로의 남자였다. 새치 섞인 머리와 낡은 옷차림이 그리 청결해 보이진 않았다. 마른 얼굴에 광대만 툭 튀어나온 게 인상적이었다. 나라는 존재는 신경도 안 쓰인다는 듯이, 그는 움푹 꺼진 눈으로 차창 밖만 내다보고 있었다.

"저……."

가벼운 기침으로 목을 가다듬은 후 말을 걸어보았다.

"선생님, 거긴 제 자리인데요."

말소리를 들은 남자는 느릿하게 고개를 들었다. 몹시 추운 나라에서 온 사람처럼 남자의 피부는 전체적으로 붉은 기가 돌았다. 실제로 바깥은 몇 년 만의 한파가 매섭게 몰아치고 있었지만, 열차 안은 히터를 틀어놓아서 후끈한 편이었다.

남자는 눈가에 주름을 잡으며 웃었다.

"이거 실례했구먼. 창가에 앉는 게 좋아서 말이야. 괜찮다면 자리를 바꿔 앉지 않겠나? 여기."

그는 그렇게 말하며 복도 쪽 좌석을 손바닥으로 두드렸다. 깡마른 손등 위로 고무줄 같은 정맥이 툭툭 불거져 있었다.

두꺼운 옷차림을 한 승객들이 옆걸음으로 내 뒤를 지나다녔다. 나 역시 창가 자리가 좋았지만, 통로에 계속 서 있기도 겸연쩍어서 하는 수 없이 남자의 옆자리에 앉았다. 남자는 노인 특유의 젖은 눈으로 나를 바라보며 고맙다고 말했다. 그러고는 탁한 눈동자를 그대로 돌려 다시 차창 밖을 쳐다봤다. 남자에게선 구운 쥐포 냄새가 났다.

나는 머플러를 풀고 코트에 묻은 빗방울을 떨어냈다. 역에 도착하기 전부터 부슬부슬 내리던 비는 어느새 세력을 확장하여 차창 겉면을 세차게 때리고 있었다.

"자네, 어디 가는 길인가?"

시선은 창밖에 고정한 채 남자가 물었다.

나는 머플러를 네 겹으로 접어 무릎 위에 올려놓은 다음 대답했다.

"바다를 보러 갈 생각입니다."

"오오, 나와 목적지가 같구먼. 사람들이 잘 찾지 않는 바다지. 그런 바다는 어떻게 알고?"

"인터넷에서 봤습니다."

"역시 그런가. 요즘 세상은 인터넷이다 뭐다 해서 비밀이란 게 없어져 버렸어. 이래서야 혼자 간직할 수 있는 게 없지 않나."

나는 속으로 혀를 찼다. 내가 이 열차에 몸을 실은 이유는 같이 탈 승객이 적을 것 같다고 판단했기 때문이다. 아무에게도 방해받지 않고 조용히 생각하고 싶은 게 있었다.

귀찮아지겠구나, 생각하며 나는 털실로 짠 벙거지 장갑으로 젖은 앞머리를 정리했다.

"바다에 할 말이라도 있는 게야?"

"없습니다."

"주변에 아는 사람이라도?"

"없습니다."

"에잉, 그럼 이런 날씨에 뭐 하러 그런 곳을 가? 저 봐, 비도 오고 바람도 불잖는가. 날이 영 좋지 못하다고."

남자의 목소리는 늘 감기를 달고 사는 사람처럼 푸석하

고 갈라졌다.

"비는 곧 그칠 겁니다."

"그렇게 생각하나?"

"네."

"그것도 인터넷으로?"

나는 가볍게 머리를 흔들었다.

"이번 건 직감입니다."

"직감?"

"네."

"허허, 명석한 젊은이구먼, 그래."

쿠궁쿠궁, 쿠궁쿠궁, 열차가 단조로운 소리를 내며 달려갔다. 차창 밖은 하얀 연무가 낀 것처럼 흐릿하기만 했다. 바다가 보이려면 아직 멀었다.

"자리를 양보해줬으니 내 재미난 이야기를 하나 들려주고 싶은데, 괜찮겠나?"

"어떤 이야기입니까?"

"기묘한 이야기일세."

"선생님이 직접 겪은 이야기입니까?"

"그렇다고 할 수 있지. 내 아내 얘기거든."

남자는 어쩐지 아주 먼 곳을 바라보는 듯한 눈빛으로 나를 쳐다봤다.

무거운 이야기일 거라고, 나는 생각했다. 그리고 아무런 근거도 없이, 남자가 홀로 기차에 몸을 실은 이유를 짐작하게 했다.

나는 그에게 이야기를 들려달라고 말했다.

"어디서부터 말해야 할지 모르겠군."

"혹시 그 바다와 관련된 이야기입니까?"

"그런 셈이지."

"지루하지 않았으면 좋겠군요."

"글쎄, 늙은이의 이야기라 어떨지 모르겠군."

남자는 담담하게 이야기를 시작했다.

나는 무서운 속도로 그의 이야기에 빠져들었다.

그리고 경악했다.

2

아내는 몹시 조심스러운 사람이었네. 왜 그런 사람들 있잖은가. 멀쩡한 하늘 천장이 실은 아슬아슬하게 버텨내는 거라고, 자칫 잘못하면 와르르 무너져버릴 거라고 믿는 사람들. 늘 어딘가에 겁을 먹고 있는 사람들 말일세. 아내가 딱 그런 사람이었지.

아내는 한 번도 크게 욕심을 내본 일이 없어. 퇴근해서 돌아오면 화분에 물을 주고 있거나 TV도 켜지 않은 거실에서 뜨개질을 하고 있는 게 다였지.

비록 아이는 생기지 않았지만 퍽 괜찮은 결혼생활이었다네. 내겐 아내를 지켜야 한다는 사명감 같은 게 생겨버려서, 아이 같은 건 없어도 괜찮겠다 싶었지. 그런데 아내는 달랐던 모양이야.

그래. 아내는 아이를 가지고 싶어 했네.

하지만 바람과는 달리 아이는 들어서지 않았어. 몇 번이나 노력했지만 전부 허사였지. 몸에 좋다는 걸 먹어보기도 하고, 미신을 믿어보기도 했지만 달라지는 건 없었어. 병원도 여러 번 가봤지. 아내와 나, 둘 다 몸에는 아무 이상이 없었다네. 이상하지. 요즘엔 원치 않은 임신으로 낙태를 원하는 사람도 많은 모양인데, 우리에겐 왜 허락되지 않는 건지.

아내는 무척 슬퍼했다네. 날이 갈수록 야위고 수척해지는 게 눈에 보일 정도였어. 당연히 가슴이 아팠지. 모든 게 내 탓인 것만 같고, 아내에게 큰 죄를 짓고 사는 기분이었으니까.

그러던 어느 날, 퇴근해서 돌아와 보니 집에 아내가 보이지 않는 거야. 잠깐 외출하러 갔나 싶었지만 현관에 신발은 그대로였다네. 부엌에도, 거실에도, 방에도, 베란다에도, 아내의 모습은 보이지 않았어. 불러봐도 대답이 없었지.

혹시 하는 마음에 욕실에 가봤더니 그곳에 아내가 있더군. 무릎을 끌어안고 욕조에 몸을 담그고 있었어. 마치 그곳에 오랫동안 뿌리를 내리고 산 고목처럼 말이야.

뭐하고 있느냐고 물어봤어. 춥지 않으냐고, 그러다 감기에 걸리겠다고 다그쳤지.

아내는 대답이 없었네. 나는 그제야 뭔가 잘못됐다는 걸 깨닫고 재빨리 욕조로 달려갔어. 아내는 의식이 전혀 없는 상태였지.

곧바로 병원으로 갔다네. 경황이 없는 나머지 아내에게 옷도 제대로 입히지 못한 상태로 달려갔어. 타월로 몸만 겨우 가리고 무작정 택시에 올라탄 게지. 병원까지는 불과 10분밖에 걸리지 않았지만 당시 내게는 몇십 년처럼 느껴졌어.

의사가 하는 말이 스트레스성 뇌 피로증이라더군. 요즘 말로 번아웃 증후군이라던가? 정신적으로 스트레스가 한계치에 다다라서 뭘 해도 무기력하고 불안해지는 증상이라더군. 아내의 경우엔 그 정도가 지나쳐서 결국 몸이 버텨내지 못하고 의식을 잃어버렸다는 모양이야. 스트레스로 의식을 잃을 수 있다니, 그것참 무서운 얘기 아닌가?

하지만 아내는 이렇다 할 치료도 받지 못하고 링거만 덜렁 맞고 퇴원했다네. 심리적인 요인이라 병원에서도 딱히 해줄 게 없다나.

문제는 그때부터였어. 퇴원한 이후로 증상이 점점 더 나빠지기 시작했거든. 언제나 제시간에 일어나던 사람이 늦잠을 자고, 잠깐 한눈을 판 사이에 코피를 흘리고, 밥을 먹었다 하면 게워내기 일쑤였지. 그때마다 병원을 찾았지만 달라지는 건 없었어. 검사 결과는 언제나 정상이었고, 그 용하다는 의사들조차 원인을 제대로 파악하지 못했으니까.

아내는 하루가 다르게 말라갔다네. 혼자서는 제대로 생활하지도 못할 만큼 약해져서, 누군가 옆에서 돌봐주지 않으면 안 됐지. 늘 겁에 질린 듯 몸을 떨고, 나중에는 말소리도 잘 알아듣지 못했어. 그 모습을 옆에서 지켜보는 건 고통이었다네. 매일매일 검은 물속을 헤엄치는 듯한 나날이었지.

지금 와서 생각해보면 아내는 도로 어린애가 돼가고 있었던 것 같아. 옆에서 돌봐주지 않으면 제대로 성장하지 못하는, 아주 여리고 유순한 생명체로 말이야. 하지만 한 번도 아내를 어린 애라고 생각해본 적은 없다네. 키워내는 게 아니라 지켜내는 게 목적이었으니까. 정말 필사적이었지.

아침에 눈을 뜨고, 눈을 감을 때까지 나는 가능한 한 아내의 옆에 붙어 있으려고 노력했어. 그녀가 조금이라도 불편한 기색을 보이면 바로 조치할 수 있도록 말이야. 하지만 내 성심에도 불구하고 아내의 눈은 점점 허망한 빛을 띠었어. 늘 무언가를 지긋이 바라보는데, 시선을 따라가 보면 아무것도 없는 벽인 경우가 많았지. 나는 그게 좋지 못한 징조라고 생각했네. 그래서 더욱더 아내의 간호에 열을 올렸지.

그렇게 반년쯤 흘렀을까.

그날도 나는 아내 옆에 붙어 있었네. 아내에게 묽게 끓인 미음을 떠먹인 다음, 욕실에서 물수건을 빨고 있었지. 근데 거실로 나와 보니 베란다 창문 앞에 아내가 서 있는 게 아닌가. 그즈음 해서는 하루 종일 침대에 누워 지냈었거든.

깜짝 놀라 물어봤지. 몸은 좀 괜찮은가? 하고.

아내는 매끄러운 동작으로 나를 돌아봤어. 그러고는 좋다 나쁘다 말도 없이 이렇게 손바닥을 펼쳐 보이더라고. 이건 뭐야? 하는 눈빛으로, 마치 네잎클로버를 찾아낸 어린아이처럼 말이야.

그날 내가 뭘 봤을 거라고 생각하나? 허허, 어쩌면 믿지 않을지도 모르겠군.

물갈퀴였네. 아내의 손에 물갈퀴가 생긴 거야. 손가락과 손가락 사이에, 있어서는 안 될 얇은 막 하나가 넓적하게 붙어 있더군.

농담이 아니야. 참말일세. 아내의 손엔 분명 있어선 안 될 게 돋아나고 있었어.

당연히 놀라 자빠졌지. 하지만 나보다 아내가 더 놀란 것 같더군. 유순한 초식동물에게 갈고리 같은 발톱이 돋아난 것처럼 아내는 어찌할 바를 몰라 했어.

자네는 한 번이라도 상상해본 적이 있나? 내 사랑하는 사람이 새로운 종種으로 변해가는 모습을 말이야.

어깨까지 내려오던 아내의 머리카락이 그날부터 듬성듬성 빠지기 시작하더라고. 보드랍던 살갗은 돌덩이처럼 딱딱해지고, 피부 표면에 꺼칠꺼칠하니 돌기가 돋아났어. 특히 목덜미와 늑골 부위는 안에 새로운 뼈가 생겨난 것처럼 단단해졌지.

하루는 미음을 먹이다가 아내의 표정이 심각해진 걸 눈치챘네. 아내는 뭔가를 찾아내려는 것처럼 혀로 입 안을 바쁘게 훑는 것 같았어. 그러다 아내가 수박씨처럼 뱉어낸 것은 하얗고 조그만 그녀의 어금니였다네.

못 믿겠다는 표정이로군.

음, 그런가? 믿어줘서 고맙네.

계속하지.

아내는 하루의 절반을 욕조 안에서 보냈네. 차가운 물을 가득 담아놓고, 그것도 모자라 냉동실에 있는 얼음을 전부 욕조에 넣어달라고 부탁했지. 그때가 11월이었으니까 어지간한 사람은 10분도 버티지 못했을 거야.

아내는 욕조 안에서만 평온한 표정을 지었다네. 왜, 그런 표정 있지 않은가. 오늘같이 으슬으슬 추운 겨울날, 뜨끈한 전기장판 위에 몸을 누였을 때 나타나는 표정. 욕조 안에서 아내가 딱 그런 표정을 하고 있었지.

아내는 뭔가 불편한 기색이 느껴지면 욕조 물에 머리를 담갔네. 그러고는 10분이고, 20분이고 나오지 않았지. 아마 보통 인간이었으면 불가능한 시간대였을 거야. 물에서 나온 아내의 얼굴은 그렇게 행복해 보일 수가 없었어. 그런 아내를 보고 내가 무슨 말을 할 수 있었겠나.

병원에는 다시 가보지 않았다네. 아내가 병원에 가기를 거부했거든. 나 또한 남들에게 이 사실을 알리기가 무서웠어. 그즈음의 아내는 더 이상 사람의 모습을 하고 있지 않았거든.

어느 틈엔가 아내의 눈에서 흰자가 사라졌네. 대신 탁하고 흐린 갈색빛이 눈동자를 메웠지. 손톱과 발톱은 벌써 다 빠지고 없고, 그 자리에 뾰족한 바늘 같은 게 돋아났어. 그래, 맞아. 아내는 새로운 종으로 진화하고 있던 거야. 아니, 그건 퇴화라고 보는 게 맞을까? 모르겠어. 하지만 어렴풋하게나마 짐작은 하고 있었지. 아내가 곧 나를 떠날 거라는 걸 말이야.

어느 날, 불을 켜지 않은 어둑한 욕조에서 아내가 말하더군.

바다가 보고 싶어요. 바다로 데려가주세요.

그때쯤엔 혀도 눈에 띄게 줄어들어서 아내의 말은 어린애가 웅얼거리는 정도로밖에 들리지 않았어. 그 어눌한 말투에 결심을 담아 말했지. 바다가 보고 싶어요. 바다로 데려가줘요.

참말로 무서웠다네. 아내가 정체 모를 종으로 변하고 있다는 것도, 이대로 나를 훌쩍 떠나버릴 것 같다는 예감도. 하지만 언제까지고 아내를 그 좁은 욕조 안에 가둬둘 수도 없는 노릇이잖나. 나는 결심을 해야 했네.

이맘때였지 아마. 온몸을 꽁꽁 싸맨 모습으로 우리는 열차에 올라탔어. 추운 겨울이라 다행이었지. 아내는 두꺼운 털모자와 목도리 사이로 갈색 눈만 내놓고 차창 밖을 신기하다는 듯이 바라봤어. 그 눈빛이 아직까지 생생하게 기억이 나.

역에 도착한 우리는 나란히 바다까지 걸어갔어. 아내는 도중에 힘이 들면 가드레일에 몸을 기대고 숨을 몰아쉬었지. 그 모습이 어찌나 애잔한지 차마 바라볼 수 없었다네. 꼭 길을 잘못 들어 낯선 별에 불시착한 외계의 이방인처럼 보였으니까.

그날, 다행히 다른 사람의 모습은 보이지 않았어. 도로에 지나다니는 차도 한두 대 정도뿐이었지. 수심이 깊어서 놀기에도 어정쩡하고, 경관도 그다지 좋지 못한, 그야말로 볼품없는 바다였기 때문에 그럴 거야. 그런 이유로 아내가 그 바다를 선택했으니까.

주위에 아무도 없다는 걸 확인한 아내는 몸을 감싸고 있던 옷을 하나하나 벗기 시작했어. 춥지 않으냐고 묻자 아내는 빙긋이 웃기만 하더군.

실오라기 하나 걸치지 않은 몸으로 아내는 멈칫멈칫 바다로 걸어갔어. 모래사장에 찍힌 아내의 발자국은 더 이상 사람의 것이 아니었지.

얼마 지나지 않아 허리까지 물이 찼다네. 아내는 그즈음에 딱 한 번 나를 돌아봤어. 꼭 허락을 구하는 얼굴 같았지. 나, 가도 돼? 그래도 괜찮겠어?

나는 고개를 끄덕여주었어. 그것을 신호로 아내는 껑충 몸을 날려 바다에 뛰어들었지. 수평선 위로 붉은 해가 떠 있던 걸 기억해. 아내는 그 붉은 바다를 부드럽게 헤엄쳐 갔지.

이윽고 흐트러졌던 파문이 진정되고, 그곳에 뭐가 있었는지도 알 수 없게 파도가 모습을 갖추는 동안 나는 모래사장에 꼼짝도 않고 서 있었어. 그렇게 한참을 울었던 것 같아. 눈물이 멎고 고개를 들었을 땐 이미 해가 뉘엿뉘엿져서 모든 풍경을 집어삼킨 뒤였지.

내가 왜 이런 이야기를 들려주었는지 알겠나?

그래, 맞아. 자네가 가려는 그 바다에 내 아내가 살고 있다네.

3

역에 도착할 즈음 비가 그쳤다. 남자와 나는 도로를 따라 바다가 보이는 곳까지 걸어갔다. 남자가 앞서 걷고 내가 뒤를 걸었다.

남자는 망태기처럼 생긴 바구니를 등에 멨다. 그것이 남자의 유일한 짐이었다. 장갑도 끼지 않은 손엔 기다란 집게를 하나 들었는데, 집게는 꼭 남자의 피부색처럼 군데군데 불그스름한 녹이 슬어 있었다.

얼마쯤 걸어가자 공기에 바다 내음이 섞여 들었다. 우리는 가드레일의 트인 부분으로 내려갔다. 가파른 언덕길을 멈칫멈칫 걸어가자 축축한 모래가 발에 밟혔다. 아직 비의 여운이 가시지 않은 풍경 속에서 검은 바닷물이 모래사장으로 거침없이 밀려들고 있었다.

바닷바람이 살결에 닿을 때마다 고무줄로 때리는 듯한 알알한 통증이 느껴졌다. 나는 머플러에 턱을 묻고 눈을 가늘게 떴다. 남자는 아무 움직임 없이 한동안 그 검은 춤사위를 바라봤다. 마치 올라야 하는 산행길을 쳐다보는 듯한 눈빛이었다. 그렇게 한참을 서 있다가 남자는 문득 생각났다는 듯 집게를 들고 다시 모래사장을 걸어갔다.

"인적도 드문 곳인데 이런 쓰레기는 대체 어디서 날아오는지 몰라."

모래에 박힌 플라스틱 병뚜껑을 집게로 집어내면서 남자가 말했다. 그는 아내가 떠난 후로 줄곧 이곳에서 쓰레기를 주워왔다고 한다.

"아내분을 본 적 있습니까?"

파도 소리에 묻히지 않기 위해 나는 고함을 지르듯 말했다. 남자는 병뚜껑을 등에 멘 바구니에 던져 넣은 다음, 집게 끝으로 어딘가를 가리켰다. 도로가 휘어지는 곳 아래에 거북이 등껍질처럼 생긴 바위가 하나 보였다. 바람에 멱살이 잡힌 것처럼 파도가 바위 표면을 거세게 때려댔다.

"저 바위에 앉아 있으면 이따금 아내가 찾아오곤 했지."

"어때 보였습니까, 아내분은?"

"어땠냐고? 글쎄, 그렇게 물어보면……."

남자는 잠시 생각하듯이 입을 다물었다.

"못 본 새 머리가 많이 자랐더군."

의외의 말에 나는 무심코 남자를 쳐다봤다. 농담인가 싶었지만 눈빛을 보니 그렇지도 않은 모양이었다. 남자는 늙은 개처럼 쓸쓸하고 권태로운 눈을 하고 있었다.

남자는 다시 몸을 돌려 모래사장을 걸어갔다. 밀려온 파도 거품에 바짓단이 젖는데도 신경 쓰지 않았다.

"오늘은 왜 아내분을 기다리시지 않는 겁니까?"

"자네는 내 말을 믿는가?"

"선생님이 사실이라고 하지 않았습니까. 지어낸 이야기였다면 좀 더 그럴듯하게 지어냈겠지요."

"허허허, 그렇구먼. 그런데 말이지, 가끔은 현실이 더 소설처럼 느껴질 때도 있는 게야."

바람이 불어 남자의 머리칼을 흔들었다. 남자가 내뱉은 한숨이 뿌연 연기처럼 바람을 타고 그의 뒤로 흩어졌다.

"아내가 바다로 떠난 뒤, 몇 달간은 매일 이곳을 찾았다네. 아까 본 그 바위에 앉아 아내가 나타나기를 기다렸지. 언제 만날지도 모르면서 말이야."

남자는 쉴 새 없이 집게를 움직여 모래사장을 뒤적였다.

뒤에서 바라본 그의 목덜미와 귓등은 이제 막 어머니의 자궁에서 나온 아이처럼 새빨갛게 물들어 있었다.

"바위에 앉아 하염없이 바다만 바라봤어. 그러다 보니 벌써 밤이 됐더라고. 바닷가의 해는 빨리 저무는 법이거든. 눈에 보이는 풍경은 온통 먹빛이었다네. 멀리 보이는 수평선만이 꼭 화상을 입은 것처럼 붉었었지. 그때 저 멀리서 뭔가가 자꾸 나타났다 사라지는 거야. 꼭 두더지 게임을 하듯이 말이야."

"아내분이었습니까?"

"그래. 아내였지."

그녀는 남자에게 다가오는 일 없이 바위 주변을 가만히 맴돌았다고 한다.

"선생님을 알아보셨습니까, 아내분이."

"나인 줄 알았을 거야. 암, 그렇고말고. 같이 지낸 세월이 얼만데."

단지 아내는 부끄러워했을 거라고 남자는 말했다.

"부끄럼이 많은 여자였으니까."

그날 이후로 남자는 매일 그곳에서 아내를 기다렸다. 그녀는 꼭 해가 진 뒤에야 모습을 드러냈다. 간혹 낚시꾼들이나 커플의 모습이 보일 때면 아내는 나타나지 않았다. 그것이 자신을 알아본 증거라며 남자는 힘을 주어 말했다.

"말을 주고받지는 않았지만 우리는 썩 많은 대화를 나누었네. 부부란 그런 것이지. 서로의 뒷모습만 바라봐도 그 사람의 기분을 읽을 수 있으니까."

"그때도 이런 날씨였다면 꽤 추우셨겠습니다. 선생님 아내분이요."

나는 모래에 반쯤 묻힌 분홍빛 노끈을 주워 남자의 바구니에 넣어주었다.

"그게 또 그렇지도 않아. 인간은 말이지, 꼭 자기들 관점으로 모든 걸 판단하려고 한다네. 요즘 지나가다 보면 두툼한 옷을 껴입은 강아지들이 종종 눈에 띄는데, 말하자면 그런 거야. 개들이 정말 그런 걸 원했다고 생각하나? 결국 인간의 입장이야. 우리는 바닷물이 얼음장 같다고 생각하지만 아내에겐 이불 속처럼 포근하게 느껴질 수도 있는 것 아니겠나."

"맞는 말씀입니다."

"아내는 언젠가부터 모습을 보이지 않고 있네."

남자는 고개를 들어 하늘을 올려다봤다. 반물색의 하늘 표면으로 회색빛 구름 뭉치가 오른쪽에서 왼쪽으로 꾸물꾸물 기어가고 있었다.

"무슨 일이 있으셨던 겁니까?"

"자네, 생각해본 적 있나? 자네가 버렸을지도 모를 쓰레기에 사랑하는 사람이 어이없이 죽을 수도 있다는 걸 말이야."

남자는 아주 작은 글씨를 볼 때처럼 눈을 가늘게 떴다.

"어느 날 보니 아내의 목에 플라스틱 끈이 묶여 있더군. 아내는 주위가 깜깜해진 틈에 나타났기 때문에 그것이 무슨 색이고, 어떤 모양인지는 알 수 없었어. 그저 수면에 비친 형상으로 간신히 플라스틱류라는 것만 알았지. 처음에는 치장을 위해 일부러 목에 걸고 있다고 생각했네. 나와 살 적에는 살림이 팍팍해서 장신구 하나 걸칠 수 없었거든. 그래서 다행이라고 생각했어. 바다에 가서는 하고 싶은 것 원 없이 하고 살았으면 하고 바랐지. 근데 그것도 결국엔 인간의 이기적인 입장이었던 게야."

남자는 문득 아내의 목이 눈에 띄게 가늘어졌다는 사실을 깨달았다고 한다.

"한 번도 그런 적이 없던 아내가 그날은 기묘한 소리를 내더군. 뭐랄까, 깊은 바닥에서부터 하얀 거품이 보글보글 끓어오르는 소리랄까. 처음에는 그게 나를 부르는 소리라고 생각했어. 나더러 이 좋은 바닷속으로 얼른 들어오라는 줄 알았지. 그런데 아니었어. 아내는 비명을 지르고 있던 거야. 무서워서 어쩔 줄 모르겠다는 듯이, 애달프게 울며 도움을 요청하고 있던 거야."

말을 하며 남자는 자조적인 미소를 지었다. 깜빡하면 눈치채지 못할 만큼, 아주 작은 웃음이었다.

"어떤 경로로 그것이 아내의 목에 감기게 됐는지는 몰라. 하지만 그게 아내의 목숨을 갉아먹고 있다는 것만은 확실했지."

만약 인간이었다면 귀찮다는 듯이 떼어버리면 그만이다. 하지만 다른 종이 되어 버린 남자의 아내는 그러지 못했다. 날이 갈수록 조여드는 플라스틱 끈에 그녀는 속절없이 죽어갔다.

"뒤늦게 심각성을 눈치채고선 곧바로 바위 밑으로 뛰어내려갔네. 나는 수영은 할 줄 몰랐지만 그렇게 하면 아내가 가까이 와줄 것 같았거든. 내가 그 플라스틱 끈을 풀어줄 수 있도록 말이야. 하지만 아내는 어쩐 일에서인지 망설이는 기색이었어. 내가 손짓하면 할수록 멀리 달아나려고만 했지. 그러는 사이 어느새 아내의 목은 한 움큼도 안 될 만큼 쪼그라들었어. 더는 지체하면 안 되겠다는 생각에 나는 무작정 바다로 뛰어들고 말았지. 이렇게, 어설프기 짝이 없는 자세로 말이야."

남자는 한쪽 발을 들고서 당시의 모습을 표현하려고 했지만, 야단스러운 몸짓치고는 무엇을 나타내려고 하는지 알 수 없었다.

"그런데 눈을 떠 보니 모래사장에 나 혼자 덜렁 누워 있더라고. 온몸이 다 흠뻑 젖은 채로 말이야."

"아내 분이 구해주신 겁니까?"

"아마, 그렇지 않겠나."

"그럼 그 뒤로 아내 분은……."

남자는 붉어진 눈으로 나를 힐끗 쳐다보며 고개를 끄덕였다.

"나타나지 않고 있네. 어쩌면 내가 무서워졌는지도……."

"무서워져요?"

"그렇게 생각하지 않겠나? 아내의 입장에서 보면 나는 그저 자신의 삶을 위협하는 존재밖에 되지 않는데."

"하지만 아내분은 선생님을 알아보시지 않았습니까."

"그래서 더 무서웠는지도 몰라. 세상에 플라스틱 끈으로 아내 목을 조여 매는 남편이 어디 있겠는가?"

"선생님이 그런 게 아니잖습니까."

"내가 한 짓이 아니라고……."

남자는 말을 하면서 집게를 움직였다. 모래사장에 박혀 있던 하얀색 비닐봉지가 집게에 걸려들었다.

"어떻게 확신할 수 있겠나."

파도 소리에 섞여 탁탁 부딪치는 금속 소리가 모래사장에 나직이 울려 퍼졌다.

천둥소리를 내며 덮쳐오는 파도는 돌아갈 적엔 쓸쓸한 소리만을 남겼다.

4

어느새 바구니는 쓰레기로 가득 찼다. 나는 새삼 그 양에 놀랐다.

내 마음을 읽었는지 남자가 어깨를 들썩거렸다.

"많지? 그나마 오늘은 바람 덕분에 이정도야. 바람이 안 불었다면 필시 이 두 배는 더 됐을 텐데. 뭐, 바람에 날아간 쓰레기들도 결국엔 다시 바닷속에 묻히겠지만."

어느 틈엔가 바위와 산이 흐릿한 윤곽으로 보이기 시작했다. 온종일 먹구름이 끼어 있어서 저녁 시간이 된 줄도 몰랐다. 우리는 내려왔던 가드레일 쪽으로 돌아가기로 했다.

나란히 걸으면서 남자가 말했다.

"오늘은 어디서 묵기로 했나? 아직 정한 곳이 없다면 내가 묵는 곳으로 가지."

"아뇨. 저는 이만 집으로 돌아갈 생각입니다."

"응? 뭘 했다고 벌써 돌아가? 늙은이 넋두리나 들었잖은가."

남자가 이맛살을 찌푸리며 웃었다. 그의 등에서 플라스틱 더미가 덜그덕, 덜그덕, 소리를 냈다.

“바다를 봤으니 이제 됐습니다.”

“정말 바다만 보러 온 게로군?”

“네.”

“실없는 젊은이는 아닌 것 같은데, 왜 하필 이 바다지? 이보다 더 좋은 바다도 많은데 말이야.”

“아내분께서 이 바다를 선택한 이유와 비슷합니다.”

“허허, 그런가.”

우리는 왔던 길을 그대로 되돌아갔다. 이번에는 내가 먼저 걷고, 남자가 뒤를 따랐다. 이따금 지나가는 자동차 불빛에 두 그림자가 옆으로 길게 늘어졌다 사라졌다.

“선생님은 내일도 이곳에 오시는 건가요?”

“그렇지. 한 번 오면 꼭 이틀은 머물다 가려고 한다네.”

“선생님께서 쓰레기를 줍는 건 아내분을 위한 겁니까, 아니면 선생님을 위한 겁니까?”

운동화 밑창이 아스팔트 도로에 끌리면서 마른 소리를 냈다. 남자의 대답은 한참 동안 들려오지 않았다.

일단은, 하고 남자는 말했다.

“나를 위한 일이라고 해두지.”

“일단은, 이요?”

"그래, 일단은."

남자는 그렇게만 말하고 입을 다물었다. 나도 더는 물어보지 않았다.

남자는 배웅을 해주겠다며 역까지 따라왔다. 그는 역 앞 벤치에 바구니를 내려놓고 담긴 쓰레기를 꼼꼼히 분리수거 하여 버렸다.

아직 열차 출발까지 시간이 남아서 우리는 자판기 커피를 뽑아 들고 벤치에 나란히 앉았다. 남자의 얼굴은 목욕을 마친 사람처럼 어딘가 개운한 기색이 엿보였다.

"인간은 말이지."

윗입술을 오므려 커피를 한 모금 마신 후, 남자는 뒷말을 이었다.

"참으로 신기한 동물일세. 먹이사슬의 최상위에 있으면서 가진 능력은 변변찮거든. 범처럼 날카로운 이가 있는 것도 아니고, 매처럼 멀리 내다보지도 못하지. 다른 짐승보다 발이 빠르지도 않고 헤엄도 칠 줄 몰라. 어떻게 이런 생물이 먹이사슬을 장악했지? 신기하지 않은가?"

"그렇군요. 맞습니다."

"참말로 신기하지. 발가벗고서는 하루도 견디지 못하는 약해빠진 생물이 어째서……."

커피에서 올라오는 김의 세력이 빠르게 식어갔다. 차가운

밤공기가 풍경에 존재하는 모든 온기를 앗아가고 있었다.

"자네, 상어에게 죽임을 당하는 인간의 수가 일 년에 몇 명이나 될 것 같은가?"

"글쎄요. 아마 몇백 명은 되지 않을까요?"

내 말에 남자는 가볍게 머리를 흔들었다.

"열댓 명뿐이야."

"네?"

"한 해 동안 상어에게 죽임을 당하는 사람 수가 고작해야 열 명 남짓하단 말일세. 그런데 인간은 같은 시간에 일억 마리가 넘는 상어를 잡아들이고 있지."

"그렇군요. 몰랐습니다."

"특별한 경우가 아니라면 기본적으로 상어는 인간을 해치지 않아. 그런 경우도 대부분 먹이로 착각해서 발생하는 사고가 전부지. 그런데 인간은 그렇지 않지. 다분히 의도적인 목적으로 그들을 포획하고 있잖은가. 필요한 부위만 도려내고 버려지는 상어만 해도 연간 수천만 마리가 넘는다네."

남자는 목을 축이듯 커피를 조금 마셨다.

"이상하다고 생각하지 않나?"

"무엇이 말입니까?"

"어째서 인간은 상어를 두려워하는 거지? 살육을 저지

르는 쪽은 그들이 아니라 우리인데 말이야."

"과연, 듣고 보니 그렇습니다."

"상어 지느러미 좀 먹지 않는다고 인간은 죽지 않아. 그런데 어째서 그렇게나 많은 상어들을 무참히 도륙하는 거지? 상어는, 어째서 그 생물은, 단지 지느러미를 달고 태어났다는 이유만으로 인간에게 죽임을 당해야 하냔 말일세."

나는 고개를 끄덕였다. 그리고 말했다.

"역시 인간이 가장 잔인한 생물인 것 같군요."

내 말에 남자는 껄껄껄 소리 내어 웃었다.

"맞아. 인간만큼 해가 되는 생물도 없지."

하지만, 하고 남자는 말을 이었다.

"하지만 말이야, 하지만. 역설적이게도 인간만큼 이로운 생물도 없다네. 바다가 이렇게라도 유지될 수 있는 이유는 다 인간의 노력이 있었기 때문이야."

"노력, 이라고 한다면……."

"그 많은 쓰레기를 바닷속에 수장시킨 건 인간이지만, 그 수만큼의 쓰레기를 필사적으로 거두어들이고 있는 것 역시 인간이라네. 다친 동물을 살피는 것도, 오염된 바다를 정화하는 것도 인간의 몫이지."

"선생님처럼 말이지요."

남자는 쑥스럽다는 듯 고개를 흔들었다.

"나는 아무것도 아닌 존재라네. 아내가 바다에 살고 있지 않았다면 나는 이 일을 시작하지도 않았겠지."

남자는 다 식어버린 커피를 한입에 털어 넣고, 빈 종이컵을 소중한 듯 말아쥐었다.

"분명 바닷속은 병들었지만, 인간이라면 그걸 바로 잡을 수 있을지도 몰라. 인간의 선한 영향력이란 생각보다 훨씬 강한 것이라네. 더 늦기 전에 바로 잡을 수 있으면 좋을 텐데……."

어느새 열차 시간이 다 돼서 우리는 자리에서 일어났다. 그는 내 몫의 종이컵까지 받아 들고 쓰레기통으로 갔다. 그러고는 피곤한 걸음걸이로 돌아와 내게 손을 내밀었다. 나는 그 손을 가볍게 맞잡았다.

"그 장갑은 오늘 하루 종일 끼고 있구먼."

"날이 차니까요."

"그게 바로 인간이 나약하다는 증거지."

남자는 벌겋게 달아오른 자신의 손을 내려다보면서 나직이 미소를 지었다.

"오늘 즐거웠네. 오랜만에 말이 통하는 젊은이를 만났어."

"다 선생님이 제 자리를 빼앗은 덕분이죠."

남자는 잠시 생각하더니 한 박자 늦게 웃음을 터뜨렸다.

"바다는, 다시 찾아와줄 건가?"

"네. 언젠간."

"그렇군. 자네가 찾아준다면 쓸쓸하진 않겠어."

남자는 바구니 끈을 쥐어 잡으며 나를 바라봤다.

"그럼, 또 봄세."

"네. 안녕히 가세요."

우리는 거기서 헤어졌다. 나는 역 안으로, 남자는 불빛이 보이지 않는 도로 저 너머로 발걸음을 옮겼다.

계단을 세 칸쯤 올랐을 때, 나는 가장 중요한 질문을 빼먹었다는 사실을 깨달았다.

"저기, 선생님!"

서둘러 불러 세우자 남자는 느릿한 움직임으로 돌아봤다.

"아내분이 왜 바다로 떠났다고 생각하십니까?"

내 물음에 남자는 시선을 허공에 띄우고 잠시 생각에 잠겼다. 수 초가 흐른 뒤에 남자는 또랑또랑한 목소리로 말했다.

"균형을 맞추려는 게지. 겁이 많은 사람이었으니까, 한쪽으로 치우쳐지는 게 두려웠을 거야."

그 말을 끝으로 남자는 몸을 돌려 어둑한 밤길을 걸어갔다. 나는 잠시 그 자리에 서서 남자의 깡마른 어깨를 바라봤다. 등에 멘 빈 바구니가 세상 그 어느 것보다 무거워 보였다.

따뜻한 열차 내부에 들어서자 빳빳하게 굳어 있던 근육들이 단숨에 이완하기 시작했다. 나는 앓는 소리를 내며 좌석에 앉았다. 요즘은 조금만 움직여도 온몸이 뻐근해진다.

좌석에 등을 기대고 어둑한 차창 밖을 바라봤다. 잠시 후 열차는 노령에 접어든 짐승처럼 느릿느릿 몸을 움직이기 시작했다. 나는 그 움직임에 몸을 맡긴 채 가만히 남자의 마지막 말을 떠올렸다.

그들은 균형을 위해 존재한다. 그 말은 무슨 뜻이었을까.

인간은 자신과 맞닿아 있는 존재가 아니라면 크게 관심을 가지지 않는다. 도로변에서 발견된 고양이 사체는 가엾게 여기면서도, 바닷속에서 죽어가는 생물에게는 무관심하다.

남자의 아내는 플라스틱 끈에 목이 졸려 고통받았다. 그 뒤로 남자는 매년 바다 쓰레기를 주우러 다닌다. 그렇다면 그건 균형이 맞춰지는 일이다. 어찌 됐든 그는 아내를 통해 바다를 돌볼 마음이 생긴 거니까. 만약 아내가 그렇게 변하지 않았다면 그는 과연 지금처럼 해양 환경에 관심을 가졌을까?

어두운 차창에 내 얼굴이 비쳤다.

어느새 나는 울고 있었다.

오늘 내가 바다를 찾은 이유는 마지막으로 내가 묻힐 곳을 봐두고 싶었기 때문이다.

나는 앞뒤 좌석에 아무도 없다는 걸 확인하고 조심스럽게 털장갑을 벗었다. 손가락과 손가락 사이로 누리끼리한 얇은 막이 넓적하게 자라있었다.

이제 곧, 이라고 생각했다.

이제 곧 나는 플라스틱 더미가 가득한 그곳으로 떠나야 한다. 나도 남자의 아내처럼 인간이 버린 쓰레기에 고통받게 될까. 그렇다면 그때는 누가 나를 위해 바다를 찾아줄까. 그 사람도 남자처럼, 매일매일 폭탄을 끌어안은 심정으로 바다 쓰레기를 주우러 다니게 될까.

바다로 떠나기가 무섭다.

귀신은 있다

짐 정리를 모두 마쳤다. 빵빵해진 가방을 등에 메자 생각보다 가벼워서 놀랐다.

텐트나 취사도구 등은 그쪽에서 준비해온다고 했다. 나는 내 몫의 침낭과 세면도구만 가져가면 됐는데, 정말 그래도 되는지 벌써 마음이 불편했다.

적외선 카메라나 팔로우 캠도 없다. 강령술에 쓰일 성수나 양초, 쇠로 된 사발 같은 것도 가지고 있지 않았다. 말 그대로 달랑 몸만 참석하는 셈이다.

준비물은커녕 강령술이 어떤 형태로 진행되는지조차 모른다. 나는 겁이 많아서 괴기물이나 오컬트, 심령현상 같은 것을 멀리하고 살아왔다. 그런 쪽으로는 지식이 아예 없었다. 이번이 가입 후 첫 참석인데, 바보처럼 보이지는 않을까 솔직히 걱정이 많이 된다.

내가 오기를 부려가면서까지 흉가 체험을 하러 가는 이유는 바로 귀신의 존재를 증명하고 싶기 때문이다.

아무도 없는 집에서 시선을 느낄 때가 있다. 거실 소파에 앉아 책을 읽고 있으면, 시야 끝으로 누가 쳐다보는 듯한 기분이 든다. 누군가 베란다를 걷는 듯한 기척이 날 때도 있었다. 바람이 분 것도 아닌데 서랍장이 저절로 움직이고, 찻잔이 서로 부딪치는 소리가 들렸다. 그러나 돌아보면 언제나 아무것도 없는 하얀 벽지밖에 보이지 않았다.

내가 경험한 것을 들려주자 사람들은 안쓰럽다는 얼굴을 했다. 나는 그 얼굴들을 바라보면서 반드시 증명해 보이겠다고 다짐했다. 소위 귀신이라고 부르는, 이해를 뛰어넘은 존재가 우리 집을 활보하고 있다는 것을.

엄마와 여동생이 이 사실을 알면 뭐라고 생각할까.

아버지가 일찍 돌아가시고 엄마와 나, 그리고 여동생, 이렇게 셋이서 이십여 년을 함께 살았다. 어렸을 때부터 엄마와 여동생은 서로 죽이 잘 맞았다. 밥을 할 때도, TV를 볼 때도, 두 사람은 늘 껌딱지처럼 붙어 다녔다. 별것도 아닌 드라마 장면에 같이 호들갑을 떨고, 내 낡은 운동화를 보고 냄새가 난다며 얼굴을 찌푸렸다.

의견충돌이 생기면 나는 혼자서 두 사람을 상대해야 했다. 여동생과 다투면 엄마가 끼어들었고, 엄마와 싸우고 있으면 어느 틈엔가 여동생이 뒤로 붙었다.

대부분의 싸움은 하루나 이틀이면 풀렸다. 엄밀히 따지면 그건 풀렸다기보다 내가 양보하는 쪽이었지만, 어쨌거나 흐지부지될 수는 있었다. 그런데 이번에는 상황이 조금 달랐다.

1학기 중간고사 때의 일이다. 방에서 시험공부를 하고 있는데 벽 너머로 음악 소리가 들렸다. 여동생의 방에서 날아오는 소리였다. 여동생은 대학에 진학하지 않고 곧바로 취직했는데, 마침 그날따라 유난히 일찍 퇴근한 모양이었다. 나는 배려심이라곤 눈곱만큼도 없는 여동생의 태도에 경멸을 느꼈다.

고민할 것도 없이 곧바로 여동생의 방을 찾아갔다. 시험공부에 방해되니 조금만 조용히 해달라고 말했다. 내 딴에는 정중하게 부탁했는데 여동생은 들은 체도 하지 않았다. 내 방에서 내가 노래를 듣는데 무슨 상관이냐는 말투로 오히려 따지고 들었다. 그 순간 이성의 끈이 뚝 하고 끊어졌다. 정신이 들고 보니 나는 어느새 상스러운 말을 섞어가며 여동생에게 소리를 지르고 있었다.

대학도 안 나온 주제에. 무식해서. 몰상식. 일자무식. 양아치. 걸레. 내뱉은 한 마디, 한 마디가 여동생을 몰아세웠다. 여동생은 한순간 마네킹이 되더니 이윽고 울음을 터뜨렸다. 슬퍼서 못 견디겠다는 듯이 엉엉 소리 내어 한참을 울었다.

엄마가 와서 상황은 일단락됐지만, 그 뒤로 우리는 일절 말을 섞지 않게 됐다. 거실이나 부엌에서 마주치면 재빨리 고개를 숙이고 눈을 피했다. 엄마도 슬슬 나를 멀리하는 눈치였다. 내가 물을 마시러 부엌에 가면 엄마는 퍼뜩 생각났다는 듯이 베란다로 내빼기 바빴다.

그 주 주말, 모녀는 불쑥 짐을 챙겨 집을 나갔다. 듣자 하니 어느 지방으로 벚꽃 여행을 떠난다는 모양이었다. 나는 두 사람에게 넌더리가 났다. 어떻게든 놀 궁리밖에 안 하는 것이다. 그렇다면 차라리 평생 돌아오지 않았으면 좋겠다. 내 앞에 두 번 다시 나타나지 않았으면 좋겠다. 진심으로 그렇게 생각했다.

그러나 집에 혼자 남게 된 지금, 나는 낮에도 불을 켜놓지 않으면 무서워서 견딜 수가 없었다.

방문을 열고 나가자 그때까지 희미하게 들리던 웃음소리가 확 커졌다. TV에서 코미디프로그램이 방영되고 있었다. 거실 소파에 앉아 있는 형상이 시야 끄트머리로 보였다. 나는 가능한 한 그쪽을 쳐다보지 않으려고 노력하며 현관으로 걸어갔다.

신발을 꿰신고 현관문을 열었다. 등 뒤로 문이 닫히는 찰나, 분명 방금까지 거실 소파에 앉아 있던 누군가가 훌쩍 와서 서 있는 듯한 기분이 들었다. 나는 그쪽을 돌아보지 않고 묵묵히 계단을 내려갔다. 층계참을 돌았을 땐 두 칸씩 뛰어서 내려갔다.

나는 약속 장소까지 있는 힘껏 뛰어갔다.

***

역에 도착하니 이미 나 빼고 모두 와 있었다. 이번 여행에 나서는 멤버는 총 5명. 나를 포함하여 남자가 셋, 여자가 둘이었다. 하나같이 무시무시하게 거대한 가방을 메고, 한 손에는 셀카봉을 들고 있었다. 다들 브이로그라도 찍는지 카메라에다 대고 뭐라 뭐라 떠들고 있었는데, 도저히 흉가 체험하러 가는 사람들 같지 않았다. 긴장한 사람은 아무래도 나 혼자뿐인 것 같았다.

간단히 인사를 나눈 다음 역사로 들어갔다. 열차 시간까진 조금 여유가 있어 역사 내 분식집에서 점심을 먹었다. 가입한 날 인사를 나누기는 했는데, 누가 누구인지 자세히 기억나지 않았다. 뚱뚱하고 안경 쓴 남자가 회장, 머리를 빨갛게 물들인 여자가 제시카, 민소매에 깡마른 아저씨가 오돈반, 단발머리에 면 마스크를 쓰고 있는 여자가 8514, 맞나? 다들 본명이 아닌 닉네임으로 불렸기에 나는 그들에게 S라고 내 이름을 소개했다.

점심을 먹으며 나눈 대화는 역시나 심령현상에 관한 것이었다. 최근 떠오르기 시작한 귀신 영상이 하나 있는데, 커뮤니티에서 조작이냐 아니냐를 두고 의견이 분분한 모양이었다. 그것에 대해 진지하게 논의하는 모습을 보고 있자면, 마치 인류의 탄생을 주제로 이야기하는 사람들 같았다.

당연히 내가 낄 자리는 없었다. '너는 어떻게 생각해?' 하고 물어왔을 때도 나는 우물쭈물 얼버무리기만 했다. 나 때문에 괜히 대화의 흐름만 끊기는 경우가 많았다.

오늘 다녀올 흉가는 K시에 있는 유명한 폐병동이었다. 1995년에 운영이 중단된 이래로 건물만 덩그러니 남아 있다고 한다. 중심지에서 벗어난 곳이기도 하고, 건물 뒤쪽으로 울창한 숲이 형성돼 있어서 마니아들 사이에선 꽤 유명한 스폿인 모양이었다.

"대한민국 5대 흉가 중 하나야. 이건 어디까지나 소문인데 말이야, 그곳을 방문한 뒤로 행방불명된 사람이 벌써 스무 명이 넘는대."

열차 옆자리에 앉은 동호회 회장이 그렇게 설명해주었

다. 겁을 줄 생각이었을까. 나도 나름대로 자료조사를 해 봐서 알고는 있었다. 행방불명됐다는 말은 커뮤니티에서도 꽤 유명한 논란거리였다. 언제 한 번은 해당 폐병동에 다녀왔다는 남자가 기묘한 사진을 공개한 적이 있었다. 어둑한 건물 벽을 등지고 서서 가만히 정면을 노려보고 있는 사람들이었는데, 주목할 점은 사람들 사이에 일행이 아닌 여자의 얼굴이 찍혀 있다는 점이었다. 남자는 그 여자가 사람들의 행불과 관련이 있지 않겠냐는 의견을 내놓았다.

"귀신을 믿지 않는 사람들은 보이는 증거에만 집착하는 경향이 있어. 그건 마치 타조가 모래밭에 머리를 처박는 것과 같은 거야. 보이지 않는다고 그 존재를 부정하는 건 옳지 않아."

동호회 회장은 그렇게 주장했다. 사실 타조가 모래에 머리를 처박는 건 외면하는 게 아니라 땅의 울림으로 상대의 크기와 위치를 파악하기 위함이지만, 나는 굳이 반박하지 않았다. 그의 말을 부정하는 것이 곧 귀신의 존재를 부정하는 것과 같았기 때문이다.

쿠궁쿠궁. 단조로운 소리를 내며 열차가 움직이기 시작했다.

***

사진에서 본 것처럼 폐병동은 그저 거대한 회색 덩어리로밖에 보이지 않았다. 여기저기 지렁이 같은 균열이 나 있고, 창문은 모두 깨져 시커먼 구멍처럼 보였다. 높이는 총 삼 층. 우리는 일 층에 짐을 내려놓고 마치 박물관을 관람하듯 천천히 내부를 살펴보았다. 벽지가 모두 뜯어진 벽에는 크고 작은 낙서들이 방명록처럼 쓰여 있었다.

동호회 사람들은 내가 알아먹지 못할 전문적인 대화를 주고받더니 가져온 카메라를 설치하기 시작했다. 건물 입구와 복도, 병실과 화장실 등 빠짐없이 설치했다. 이로써 건물 내에 사각지대는 없다고 봐도 무방했다.

우리는 일 층 로비에서 라면으로 간단히 저녁을 해결했다. 조명을 켜두어서 몰랐는데, 어느새 건물 밖은 어둠이 깔려 있었다. 그때까지 들리지 않던 풀벌레 소리도 귀에 들어왔다. 이따금 대화가 끊긴 정적 사이로 모래알을 밟는 듯한 소리가 들려오기도 했다. 그 알 수 없는 소리가 내게는 어쩐지 본격적인 서막을 알리는 종소리처럼 느껴졌다.

회장의 지시에 따라 조명을 모두 껐다. 뚫린 창문으로 달빛이 비쳐 들어 어느 정도 앞을 볼 수는 있었다. 우리는 이 층으로 올라갔다. 복도 가운데 둘러앉아 각자 준비해온

도구들을 꺼냈다. 지금부터 귀신을 불러낼 작업을 하는 것이다. 나는 사타구니에 양손을 찔러 넣고 앉아 바쁘게 움직이는 사람들을 불안한 눈으로 지켜봤다.

"강령술에는 여러 가지가 있어. 우리는 그중에서 가장 보편적인 방법을 쓸 거야."

그게 뭔지도 모르면서 나는 일단 고개를 끄덕였다. 이미 여러 번 합을 맞춰봐서인지 그들은 신호랄 것도 없이 각자 맡은 임무를 척척 수행해갔다. 누구는 성수를 따르고, 누구는 종이를 자르고, 누구는 주문을 외웠다. 틈틈이 행위에 대한 이유를 설명해주었는데 겁을 먹고 있던 탓에 귀에는 잘 들어오지 않았다. 귀신을 보기 위해 참석한 주제에 겁을 먹다니, 스스로도 어이가 없었다.

기묘한 주문이 모두 끝이 나고, 그들은 본격적으로 건물 내부를 살펴보기 시작했다. 각자 셀카봉을 들고 어두운 건물 이곳저곳을 누비며 기념사진을 남겼다. 어쩌면 그들은 귀신을 포착하겠다는 마음보다 추억을 만들겠다는 생각으로 참석했는지도 모르겠다.

그들이 일을 보는 동안 나는 텐트를 설치했다. 미스터리 동호회답게 그들은 각자 한 사람씩 방에 들어가 잠을 잔다고 했다. 나는 첫날이었기 때문에 일단 오늘은 회장 텐트에서 신세를 지지만, 다음부터는 나도 개인 텐트를 준비해

와야 한다며 누군가가 귀띔해주었다.

텐트 안에서 휴대폰을 만지작대고 있자니 발소리가 멀어지는 게 들렸다. 각자 방으로 돌아가는 소리였다. 새벽 2시가 넘은 시간이었다.

얼마쯤 지나 회장이 텐트로 들어왔다. 그는 곧장 침낭 배를 가르고 육중한 몸을 밀어 넣더니 몇 번이고 거친 숨을 몰아쉬었다. 그러다 이내 잠잠해졌다. 죽은 게 아닐까 싶을 정도로 갑작스러운 침묵이었다. 잠시 후 흠, 흠 하고 규칙적인 숨소리가 들려왔다. 그의 숨소리에 안심하고서야 나도 겨우 눈을 감을 수 있었다.

………

얼마나 지났을까. 잠결에 어떤 소리를 들었다. 차압, 차압, 슉. 기묘한 소리였다.

상체를 들어 어둑한 텐트 입구를 바라봤다. 가만히 귀를 기울이자 역시나 착, 하고 소리가 울렸다. 조금 전보다 소리가 가까웠다. 순간 텐트 안이 냉동고라도 되는 것처럼 체온이 확 떨어졌다. 회장은 반대쪽을 보고 돌아누운 채 움직임이 없었다.

조심조심 텐트를 열어봤다. 복도 창문으로 달빛이 파랗게 비춰들고 있었다. 원래는 문이 달려 있어야 할 입구가 뻥 뚫려 있었기 때문에 텐트 안에서도 창밖을 내다볼 수 있었다.

나뭇가지의 뾰족뾰족한 실루엣 사이로 붉은색 십자가 하나가 우뚝 솟아 있었다.

언젠가 대학 친구가 했던 말이 떠올랐다.

우리나라에 교회가 얼마나 있을 것 같아? 아마 셀 수도 없을 거다. 너, 귀신이 십자가 무서워한다는 말은 들어봤지? 다시 말해, 우리는 교회의 보호 아래 있다는 거야.

그리고 이렇게 덧붙였다.

만약 귀신이 있다면 그땐 교회에 책임을 물어야 해. 기도가 부족했다는 증거니까.

그 생각이 나서 나도 모르게 웃었다. 그때 다시 찹, 하고 소리가 났다. 계단 층계참에서 나는 소리 같았다. 신발을 신지 않은 맨발로 콘크리트 바닥을 밟으면 이런 소리가 나지 않을까. 그런 생각을 하는데 등 뒤에서 느닷없이 말소리가 날아왔다.

"고양이야."

회장의 목소리였다. 잠에 취한 듯 푹 가라앉은 목소리였다.

"신경 쓰지 말고 자."

그렇게만 말하고 그는 다시 잠에 빠져들었다.

그 소리는 정말 고양이 발소리였을까. 회장은 이런 비슷한 경험을 수도 없이 해본 모양이지만 나는 아니다. 공포심에 몇 번이고 누운 자세를 바꿔야 했다. 오들오들 몸을 떨면서 머릿속으로는 가족을 생각했다.

좀처럼 날이 밝아오지 않았다.

***

"뭔가 시시하네."

설치한 카메라를 회수하면서 회장이 말했다. 카메라에는 아무것도 찍혀 있지 않았다.

"5대 흉가라고 해서 뭔가 나올 줄 알았는데 말이야."

우리는 느릿하게 짐을 챙겼다. 햇빛이 들이치는 건물 내부는 지난 밤과 달리 거짓말처럼 하나도 무섭지 않았다. 붉은색으로 낙서된 글자도 그저 어린애들 장난같이 보였다.

동호회 사람들과는 역에서 헤어졌다. 첫 흉가 체험에 대한 감상을 묻기에 얼떨떨하다고 대답했더니 모두들 소리 내어 웃었다.

집까지 혼자 걸어갔다. 걸으면서 생각했다.

귀신은 정말 없을까. 카메라에는 왜 아무것도 찍혀 있지 않았을까.

분명 건물 내부 곳곳에 카메라를 설치했다. 사각지대는

아예 없다고 봐도 무방했다. 그런데 아무것도 찍혀 있지 않았다. 그렇다면 어젯밤 들은 소리는 대체 무엇이란 말인가. 회장은 고양이라고 했는데, 카메라에는 고양이의 꼬리조차 찍혀 있지 않았다. 바람이었을까? 아니. 나는 바람 소리와 발소리를 구분하지 못하는 천치는 아니다.

귀신의 존재를 부정하는 사람들은 이렇게 말한다. 존재한다는 증거가 없는 이상 그건 존재한다고 보기 힘들다고. 하지만 내 생각은 다르다. 존재한다는 증거는 없지만, 존재하지 않는다는 증거 또한 없는 것 아닌가. 나는 분명히 들었다. 차악, 차악, 슉, 그런 기묘한 소리를. 나 혼자서만 들은 것도 아니다. 동호회 회장이 그 소리를 보고 고양이 발소리라고 하지 않았는가.

귀신은 있다.

귀신은 반드시 존재한다.

죽음에 대한 공포가 인류로 하여금 사후 세계를 상상하게 했다. 사후 세계의 발판이 바로 귀신이라는 존재다. 누구는 죽으면 천국에 간다고 하고, 누구는 죽으면 자연으로 돌아간다고 한다. 누구의 말이 맞는지는 모른다. 하나 확실한 건 어디를 가든 혼은 반드시 남아있기 마련이라는 것이다. 사람의 혼이 절대 그냥 사라질 리 없다. 남겨진 사람에 대한 배려도 없이, 그렇게 허무하게 사라질 리 없다.

집에 도착했다. 현관문을 열자 웃음소리가 들렸다. TV에서 나는 소리였다. 그 일이 있고 나서부터 나는 한 번도 TV를 꺼트린 적이 없다.

조금만 쉬다 씻을 생각으로 거실 소파에 앉았다. 분명 혼자 앉아 있는데 누군가 같이 앉아 있는 느낌이 들었다. 시야 끄트머리로 무언가 보였다. 하지만 고개를 돌리면 어느 틈엔가 사라지고 만다. 나는 그것이 엄마와 여동생이라고 믿는다.

사고 소식을 들었을 때, 나는 PC방에서 게임을 하고 있었다. 기사가 졸음운전을 한 탓에 모녀를 태운 버스가 절벽 아래로 추락했다고 했다. 벚꽃 여행을 하고 집으로 돌아오던 길이었다.

병원에서 엄마와 여동생을 봤을 때도, 장례를 치르고 발인을 했을 때도, 어쩐지 아무런 실감이 나지 않았다. 두 사람이 없다는 건 엉뚱하게도 혼자 라면을 먹을 때 깨닫게 된다. 식탁에 김치가 보이지 않아서, 함께 먹자고 달려드는 사람이 없어서 눈물을 흘린다. 여동생에게 했던 모진 말들이 생각나서 가슴이 아팠다. 혼자서 엉엉 울고 있으면 갑자기 등줄기가 선득해지는 느낌이 난다. 나는 그게 내 등을 가만히 쓰다듬는 엄마의 손길이라고 믿는다. 증거를 제시하지 못하더라도, 과학적으로 설명하지 못하더라도, 설사 교회로부터 보호를 받고 있다 하더라도, 나는 그게 가족의 존재라고 믿고 있다.

TV 속 사람들이 나를 비웃듯 깔깔깔 웃어댄다. 나는 리모컨을 조작해 프로그램을 바꿨다. 채널과 채널 사이에 아주 잠깐 검은 화면이 비쳤다. 채널을 돌린다. 검은 화면이 보인다. 채널을 돌린다. 검은 화면이 보인다. 검은 화면에 엄마와 동생, 그리고 내 모습이 비친다. 엄마와 동생이 입을 벌리고 웃고 있다. 병원에서 봤던 모습 그대로, 머리가 깨지고 코가 문드러진 얼굴로 활짝 웃고 있다.

나는 채널을 계속 돌렸다. 뺨으로 눈물이 흘렀다. 눈물을 멈출 수가 없었다.

작가의 말

무서워서 '서프라이즈'도 못 보는 사람이 호러 소설을 내다니, 사람 일이란 정말 모를 일입니다. 일명 점프 스케어라고 일컫는 연출 방식은 제가 이 세상에서 가장 싫어하는 장치 중의 하나이기도 합니다. 뭔가 튀어나올 듯한 분위기나 음악이 조성되면, 저는 미리 눈을 감고 다음 장면에 대비하기 시작합니다. 그래서 미스터리 영화인 줄 알고 극장에서 봤던 '검은 사제들'은 아직도 무슨 내용인지 제대로 파악이 되지 않고 있습니다.

그럼에도 제가 '호러 소설'을 쓸 수 있었던 이유는 저 스스로가 이 글을 '호러'라고 생각하지 않고 있기 때문입니다. 저는 한 번도 제 글이 무섭다고 생각해본 적이 없습니다. 왜냐하면 저는 누군가를 놀래킬 목적으로 글을 쓰고 있는 게 아니라 공감을 얻기 위해 쓰고 있기 때문입니다.

인물이 어떤 사건을 일으켰을 때, 그러한 선택을 할 수밖에 없었던 이유에 대해 끊임없이 대변해주는 것이 작가의 역할이라고 생각합니다. 말하자면 인물의 변호인인 셈이지요. 작가는 인물이 어떤 생각을 갖고 행동하더라도 그 행동이 옳았다고 말할 줄 알아야 합니다. 그리고 가끔은 그 동기가 매우 냉혹하고 잔인한 것이어서, 독자로 하여금 공포감을 유발하기도 합니다. 저는 그것이 진짜 '공포'라고 생각합니다.

골방에 틀어박혀 글을 쓰는 동안 참 많은 일이 있었습니다. 힘이 들기도 하고, 주저앉고 싶을 때도 많았습니다. 그때마다 좋은 말로 다독여준 내 친구 일주에게 감사하다는 말씀을 전합니다. 그리고 좋지 않은 역할로 이름을 써서 미안하다는 말도 덧붙입니다.

변명하자면, 이 책에 수록된 '시체를 훔치는 완벽한 방법'은 사실 러브레터 식의 로맨스를 기대하고 구상했던 작품입니다. 언젠간 그런 마음 따뜻해지는 이야기를 쓸 수 있는 날이 오기를 갈망하며, 오늘도 열심히 글을 쓰도록 하겠습니다.

이 책이 당신에게 어떤 식으로든 도움이 되길 바라며.

2023년 여름의 끝자락에
반고훈

호러 픽션 나이트

1쇄 발행 2023년 9월 7일

지은이 반고훈
펴낸이 배선아
편 집 김현석
디자인 이승은
펴낸곳 고즈넉이엔티

출판등록 2017년 3월 13일 제2022-000078호
주 소 서울특별시 마포구 성지1길 35, 4층
대표전화 02-6269-8166 **팩스** 02-6166-9199
이 메 일 gozknockent@gozknock.com
홈페이지 www.gozknock.com
블 로 그 blog.naver.com/gozknock
페이스북 www.facebook.com/gozknock
인스타그램 www.instagram.com/gozknock

© 반고훈, 2023
ISBN 979-11-6316-918-5 03810

표지/내지이미지 Designed by Getty Images Bank, Freepik

잘못된 책은 구입하신 서점에서 교환해 드립니다.
이 책은 저작권법에 따라 보호받는 저작물이므로 무단 전재와 복제를 금합니다.
이 책의 전부 또는 일부 내용을 재사용하려면 사전에 저작권자와 본사의
서면 동의를 받아야 합니다.